Sub-Saharan Africa

撒哈拉之南

//女记者的非洲视界//

In the Eyes of a Female Journalist

刘畅 著

社会科学文献出版社
SOCIAL SCIENCES ACADEMIC PRESS (CHINA)

自　序

从没想过，我的记者生涯竟是从非洲开始的。从初中起，做记者的梦想就在我心中悄然生长。为此，我每次买两份《南方周末》，读一份，做一份剪报；我把新闻学泰斗喻国明对新闻人境界的要求压在书桌上的玻璃下，每日激励自己。从四川大学新闻学硕士毕业之后，我将所有的简历都投向了媒体。幸运的是，我被中央广播电视总台国广（原中国国际广播电台）录取，离梦想仿佛只有一步之遥。但没想到，我一入台就成为一名国际新闻的编辑，虽然也在做新闻，但毕竟不是奋斗在一线。每日看着采访部的同事们紧张而忙碌地活跃在新闻现场，我却只有羡慕的份。

终于，在入台六年后的一天，领导问我：要不要去非洲驻站？那时，我已经过了而立之年，而且是一名两岁孩子的母亲，但我还是毫不犹豫地答应下来，我怕错失这来之不易的机会。非洲，虽然那么遥远，那么陌生，但毕竟，我可以圆记者梦了。

于是，2013年年底，我带着梦想成真的兴奋和对未知世界的忐忑，一头闯进非洲那片神秘莫测的大陆。三年半的时间，我常驻津巴布韦，足迹到过南非、赞比亚、坦桑尼亚、肯尼亚、马拉维、纳米比亚、博茨瓦纳、莫桑比克、毛里求斯、马达加斯加等十几个非洲国家。对这片土地，我从陌生到熟悉，从惊喜到深爱，走的地方越多，待得越久，我就越明白传说中"少不入非"的含义——一旦进入非洲，你的心就再也走不出非洲了！

在非洲驻站的日子里，我见过哈拉雷一年四季遮天蔽日的花树，那五彩斑斓的颜色构筑了一个童话世界；我见过西方殖民者在非洲留下的颇具人文气息的城市，维多利亚女王时期的建筑和非洲当代建筑相得益彰；我见过非洲学生穿的美丽典雅的校服，即使在乡村小学校服依然大方得体；我见过无数彬彬有礼、热情温和的非洲普通民众，他们永远是我心头的一抹亮色。

我见过南非各种族人民载歌载舞为国父曼德拉送行的盛况，他们的歌声与泪水是那么真诚；我也见过津巴布韦民众在现金危机下生活的艰辛，但无论多难他们依然保持乐观与耐心；我见过为国家发展心急如焚的政治家，也见过为敲诈一笔罚款而处处找茬的警察；我见过用硬纸壳做的投票桌、塑料盒做的投票箱，背着小孩的妇女在选票上虔诚地印上自己的手印，也见过大选之前暴徒们打砸抢烧留下一片狼藉。政治的美与丑总是和每个人息息相关。

我见过常年站在马路中间、冒着生命危险叫卖的非洲小贩，见过被从沙漠深处的家园驱逐出去、被迫在垃圾箱里寻找食物的博茨瓦纳桑人，见过在深夜划着独木舟打鱼的马拉维渔民，还有在津巴布韦平衡石上搭建违章建筑的城市蚁族。他们为生存付出的努力令人动容。

我见过可以与石头对话的绍纳石雕家，见过在马路上兜售画作的艺术家，见过研究和保护原始部落文化的人文学者，见过为保护野生动物上下奔走的动物学家，见过出身草根却心怀梦想的年轻人，窃以为他们才是非洲文化的灵魂。

我重走了坦赞铁路，理解了中国最大援外工程留下的丰厚政治遗产和它面临的困境；我加入了公益组织"爱心妈妈"，感动于华人在这片土地上倾洒的热血与爱心。我还结识了哈拉雷坚强又善良的女工，勤奋又精明的出租车司机，热情豪爽又怀揣理想的英语教师等非洲朋友，他们带给我的温暖让远在异乡的我无比安心。

可是，当我卸任回国后，发现大多数朋友依然会问我：非洲是不是很热？非洲是不是很穷？非洲是不是遍地野生动物？非洲是不是处处战争和疾病？我发现，大部分国人对非洲的认识还停留在新闻报道和《动物世界》构建起的片面印象当中。当然，这不能怪他们，因为与研究西方世界的书相比，介绍非洲的书实在是凤毛麟角。

尽管大部分中国人对非洲知之甚少，但不能忽视的是，中国与非洲的关系已经越来越密切，两者早已不仅是援助与被援助的关系，而更像是追求双赢的合作伙伴。从 2009 年开始，中国已经超越美国，连续 9 年成为非洲的第一大贸易伙伴国，非洲也成为中国第三大海外投资市场和第二大海外工程承包市场。不止一位中国官员十分中肯地告诉过我：未来是中国有求于非洲，甚于非洲有求于中国。也有越来越多的中国人跃跃欲试地想进入非洲这片土地，大干一场。

要走入非洲，就要先了解非洲。虽然我自知才疏学浅，难当重任，但皆因对这片土地爱得深沉，还是不自量力地愿意充当中国人了解非洲的一名使者，为介绍非洲尽绵薄之力。

本书记载了一个个真实生动的非洲故事：一些是我在重大事件采访中的所见所感，一些是对非洲人文与自然的探索，一些是我与非洲人和生活在非洲的华人交往的故事，还有一些是我在非洲的生活经历，充满异域风情和趣味，亦不乏新奇和历险。如果您想走近非洲，了解非洲，甚至走入非洲，那么，就请听我讲述那些鲜为人知的非洲故事……

刘畅

2018 年 6 月于北京

目 录

第一部分
不能不讲的非洲故事

第二部分
大美非洲

第三部分
生活在那片热土上的人们

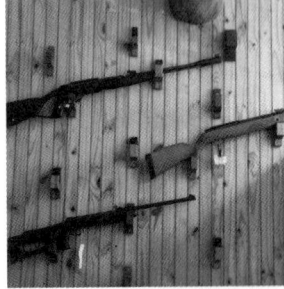

第一部分
不能不讲的非洲故事

得知曼德拉去世的消息，我不禁惋惜和遗憾：我才刚刚来到非洲，他怎么能这样快就走了呢！3秒钟之后，我反应过来，现在还不是难过的时候，这么大的事情一定要在第一时间做报道的。我赶紧告诉后方编辑："曼德拉去世了！"得到回复："7点直连！头条！"

一　亲历曼德拉葬礼

2013 年 12 月 5 日是我抵达津巴布韦的第 25 天，一切都如往常般平静。晚上 11 点多，我照例回到卧室，打开电视机，调到 BBC 电视台，打算看一会儿新闻，心里还盘算着明天约朋友去看一场关于曼德拉的电影。

以南非国父曼德拉同名自传改编的电影《曼德拉：漫漫自由路》11 月底已经在津巴布韦各大电影院上映了。在离曼德拉这么近的地方看以他为原型的电影，该是多么亲切！

曼德拉是我的偶像。来非洲驻站前，在"曼德拉国际日"的那天，我曾特意制作了一部纪录片，向这位 95 岁的老人致敬。而之所以能鼓起勇气来非洲驻站，曼德拉的魅力和感召也是重要的因素。

正看着 BBC 新闻，节目突然中断了，开始插播突发新闻。我正诧异间，只见南非总统祖马身着黑色西装赫然出现在屏幕上，面色沉重。我心中一紧，不会是曼德拉出事了吧？ 20 多年的牢狱生活让他的肺部成为其"阿喀琉斯之踵"，近年来，曼德拉数次因肺部感染入院接受治疗，几度传出病危的消息。

果不其然，最让人揪心的事情还是发生了。祖玛用低沉凝重的嗓音说道："亲爱的南非民众，我们敬爱的纳尔逊·曼德拉、我们民主国家的首位总统已经离我们而去。5 日晚 8 点 30 分左右，他安详去世，享年 95 岁。我们的国家失去了最伟大的儿子。"祖马随即下令南非全国降半旗致哀，并宣布为曼德拉举行为期 10 天的国葬。

菜鸟记者的成长

得知曼德拉去世的消息，我不禁惋惜和遗憾：我才刚刚来到非洲，他怎么能这样快就走了呢！3秒钟之后，我反应过来，现在还不是难过的时候，这么大的事情一定要在第一时间报道。我赶紧告诉后方编辑："曼德拉去世了！"得到回复："7点直连！头条！"

我看了一下时间，当时是津巴布韦时间12月5日24点，也就是北京时间12月6日早上6点，只剩一个小时的准备时间。

我披上衣服，急忙从楼上飞奔到楼下办公室的电脑前。自从来到津巴布韦，我几乎被当地慢节奏的生活同化，反应速度很久没有这么快了。

可是，当我打开电脑，却傻眼了：网络瘫痪，一个网页都打不开。我急得快哭了。万幸的是，微信还能用。我赶紧联系国内的朋友，请朋友通过微信发来关于曼德拉的最新消息，又调出几天前做过的曼德拉的报道和曼德拉生日时做的纪录片文案，当作连线的背景资料。

就这样，我用了50分钟写好稿子，报道了曼德拉去世的最新消息、南非国葬的安排以及曼德拉的主要事迹，又在播出前迅速地演练了两遍。要知道，我此前一直在国内做编辑，从未经过做记者的训练。如今刚做记者就遇到了这么大的事情，紧张得心怦怦直跳。

北京时间7点，电话铃准时响起。我稳了稳心神，用深情又沉痛的语气回答了主持人所有的问题。此时的新闻电话连线对我来说是一种倾诉，让我把对曼德拉的敬仰以及对他离世的惋惜之情都通过这个连线倾吐出来。与主持人的电话连线结束后，我在屋子里走来走去，花了很长时间来平复激动的心情。

平静下来，我开始思索去南非报道葬礼的事情。在到津巴布韦之前，我从未出过国，也没有办过任何出国的手续，津巴布韦的居住许可证还是站长带着我一起办理的。如今站长正在南非出差，所有的事情都得我一个人来处理，这对于一个初来乍到的菜鸟来说真是莫大的挑战。但是，可以想象曼德拉的葬礼会有多么隆重，这可能是我任期内最大的新闻了，我一定要去现场，无论多难也要去。

打定主意，我立即着手申请南非的签证。南非的签证是所有南部非洲国家中最难办理的，我发信息向远在南非的站长求助。站长建议我除了常规的申请材料外，请中国使馆开一封给南非使馆的照会信，再给南非使馆写一封言辞恳切的申请信，他认为这些有助于拿到南非的签证。

时间不等人，我按照站长的指点，连夜准备申请南非签证的材料。申请签证还需要我3个月的当地银行存款或者价值200美元的旅行支票。我刚来津巴布韦半个多月，只能选择后者。办理旅行支票要先在当地的南非银行开户，我又开始准备银行开户的材料，全部材料准备齐全，天已大亮。

我在床上躺了1个小时，根本睡不着。7点一到，我一翻身爬了起来，先给使馆打了电话，请他们出具照会信。使馆的工作人员也是热心肠，一口答应。

我喝了碗牛奶、咬了口面包，又匆匆往银行赶。

12月正值津巴布韦的雨季，一夜小雨，出门时雨依旧未停。我着急赶路，顾不上打伞，来往车辆溅起的水花很快就将裤子打湿。

在申请旅行支票时，我又遇到了问题。南非使馆指定的南非标准银行嫌我的材料不完整，不愿给我开户，而我在短时间内又实在无法凑齐所有的资料。我再三请求，说明要去南非参加曼德拉的葬礼。也许对方是被这个理由打动，终于同意在不开户的情况下卖给我旅行签证，但要收取25美元手续费。紧急关头，25美元也算不得什么了。

这时，我又接到台里的电话，要求给晚间节目做一个新闻电话连线。非洲人的办事效率很低，我没有时间在银行等待，只好先跑回站里，查资料做完连线，然后又打车到银行取支票、去中国使馆取照会信。当我到达南非使馆的时候，已是中午 11 点 10 分。

南非使馆平日里拥挤的大厅这时却空空荡荡，我隐约觉得不妙，急忙冲到窗口，把所有的材料递给签证官，说要申请南非签证。

签证官看都没看我的材料，就不太耐烦地说："我们已经下班了，你知道吗？"

我愣了一下："不知道。"

签证官耐着性子给我解释："我们周五只工作到上午 11 点，下午休息，周末不工作。你下周再来吧。"

下周？现在申请签证就已经晚了，下周可能就赶不上葬礼了。我心中焦急，赶紧把中国使馆的照会信从资料中拿出来给她看，恳切地说道："这是中国使馆给南非内政部的照会信，我要代表中国媒体去南非报道曼德拉的葬礼，请让我今天就递交材料吧！"

签证官认真地看了照会信，沉思了一下，说："我要和领导商量，你等一会儿。"

十分钟之后，一个胖胖的女人走出来，笑眯眯地问："你为什么要去南非？"

我说："我是中国驻南部非洲的记者，要去南非报道曼德拉的葬礼，曼德拉既是南非人民的国父，也是中国人民的朋友，中国的听众非常想听到关于他的报道。"

不知是使馆的信起了作用，还是我的真诚打动了这位女领导，她热情地说："欢迎你来，我们会给你办理半年的签证，你等一下就好。"

我不由得喜出望外！原想周一能把签证拿下来就不错了，没想到能立等即取。按照惯例，办理南非签证需要 10 个工作日，而且通常只办理 3 个月以内的单次入境签证，而我拿到了半年的多次往返签证，真是托了曼德拉的福。

12月7日一大早，我拖着从国内带过来的巨大的行李箱，打车去哈拉雷国际机场。

由于对机场的标识不熟，排队换登机牌时，我不慎排错了队。等我转到了南非航空的通道处，却发现那里一个乘客都没有了。

我焦急地问空乘："我是不是来晚了？"

空乘严肃地对我说："是晚了，你改签吗？"

我急忙说："改签！改最近一班航空。"

空乘见我那么着急，笑着说："开玩笑呢！还不晚，赶紧去吧。"

就这样，我一路磕磕绊绊地踏上了报道曼德拉葬礼的行程。而接下来的挑战会更大：我们能否参加曼德拉的葬礼，过去以后应该和谁联系，应该怎么做报道，一切都是未知数。

载歌载舞纪念亡灵

南非航空的登机口放着一叠南非的报纸。我拿了一份南非的《明星报》，上面好几版都是曼德拉去世的消息，内容有曼德拉的事迹、世界各国领导人向南非发来唁电、南非政府对曼德拉葬礼的筹备，等等。从报纸上看，曼德拉的国葬声势浩大，不少国家元首和政府首脑都表示要参加葬礼。

飞机抵达约翰内斯堡坦博国际机场后，我打车前往旅馆与站长会合，然后一同前往曼德拉位于桑顿的家采访。

曼德拉在约翰内斯堡有两个家：一个位于索韦托的黑人贫民区，另一个位于金融中心桑顿。他晚年的大部分时间待在桑顿的家中。12月5日晚，他就是在位于桑顿的家中去世的。

▲ 曼德拉门前载歌载舞的民众

　　离曼德拉的家一公里处，警察拉上了警戒线，不允许车辆进入。我们停好车，拿上采访设备，步行前往曼德拉故居。街道两边，到处是新闻转播车和做现场直播的各国记者。还有越来越多的同行正在赶来的路上。从曼德拉病危开始，世界主要媒体的记者就日夜蹲守在他入住的医院外，随时对他的病情进行直播。

　　我们越往前走，人越多，到达曼德拉家门口时，道路已经被堵得水泄不通。

　　在我的印象中，哀悼逝者应该是一件肃穆、悲伤的事情，但当我接近曼德拉家门的时候，却被眼前热闹的景象惊呆了。

　　只见各种肤色的人们正在曼德拉家门前载歌载舞，有的身穿印有曼德拉头像的衣服，有的身披印有曼德拉头像的旗帜，还有的举着他的照片和画像。人们高声呼喊着曼德拉的名字，唱着颂歌，往往一人起个头，就会有一群人

▲ 曼德拉家门前的花束堆成了小山

▲ 寄托哀思的蜡烛

唱和，主唱、伴唱、合唱分工明确，层层推进，就像排练过似的。

人群中，领唱的邦格祖女士引起了我的注意。她一边投入地高歌，一边挥舞着手臂，富有磁性的嗓音将歌曲的气氛不断推向高潮。在她唱完一曲后，我挤到她身边，询问她歌曲的含义。

她热情地说："你说刚才那首吗？那是一首革命歌曲，歌词的大意是我的母亲是一位厨娘，我的父亲是一位花匠，所以我是一个无产者。"

她主动和我讲起了她的童年："我小的时候，黑人是白人的奴隶，我的父母劳苦工作，却无力给我们更好的生活。我的父亲就是南非实行种族隔离制度之后第一位被绞死的黑人。曼德拉推翻了这种不平等的种族制度，他的坚强意志为我们赢得了独立。"

我还是不太懂，问道："可是，曼德拉去世不是一件令人悲伤的事情吗？你们为什么还要在这里唱歌跳舞？"

她解释道："在非洲文化中，当我们遇到悲伤或者喜悦的事情时，都会歌唱，这是一种释放。曼德拉一生都在为我们穷人努力工作，所以我们要用歌声来纪念他。"

"那你们排练过吗？为什么唱得这么整齐？"我追问道。

她笑了："我们不用排练。这些革命歌曲和歌颂曼德拉的歌曲，每个黑人都会唱。"

邦格祖女士转身又带领身边的人唱起歌来。我接着在附近寻找不同肤色的人进行采访。

将印有曼德拉头像的旗帜披在身上的黑人小伙子汉斯对我说："我深爱曼德拉，曼德拉的理想是建立一个团结的国家，如今这个理想已经实现。黑人、白人，无论是什么肤色的人，都团结在了一起。"

一位印度裔的老者达格伍德说："在我心中，曼德拉是第二个圣雄甘地。他促进南非以和平方式制定了新宪法，而没有鼓动人们拿起武器，相互杀戮。他与政敌实现了和解，鼓励人们忘掉过去的仇恨，和睦相处。"

我一边采访，一边挤过人群，来到曼德拉的家门前。这是一幢普通的二层小楼，平日里和南非大部分中产阶级的房子并无两样，而如今它已经成为人们寄托哀思的场所：鲜花在空地上堆积成了小山，烛泪在台阶上流淌成河，人们给曼德拉写的信、画的画更是将院墙外的栅栏遮得密不透风。

两个白人小孩子在父亲的指导下，为曼德拉点燃蜡烛，敬献鲜花，态度毕恭毕敬。这位父亲对我说："我带孩子来这里，是希望孩子长大后能明白，今天的自由来之不易，要有感恩之心。我告诉孩子，要继承曼德拉留下的精神财富，学会关爱别人、谅解别人、尊重别人，无论他人是何种肤色，都应如此对待。"

曼德拉的一生可谓传奇，他的前半生一直在为推翻不平等的种族隔离制度而不懈斗争，他虽然为推翻白人统治而战，但也并不愿建立一个黑人统治白人的世界，他追求的是一个"崇尚民主和自由的社会，在这样的社会里，所有人都和谐相处，都拥有平等的机会"。为了建立这样一个理想中的自由国度，他被白人统治者关押在监狱中长达27年，受尽折磨，但决不妥协。当他被无罪释放，成为令无数人仰慕的英雄后，又将个人的恩怨抛之脑后，在白人极右翼势力、黑人激进组织、黑人右翼组织之间斡旋，为建立一个人人平等的国家耗尽心血。当他被南非选民选举为第一任黑人总统之后，他又成立了前无古人后无来者的"真相与和解委员会"，推动白人与黑人之间的和解与宽恕，求得了国家内部最大程度的和平与稳定。而当他刚刚做满一任总统，扭转了南非经济长达十年的负增长，实现年均3%的经济增长后，他又在威望如日中天时选择了急流勇退，将国家交给他认为更有能力的人治理。

从斗争到和解再到腾飞，这个国家每走一步，都无比艰难，但曼德拉硬是靠他不懈地斗争、宽博的胸怀和智慧创造了一个又一个的南非奇迹。曼德拉为南非人民做的一切，他的人民从未忘记。在接下去报道葬礼的日子里，我一次次被民众的热情所感动，一次次随着他们的悲伤而悲伤，每跟随曼德拉的灵柩走过一个城市，我都能感受到人们对他发自内心的爱戴。所谓世纪伟人，曼德拉当之无愧。

后曼德拉时代，南非站在十字路口

12月9日一大早，我和站长驱车去媒体中心注册，只有注册了记者证，才能参加之后一系列的曼德拉葬礼的官方报道活动。

8点30分左右，我们抵达了位于国家银行体育馆旁边的注册中心。虽然还没开门，但来自世界各国的记者已经排起了一百多米的长队。如今，像曼德拉这样在全世界享有盛名的政治家屈指可数，稍有实力的媒体都会派记者来报道他的葬礼。

记者们三五成群地边排队边聊天，因担心政府对记者人数有限制，积极打听各种小道消息。一位记者说，网上注册过的记者会优先得到记者证，其他人慌得赶紧上网注册。

正在焦虑等待时，我突然发现队伍最前端有中国记者的身影，急忙凑过去寒暄一番。攀谈之下，得知他们是《人民日报》、中国新闻社（简称中新社）驻非洲的记者和当地华文媒体《非洲时报》的记者。在国外看到中国记者分外亲切，套了一会儿近乎之后，我厚着脸皮说："我就跟着你们混了"，然后把站长也拉了过来。平日里我从来都是规规矩矩地排队，但这次为了确保能够拿到记者证，也只好做点不太符合规矩的事情。

9点整，注册中心的大门打开，没想到注册过程却出奇的顺利。数十位训练有素的媒体管理人员在注册大厅里协助记者办理。半小时后，每个人都如愿以偿地拿到了印着大头照的记者证。把记者证挂上脖子的那一刻，我踏实了不少。

一早搞定了注册，上午空余出大把的时间。站长和我决定去曼德拉在索韦托的故居看一看。

索韦托位于约翰内斯堡西南24公里处，是种族隔离政策形成的最大的非洲人聚居区，也是南非最大的贫民窟。1994年以后，随着黑人地位的提升，很多房子重新修葺，形成一个个独立屋。曼德拉故居一带由于成了景点，更是整修得非常漂亮。

1941年，23岁的曼德拉为了躲避一场由摄政王为他包办的婚姻，逃婚来到了约翰内斯堡，白天在煤矿打工，晚上住在索韦托的贫民窟。那次出走使他的生活出现了重大的转折：他原本出生在南非科萨族一个部落酋长家庭，从小受到摄政王的照顾，生活环境优渥，迟早会接任酋长。但来到约翰内斯堡后，他从昔日的贵族沦落为最底层的工人，居住在划给黑人的隔离区，每天都面对黑人被奴役和欺压的残酷现实。就是在索韦托，他越来越深地体会到黑人因为种族隔离制度遭受到的苦难，从此走上了反抗种族不平等的道路。

1985年，曼德拉在索韦托的家被大火烧毁，现在的家是按照原样重建的，后又被改为博物馆。根据复原的博物馆来看，他的家仅有五六十平方米，包括两室一厅和一个小卫生间，陈设简单，狭小逼仄。在入狱前的近20年，曼德拉就是在这里和战友们一次次挑灯商讨抵抗计划；一次次从这里趁着夜色出走，寻求国际社会的支持；又一次次被警察带走、关进监狱，只留下妻子温妮和幼小的儿女，为他担惊受怕。

1990年，曼德拉出狱后，曾回到阔别27年的家中短暂居住，和从小缺少父亲陪伴的子女、从未谋面的孙子孙女享受天伦之乐。他为国家和人民奉献了一切，唯独亏欠家人。

曼德拉去世的消息传出后，索韦托故居前的道路被挤得水泄不通。和他位于桑顿的家相比，前来这里悼念的多是黑人。人们手捧鲜花、遗像，载歌载舞，小商小贩趁机兜售印有曼德拉头像的纪念品。由于参观和悼念的人太多，记者们甚至爬到墙头或屋顶，拍摄全景。

我们刚到不久，南非执政党非洲人国民大会（简称非国大）的老兵们声势浩大地涌到曼德拉家门前，摩托车队将引擎开得震耳欲聋，退伍军人登上临时搭建的台子演讲，一边悼念曼德拉，一边宣传非国大。说到兴奋处，台上和台下的老兵们开始手舞足蹈。

当年，曼德拉加入非国大后，走上了革命的道路，他的光环此后也一直照耀着非国大，成为非国大团结民众的一面旗帜。但是，2008年世界金融危机之后，经济低迷使得南非的失业率高企、贫富差距增大、治安问题严峻，加之非国大内部不断爆出贪污腐败问题，人们对执政党的不满情绪也在增加。2014年4月，南非举行第五次议会和总统选举，非国大的执政地位受到白人政党民主联盟、黑人激进政党经济自由斗士等反对党的严峻挑战。他们此时在曼德拉的家门前大搞纪念活动，正是希望借悼念曼德拉的机会，为选举造势。

有趣的是，就在我们离开的时候，又看到南非反对党经济自由斗士的党员们穿着整齐的红色T恤衫向曼德拉的家游行而来。看来谁都不愿意错过通过曼德拉来提升自己支持率的机会。

从索韦托回来，我们又去了曼德拉基金会。站长之前和基金会下属的曼德拉纪念中心文献档案部主任哈里斯约好，要对他进行专访。

▲ 曼德拉在基金会的办公室

▲ 联合国前秘书长潘基文参观曼德拉基金会

1999 年，曼德拉卸任南非总统后，亲手创立了曼德拉基金会，从事防控艾滋病和捐建学校等慈善工作。基金会下成立了曼德拉纪念中心，宣传曼德拉的生平事迹。我们刚到不久，就遇到时任联合国秘书长潘基文和南非的大主教图图前来参观曼德拉的生平事迹展。

哈里斯回忆说，关于纪念中心，曼德拉曾叮嘱他们三件事：第一，不要把纪念中心办成纪念堂；第二，这里不应仅回忆他本人的事迹，还要纪念与他并肩奋斗的同事们以及南非人民所做的贡献；第三，不必一味褒奖他，要允许批评的声音存在。

哈里斯遵从了曼德拉的意愿，在曼德拉纪念中心出版的《与自己对话》一书中特意收藏了曼德拉的日记、笔记和他的自省文字。在这些曼德拉亲笔写下的资料中，他不再是公众面前光芒四射的圣人，也有缺点，也会恐惧和疑虑，也会有急躁和失误的时候。

事实上，曼德拉在当选南非总统之后，接手的是一个贫富差距巨大的国家。压迫了黑人数百年的殖民统治一朝被推翻，人们迫切渴望变革。新政府立即启动了《经济重建与发展纲领》。

但那时，南非经济刚刚经历了历史上持续时间最长的萧条期，殖民政府早就将预算赤字提高到国民生产总值的 8.6%，而外汇储备甚至不足以支付三个星期的进口额度。接手的新政府内债数额惊人，能用于改善民生的资金少得可怜，《经济重建与发展纲领》的改革计划推行起来困难重重。即便如此，由于新政府在短期内实现了政治平等、民族和解、社会稳定，南非经济扭转了殖民政府统治时期长达十年的负增长。但是，2008年之后南非的经济衰退导致长久以来的社会矛盾再次加剧，人们的不满情绪正在增加。

哈里斯说："如今，失去曼德拉的南非正处在一个十字路口。未来十年，我们必须想办法解决这些问题。就像曼德拉1994年任总统时说的那样：'此时的我就像经过长途跋涉到达了终点，但事实上，这只是更长、更复杂的旅程迈出的第一步。'曼德拉给了我们一个好的开始，如果我们以他为荣，就应该继续努力，继续奋斗。"

见证世纪葬礼

12月10日，我们此次采访的重头戏终于来了，规模空前的曼德拉国家追悼会在南非约翰内斯堡的足球城体育场举行。

清晨5点，我们抵达体育场的时候，体育场外已聚集了大批等待入场的民众，人影密密麻麻看不到尽头。细雨纷纷，打在人们的脸上、身上，却丝毫不能阻挡人们来悼念国父的热情。身边的一位黑人大妈对我说，为了见证这个特殊的时刻，她凌晨就从家出发了。

随着天光渐渐亮起，我逐渐看清楚了眼前这个非洲大陆最大的足球城体育场。它的外观看起来有些像鸟巢，外墙涂成了红、白、灰、褐等多种颜色的小方块，象征着南非的多元文化。

南非选择足球城体育场作为追悼会的场所是有讲究的，它曾经见证了曼德拉人生的很多精彩瞬间。1990年2月12日，曼德拉结束27年牢狱生涯后的第二天，便在这里向数万民众发表演说。2010年7月11日的夜晚，南非世界杯闭幕式上，年迈的曼德拉携妻子现身体育场，全场欢声雷动，那也是他最后一次在公众场合露面。

大约等待了 1 个小时，媒体通道开始放行。我们穿过一个长长的密闭的通道，人和机器要分别经过严格和烦琐的安检，照相机被要求打开试拍两张，以验证里面没有藏其他机关。要知道，曼德拉的追悼会被称作全球历史上最隆重的追悼会，全世界 91 个国家的国家元首、政府领导人以及国际组织的代表听闻曼德拉去世，都放下手头的政务赶来南非。为了保护他们的安全，南非几乎出动了所有的警力。

根据南非官网的报道，参加追悼会的重量级人物包括美国总统奥巴马、英国首相卡梅伦、英国王子威廉和查尔斯、法国总统奥朗德、中国国家副主席李源潮、古巴领导人劳尔·卡斯特罗、加拿大总理哈珀、德国总统高克、意大利总理莱塔、阿富汗总统卡尔扎伊、巴勒斯坦总统阿巴斯、巴西总统罗塞夫、印度总统穆克吉、联合国秘书长潘基文、欧洲理事会主席范龙佩等。此外，来与曼德拉道别的还有美国总统卡特、布什和克林顿，英国首相梅杰、布莱尔和布朗等前政要。

我顺着媒体通道走到体育场中的媒体区，眼前豁然开朗。体育场中央是绿草茵茵的场地，四周环绕着橘红色的座椅，整个体育场可以容纳 10 万名民众。

媒体区位于贵宾区的下方，对面的大屏幕上出现曼德拉的头像。前来参加追悼会的民众在警方的指导下鱼贯而入，很多人不忘带上曼德拉的照片和画像、南非国旗、非国大的党旗。

随着入场的民众越来越多，场上逐渐热闹起来。不知是谁唱起了曼德拉的赞歌，全场的观众全都从座位上站起来，一边唱一边在座位旁跳起整齐的舞蹈，歌声一浪高过 浪，甚至还有人吹起了南非世界杯上风靡一时的呜呜祖拉助兴。我置身其中，感受南非民众澎湃的热情，也不由激动起来。

一位跳舞的白人小伙告诉我：“我从德国来到南非做义工。因为钦佩曼德拉，所以特意来参加追悼会。看到大家都跳得那么投入，也忍不住加入进来。”

▲ 各种肤色的人们在追悼会上跳起整齐的舞蹈

当时针指向中午 12 点，追悼会正式开始。喧闹的人群安静下来，全球政要们一个个走到体育场中间的主席台上，献上对曼德拉的致辞。

时任联合国秘书长潘基文第一个致辞："南非失去了一位英雄和国父。曼德拉是我们这个时代卓越的领袖，也是一位伟大的老师。他言传身教，为推进自由、平等、民主和正义事业，他愿意牺牲自己的一切。"

作为中国国家主席习近平的特别代表，时任中国国家副主席李源潮称赞曼德拉为增进中南两国友谊做出了卓越贡献："曼德拉先生是中国人民的老朋友。他的名字在中国家喻户晓。作为中南关系的奠基人，他以极大的热情积极推动中南、中非合作，中国人民永远不会忘记他为中南友好、中非关系做出的重要贡献。我们为失去这样一位伟大的朋友而深感悲痛。"

曼德拉生前致力于南非乃至全世界的和平与和解，而他的追悼会则再次成为昔日宿敌改善关系的契机。出于交通原因，奥巴马较原定时间迟到一小时抵达会场，但他到场后，随即与古巴最高领导人劳尔·卡斯特罗握手，后者报以微笑。这一举动令不少人出乎意料。

奥巴马在演讲中将曼德拉比作甘地和马丁·路德·金一样的领袖："曼德拉就像甘地，领导了一场刚开始看起来希望渺茫的运动。曼德拉就像马丁·路德·金，向种族压迫发出有力的反对之声，为种族平等提供道德的支持。在他生命的长河中，他通过斗争与智慧、坚持与信念赢得了历史地位。他告诉我们，奇迹不仅存在于沾满尘土的历史书页当中，也存在于我们自己的人生当中。"

在诸多领导人致辞完毕之后，南非总统祖马最后发表了主旨演讲。他说："我们纪念曼德拉，是因为他为我们建立梦想中的南非打下了坚实的基础，那是一个团结、不分种族、无性别歧视、民主和繁荣的南非。我们将继续朝这个方向努力，致力于建立一个没有贫穷、饥饿、无家可归和不平等现象存在的国家。"

与这么多大牌政要声情并茂的演讲相比，更让我感动的是站在雨中的民众。追悼会开了四个多小时，绵绵的雨下了四个多小时。体育馆的顶棚仅能遮住部分座位，大多数民众没有带伞，也未穿雨衣，就在雨中站了四个多小时，任凭雨水浇透身体。一些民众把唯一的雨伞打在了曼德拉的巨型照片上，他们宁愿雨水淋透自己，也不愿打湿国父的遗像。

我一次次打着伞冲到体育场中央，给人群拍照。他们在雨中冲我微笑，摆出胜利的造型。南非人民的热情岂是雨水就能浇灭的呢？

我见到了曼德拉的遗容

12 月 11 日至 13 日，南非前总统曼德拉的遗体被送往行政首都比勒陀利亚的联邦大厦陈列，供曼德拉的家人、各国贵宾和民众吊唁三天。我们追随

▲ 比勒陀利亚联邦大厦

曼德拉的灵柩，从约翰内斯堡来到了比勒陀利亚。对于我来说，这是唯一可以亲眼见到曼德拉的机会。

12月11日早上7时，灵车载着曼德拉的灵柩，从军事医院出发前往总统府联邦大厦。曼德拉的灵柩上覆盖着国旗，16辆摩托车在两旁护送。灵车途经中央监狱和最高法院，这些是在种族隔离时期曼德拉被关押和审判的地方。

在长长的街道两旁，早早就等候着数千民众。灵车到来时，街道两旁的民众呼喊着他的名字，挥舞着旗帜为他送行。人们一改往日热烈奔放的劲头，空气中凝聚着悲伤的情绪。

灵车抵达联邦大厦后，人们将他的灵柩缓缓抬上联邦大厦的阶梯，陈列在联邦大厦顶部一个圆形的平台上。曼德拉的遗孀格拉萨将双手放在棺椁上，向她深爱的人做最后的告别。

联邦大厦是南非政府和总统府的所在地，它坐落在比勒陀利亚城内海拔最高的一座小山上，可以俯瞰整座城市。这座建筑由花岗石砌成，呈圆弧形展开，东西两翼和两座塔楼象征着南非的英国人和布尔人，而中间的法院则象征着南非联邦。它的底座设计采用的是英国新古典主义演化而来的爱德华风格，而顶部设计则借用了荷兰建筑的风格。

1910年，南非的布尔人和英国人达成协议，将布尔人统治的德兰士瓦和奥兰治殖民地与英国人统治的开普和纳塔尔殖民地合为一体，命名为英属南非联邦。从那时起，统一的南非殖民政府形成，英国人与布尔人分享权力的格局也成为殖民者口中津津乐道的民主制度。

然而，那次所谓的民主与南非的4000万非洲人毫无关系。直到1994年，南非第一次举行不分种族的民主选举，曼德拉成为第一任黑人总统之后，南非所有的人民才终于享受到了平等的权利，联邦大厦被赋予了新的含义。

12月11日上午是曼德拉家人、各国贵宾和南非政要对曼德拉的吊唁时间，但民众还是一早就在联邦大厦门前排起了长长的队伍，其中不乏坐着轮椅的老人。那些愿意排一天甚至三天的队来瞻仰曼德拉遗体的人，曼德拉对于他们的意义不同寻常，他们当中的许多人亲眼见过曼德拉，受过他的影响和恩泽。

在人群中，我见到了家住南非北部林波波省的普林斯，他凌晨四点就赶来排队。他向我回忆起在大学读书时与曼德拉交谈的情景。他说："那是在1994年，我与曼德拉握手，并问他，'人们大学毕业后，能获得什么改变吗？'曼德拉回答道：'教育会改变命运，我希望你们都去学校上学，努力读书，推动国家经济发展，用和平的方式治理国家。'直到现在，我对他的这番话记忆犹新，感觉他就站在我对面，在和我讲话。"

中午12点，烈日高照，酷暑难当，这时，瞻仰的队伍已经从联邦大厦前排到了几个街区之外。在通往联邦大厦的小山坡上，人们手拉着手，一起爬过最陡的地段。

身穿白袍的南非阿拉伯社区主席阿卜杜勒说，他曾经多次见过曼德拉，曼德拉的人格魅力和宽恕、平等的精神给他留下了深刻的印象："他为国家做出了重大的牺牲，但他在出狱当上总统后，并没有惩罚关押过他的人，而是宽恕了他们。他对待穆斯林和其他教徒一视同仁，他将不同肤色和宗教的人团结在一起。如果世界上有更多的总统像他一样，那么我们的世界会更好。"

下午1点左右，联邦大厦正式对公众开放，我们随着参观的人流进入了陈列曼德拉遗体的联邦大厦顶部平台，瞻仰曼德拉的遗容。只见曼德拉身穿标志性的褐色衬衫，躺在深棕色的棺椁里，面容平静安详，像是睡着了一样。

由于瞻仰的民众太多，人们只能从棺椁两侧缓缓走过，不能停留。不少人在看到曼德拉的遗容之后，激动地痛哭起来，有的人甚至哭倒在地，被警员搀扶着走下台阶。

工作人员对民众的反应早有准备，贴心地在棺椁旁边的桌子上放上卫生纸盒，方便人们拭泪。但人们沉浸在悲伤之中，很少有人去取。

瞻仰遗体的地方不允许采访和拍照，也不允许记者停留。但我看这么多人真情流露，实在不愿意错过这个采访的机会。我跟随人流走到平台下面，在远离安保人员的地方偷偷拿出采访机，拦住刚刚瞻仰过的民众进行采访。

南非白人妇女佩雷拉哽咽着对我说："我太激动了！他是我的英雄！我一直希望亲眼见到他，却没想到，直到他去世后才见到他的容颜！我要向敬爱的领袖道别了。我再没机会亲自握住他的手，问候他了。一切都太晚了！"

黑人妇女爱丽兹走出平台后，脸上泪痕犹在。她激动地对我说："我为曼德拉而哭泣，因为我再也见不到他了！他一生都在为我们的权益而斗争。因为他的斗争，我们才有了房子；因为他的斗争，所有的事情才变得如此美好。"

一位名叫凯迪堡恩的年轻女孩深情地说："曼德拉就像我的父亲。1994年我上学，排队申请助学基金，有人告诉我，这个基金的创始人是曼德拉。我

▲ 比勒陀利亚联邦大厦门前排队瞻仰遗体的民众　　▲ 瞻仰曼德拉遗体的队伍排到了几个街区之外

之所以能够完成学业，都是由于曼德拉的帮助。"

刚做完几个采访，突然发现警察巡视而来。我急忙取出采访机里的存储卡，放进衣服口袋里，另外拿了一张备用卡塞了进去。果然，两名警员径直朝我走了过来，要求我把设备拿出来给他们检查，在确认我没有录音后，方转身离去。

我长出一口气，这时才感到脖子火辣辣的疼痛，在太阳下站了几个小时，皮肤已被炙热的阳光晒伤了。

在此后的三天里，前来瞻仰曼德拉遗体的人络绎不绝。我们还在人群中见到了一百多位华人华侨。他们的右臂上缠绕黑纱，T恤衫上印着"曼德拉先生，南非华人怀念您"的文字。

南部非洲上海工商联谊总会会长姒海是华人瞻仰活动的组织人，他说，在种族隔离制度下，除了黑人遭到打压外，华人等外来族群的生存境遇也不好。而曼德拉倡导推动的种族和解政策令南非的华人受益不少。1994年之前，南非的华人只有一两万人，而现在则发展到了30万人。

姒海还特别讲到了曼德拉对华人治安情况的重视。他说："那是1998年，我们有一个不到两岁的华人小孩被劫匪打死了，华人非常愤怒，举行了汽车大游行。曼德拉知道消息后，当天就打电话给家属，说一定会到小孩的家里探望。后来，曼德拉专门与我们华人举行了座谈会，还到小孩的遗像前鞠了躬。我们华人非常感动，这件事令我们至今难以忘怀。"

瞻仰仪式一直持续到 12 月 13 日下午 5 点 45 分，这时，还有长长的队伍排在联邦大厦外面。排在最前面的几百人试图推开挡在他们前面的警卫，冲进大厦，他们实在不想错过与国父最后说再见的机会。

　　虽然曼德拉在世的时候我没有机会见到他，但比起这些因无法与国父道别而失望哭泣的民众，我又是幸运的。因为中国记者的身份，我终于见到了他的遗容，稍稍了却心中的遗憾。

世纪伟人魂归故里

　　曼德拉的遗体在联邦大厦停放 3 天后，被运往他的家乡东开普省东伦敦市乌姆塔塔镇库努村下葬。这是曼德拉最后的心愿。

　　自从知道了葬礼的安排，站长立即买了从约翰内斯堡飞往东伦敦市的机票，但在曼德拉家乡的住宿成了难题。曼德拉的葬礼举世瞩目，全世界有那么多政要、记者赶去参加葬礼，乌姆塔塔方圆几百公里的酒店早已被抢订一空，平日里 50 美元一晚的小旅馆一夜之间涨价到三四百美元，依旧一房难求。我挨个给那里的酒店打电话寻找空房，得到的答案都是全部订满，我们甚至做好了在车里过夜的准备。

　　我抱着姑且一式的态度打通了刚刚认识的《非洲时报》梁铨老师的电话，问他有没有地方可住。

　　他说："我在乌姆塔塔正好有位华商朋友，可以住在他家。"

　　我像是抓住了救命的稻草："能不能带上我们？"

　　他爽快地说："可以啊，其他几个中国记者也在托我找地方呢，但大概只能打地铺了。"

　　我忙说："没问题！只要有地方住就行！"

　　12 月 13 日凌晨 3 点，夜色正浓，我们从比勒陀利亚的酒店出发，开车前

▲ 曼德拉故乡乌姆塔塔民众迎接曼德拉灵柩归来

往约翰内斯堡的机场。这时，我们已经奋战了 8 天，每天白天采访、做连线，晚上写录音报道和第二天的采访提纲，每天都要忙到凌晨两三点才能睡觉，已经极度疲劳。站长怕开车犯困，随身携带了风油精，一边开车一边往太阳穴上擦。约翰内斯堡和比勒陀利亚的治安都不好，夜晚开车实在不是明智之举，但我们为了赶这天唯一的一趟航班，别无选择。

飞机抵达东伦敦市后，我们又开了两个小时的车，才抵达乌姆塔塔镇。这是一个普通得不能再普通的小镇，却因为曼德拉的葬礼而热闹起来。街道两侧处处悬挂着曼德拉的照片和画像，大量涌入的外国人让这个小镇显得有些拥挤。

在乌姆塔塔镇，我们顺利地与其他几位中国记者会合，通过梁铨老师的介绍，住进了当地侨领的一套闲置的房子里。这个房子长久不用，连床铺都没有，好在那位热情的侨领为我们准备了一些床垫和毛毯，给我们打地铺用。

12 月 14 日一大早，乌姆塔塔的民众就在道路边排起队伍，开始等候曼德拉的灵车。

11 点 58 分，曼德拉的灵柩离开比勒陀利亚的沃特克鲁夫空军基地，被 C-130 型军用飞机空运至乌姆塔塔。曼德拉的前妻温妮搂着他的遗孀格拉萨·马谢尔，一起在机场等候灵柩回家。灵柩抵达时，二人相拥而泣。

下午 3 点，曼德拉的灵车一行穿过乌姆塔塔时，守候在道路两旁的人们顿时沸腾起来。与此前约翰内斯堡送行人群的庄严肃穆相比，这里的人们更愿意用热烈的歌舞与呼喊表达他们的情感。他们欢呼着马迪巴的名字（南非人民对曼德拉的爱称），伸出手臂，与车队里送行的人们握手。还有很多民众跟着灵车奔跑，久久不愿离开。

也许是灵车开得太快，民众的情绪还没有得到宣泄，我们刚找了一位民众采访，就有好几位民众一拥而上，将我们围在中间，七嘴八舌地发表看法。

高中生丽玛克说："我们一直在等他，他是我们的英雄，为我们做了很多事。我们不哭，我们要欢庆他的一生，纪念他为我们做的一切。"

市民库朗齐大声说："今天，我与敬爱的领袖只有一米之隔。从来都没有这么接近过！我悲喜交加。悲伤的是，这是我与曼德拉的最后一面。而喜悦的是，我终于见到他了。"

一位中年妇女激动地说："曼德拉为我们牺牲得太多了，他牺牲了他的生活，他的家庭。我要跟随灵车，去参加他的葬礼。我才不在乎那些规矩，我只想见到他。"

一位年轻的小伙子语速飞快地说："我小时候，长辈总会谈到曼德拉，但那会儿我还太小，还不太懂事。直到 1993 年 1 月，我在约翰内斯堡亲眼见到了曼德拉，当时大家都在为他欢呼，庆祝他取得的胜利。他为我们南非人做的事情我们永远不会忘记！"说到这里，小伙子抑制不住内心的激动，挥着手臂高呼："马迪巴万岁！"周围的人也跟着他喊了起来："马迪巴万岁！马迪巴万岁！"

央视的记者周涛也遭到民众的包围。人群散去后，他一边收机器，一边对我说："看见没？刚才那些人全都冲到镜头前面来了，虽然我特别喜欢这样的镜头，特有冲击力，但还真有些后怕，怕他们情绪激动之下做出什么出格的事情。"

其实，我们的担心有些多余了，乌姆塔塔的民众只是在向外国的记者表达他们对曼德拉的热爱。这里是生他养他的故乡，他们为他感到自豪。

根据南非官方的安排，曼德拉的葬礼将于15日上午在库努村举行，由于场地有限，只有各国贵宾、曼德拉家人等大约5000人可以参加国葬。主要仪式结束后，曼德拉家人以及极少部分受邀请的嘉宾将前往墓地参与下葬仪式。

曼德拉的国葬是整个葬礼仪式中最后也是最重要的一个部分，也是我们新闻报道中最后的高潮，但我们被告知，只有南非广播公司的记者可以到现场进行直播，其余记者只能在两公里外的媒体中心看南非广播公司的转播。也就是说，我们费了这么大的劲，从约翰内斯堡赶到乌姆塔塔，却无法靠近国葬现场。听闻这个坏消息，我们的沮丧之情难以言说。

不过，我们还是抱着一线希望，南非的安保并不严格，说不定有混进去的可能。

15日清晨，天还没亮，我们几个中国记者就驱车赶往官方指定的媒体通勤车的乘车点。南非警方将库努村围了个水泄不通，不允许个人进入。无论是参加葬礼的嘉宾，还是去媒体中心的记者，都必须乘坐南非政府准备的通勤车前往。

也许是我们到得太早，也许是南非政府的安排有误，当我们抵达媒体乘车的地点时，只看到了一辆给嘉宾准备的大巴，一群身着正式礼服的嘉宾正在登车。我们商量了一下，决定趁乱蹭上这个嘉宾车，说不定可以混进葬礼现场。

我们小心翼翼地跟着嘉宾登上大巴车，还好没有遭到盘问。大巴车驶出城区，穿过草原和村庄，一直开到曼德拉的灵棚旁边。

从大巴车下来，我们看着近在咫尺的曼德拉灵棚，又是激动，又是忐忑。在一群身着礼服的人群中，我们记者的着装显得太过醒目。

我们低声商量着，是冒充参加葬礼的嘉宾混进灵棚，还是先在外围蹲守，伺机而入。这时，宋方灿老师已经忍不住拿出照相机，拍了一张灵棚的照片，这个举动立即引起了维持治安的警察的注意。

两个持枪的警察走过来，问我们是干什么的。我们不敢隐瞒，只好承认是来采访的记者。警察命令我们不要随意走动，随即用对讲机调来一辆小巴车，载我们去媒体中心。

就这样，我们几乎是被押送一般，离开了曼德拉的灵堂。路上，遇到其他的外国记者在警察的押送下离开，我们相对苦笑。

载我们的司机并没有按照指令开到媒体中心，半道就将我们赶下了车。我们只好徒步前往媒体中心，一个个垂头丧气。

突然，梁铨老师喊了一句："快看，三军仪仗队！"

我顺着他的目光看去，远处果然有一行队伍转过山坡，向我们这边走来。随着队伍越来越近，渐渐地看清楚了：穿白色军服的军乐团一边演奏军歌，一边在前方开道，陆海空三军仪仗队迈着整齐的步伐跟随其后。队伍中间是覆盖着国旗的曼德拉的灵柩，原来这是三军仪仗队护送曼德拉的灵柩前往灵棚。

我们见这阵仗，立即来了精神，纷纷拿出照相机、摄像机，一通忙活。奇怪的是，这时却没有警察来阻止我们拍摄。

就这样，我们走走拍拍，当抵达媒体中心时，那里已经聚集了上千名各国记者。拍摄的、打字的、打电话的、在镜头前解说的……每个人都在忙碌着。虽然不能够进入灵棚进行直播，只能切南非广播公司的信号进行转播，但既然已经跟随曼德拉灵柩来到了这里，谁都不愿意放弃最后的一仗。

媒体中心坐落在库努村旁的一座小山上，在这里，我们正好可以俯瞰整

▲ 曼德拉国葬的大帐篷和仪仗队

个村庄。库努村不过百户人家，炊烟袅袅，牛羊点点，近处是茫茫大草原，远处是绵延不绝的山脉，如同世外桃源一般。

尽管库努村并不是曼德拉的出生地，但在这里，他度过了快乐的童年时光。在自传《漫漫自由路》中，曼德拉这样描写库努村："清澈的小河在这里相互交错，村子被青山环抱。不到5岁，我就成了一个牧童……和同村的男孩子玩耍、打斗，在田野照料牛羊……"

曼德拉对库努村的感情深厚，生前就与家人讨论过要将自己埋葬在库努村的愿望。而曼德拉的父亲、母亲、夭折的长女马卡兹维、车祸中丧生的长子泰姆比基勒、感染艾滋病去世的小儿子马克贾托也都埋葬在库努村。

早上8点，国葬仪式开始，电视屏幕上响起了名为《履行你的诺言》的科萨语赞美诗，军乐队奏响南非国歌，21响礼炮声从现场传来，这是南非对于已故总统的最高的礼遇。

灵棚内，曼德拉的灵柩停放在场地前方中央，上面覆盖南非国旗，舞台正中悬挂着曼德拉微笑的画像。画像前方点着95根洁白的蜡烛，象征他95年的光辉岁月。时任南非总统祖马、赞比亚前总统卡翁达等政要纷纷发表悼词，缅怀曼德拉从囚徒到总统的传奇一生，颂扬他为反种族隔离和缔造彩虹之国所做出的巨大贡献。

在国葬仪式结束后，曼德拉的家人和极少数受邀请的嘉宾前往墓地，参加下葬仪式。曼德拉是滕布族人，属于科萨族人中的一个分支，因此，他的下葬仪式遵从科萨族的传统葬礼仪式进行。后半程下葬仪式由于过于隐私，电视不再转播，我们只能通过文字的描述想象最后的场景。

参加下葬仪式的人们身着传统的科萨族服装，戴着蓝色和白色的头饰和项链。当曼德拉的遗体抵达墓地的时候，哀悼者连喊三声"Aaah！Dalibhunga"，欢迎曼德拉回家。Dalibhunga是曼德拉16岁接受成人礼后被给予的宗族名字。

在下葬仪式上，人们宰了一头公牛。腾布族的酋长说："让动物的热血喷出，可以陪伴逝者的灵魂。"下葬仪式结束后，滕布族的酋长按照滕布族礼仪，向曼德拉遗体三鞠躬，然后将曼德拉葬入家族墓地。

曼德拉卸任之后，其实并没有过上闲居的生活。已经习惯了为民众奉献的他，依然活跃在世界的政治舞台，用他巨大的影响力弥合世间的分裂，消除人间的疾痛。直到这一天，2013年12月15日，他才真正实现了当年归隐家乡的夙愿，再也不用离开。

长达十天的曼德拉国葬终于画上了一个圆满的句号。我和站长告别了媒体的朋友和好客的华商，踏上了回津巴布韦的路程。在南非的最后一晚，我们是在东伦敦市度过的。

我至今还记得那个傍晚，夕阳温润，海风习习，在海滨公园里，处处是前来休闲放松的家庭。孩子们在沙滩上追逐嬉戏，老人们喝着饮料欣赏着风景，年轻人则三五成群地冲进海里，又唱又跳，每个人脸上都洋溢着轻松、快乐的神情。

　　想想 20 年前的南非，充满血腥和暴力，压迫与反抗，随时可能卷入内战的旋涡。而仅仅过了 20 年，它就变成了一个现代化的彩虹之国，各个肤色的人和谐相处，共享美景，这真是一个奇迹！

　　这个奇迹的缔造者虽然离开了人世，但他留下的遗产将永远滋养他的人民。

二　九旬总统穆加贝执政的最后几年

在撒哈拉沙漠以南非洲，如果要评选最具有影响力的两位政治领袖，一位是南非国父曼德拉，另一位恐怕就非津巴布韦总统穆加贝莫属了。对于前者，人们不吝惜所有的赞美之词，而对于后者，人们的感情则复杂得多。他是津巴布韦共和国的主要缔造者，他引导的和平过渡曾被视为建立新南非的榜样，但他又因过度贪恋权力而晚节不保。他和中国是老朋友，对中国饱含感情，一手主导了"向东看"的政策。他曾经和西方关系如胶似漆，被评为非洲最佳领导人，后来却和西方国家彻底闹掰。他曾经创造过津巴布韦经济的十年奇迹，却也使这个国家经济遭遇恶性通货膨胀，以至于废除本国货币。

我有幸见证了穆加贝执政的最后几年，看到了人们对他的爱戴和批评，领教过他的强悍和铁腕，见识过他的智慧和昏聩。我被他对中国的感情打动过，也驳斥过无良媒体栽赃他的言论。目睹津巴布韦经济一天不如一天的时候，我也曾希望津巴布韦政坛能出现新的气象，但当他真正被迫走下了总统宝座，我却说不清楚得百感交集。我只知道，一个时代结束了。

总统府夜半惊魂

几乎每个驻非洲的记者都曾经猜想过，穆加贝在 2018 年大选连任后还会干几年，但我们甚至都没有对他能否连任真正怀疑过。人们似乎已经接受了这样一个事实：穆加贝活着一天，就会当一天总统。没有想到，一场政变却在大选之前发生了。

2017年11月15日凌晨2点，一向平静的津巴布韦首都哈拉雷突然响起了枪声和爆炸声。津巴布韦国防军司令奇温加率领部队闯入穆加贝的官邸蓝顶别墅，单刀直入地告诉93岁的老总统："您已经被我们软禁了。"据当地媒体报道，穆加贝闻言大为震惊，昏倒在地，而他年轻的妻子格蕾丝则痛哭流涕、苦苦哀求奇温加放她一条生路。

当天，国防军还占领了津巴布韦广播公司。西布西索·莫约少将出现在电视直播间，声明这不是军事政变，穆加贝和他的家人都很安全，军方针对的是穆加贝身边"那些正在犯罪并让国家陷入经济困境的罪犯"。这番讲话颇有清君侧的意味，当时，人们都在猜测，军方所指的罪犯是穆加贝的妻子格蕾丝和她麾下的"40人集团"。

第二天，总统官邸到总统府和办公楼的路上再不见浩浩荡荡的总统车队，取而代之的是津巴布韦国防军的坦克，而官邸内的穆加贝卫队成员也被忠于奇温加的士兵替换。穆加贝被软禁在官邸内，除了几位亲人，谁都见不到，他的亲信官员被捕的被捕，逃亡的逃亡。穆加贝虽然还是名义上的总统，但已无法发号施令。军方安排他在下午1点发表退位声明，但被穆加贝坚决地拒绝了。

两天之后，让穆加贝更为心灰意冷的事情发生了。在军队的支持下，津巴布韦首都哈拉雷、第二大城市布拉瓦约、瀑布城等多地举行了大规模的要求穆加贝下台的示威游行。黑人、白人、印度人都走上街头，举着"穆加贝必须辞职""感谢我们的军队""我们需要姆南加古瓦回来""权力不是性交易"等牌子，挥舞着国旗，高喊各种反对穆加贝的口号。游行队伍中，一位白人冲着记者喊："我们自由啦！"

津巴布韦执政党的中央委员会召开会议，解除了穆加贝的党主席职务，并称穆加贝必须在11月20日中午之前辞去总统职务，否则议会将启动弹劾程序。有消息传出，穆加贝会在 19 日晚的电视讲话中宣布退位的消息。所有的媒体人都等候在电视机前，准备抢一个大新闻。谁知，穆加贝只是大谈特谈执政党非洲民族联盟 – 爱国阵线（简称津民盟）的历史传承和津巴布韦人的民族精神，还表示，他将以津巴布韦总统身份出席于 12 月召开的执政党津民盟的大会。最后，老总统还不忘调侃一句："好长的讲稿。"

虽然军方一直在劝说老总统主动辞职，但穆加贝一直不肯松口。而最终改变他心意的是被他罢黜的前第一副总统姆南加古瓦从南非打来的电话。参与斡旋的罗马天主教神父费德列斯说："在十分钟的通话中，他们俩敞开了心扉。"

21 日下午，津巴布韦议会对穆加贝总统的弹劾动议进行辩论时，穆加贝给众议院议长打了一个电话，他说："议长先生，我要写一个辞职信，为了国家，为了人民，我准备辞职了。"穆加贝接着又说，"但他们告诉我弹劾已经开始了，如果我现在写辞职信，好像是在阻拦弹劾动议，借此规避我犯下的罪行。如果这样，让他们弹劾好了，我没有犯下任何值得弹劾的罪行。"议长解释说："现在会议虽然开始了，但您仍可以写辞职信，发言人会在大会上宣读，这是符合程序的。"

于是，穆加贝写下了这封辞职信："我，罗伯特·穆加贝依据津巴布韦宪法，辞去津巴布韦总统的职务，立即生效。"神父说，他看见穆加贝在信尾签上自己的名字后，满脸通红，还叹息了一声，那意思似乎不是"我失去了一切"，而是说"我终于把这件事做完了"。

曾经受人爱戴的国父

我还记得，刚去津巴布韦不久，就赶上了穆加贝 90 岁大寿。从 1986 年开始，每年 2 月 21 日穆加贝生日的这一天，津巴布韦都要举行规模浩大的庆祝活动，而 2014 年 2 月 21 日这一天，穆加贝因为在新加坡做眼睛手术，将庆祝活动推迟到了 2 月 23 日。

穆加贝 90 岁的生日宴会在哈拉雷附近的马隆德拉体育场举行。当我和站长早上 8 点多抵达时，从四面八方赶来的民众已经把马隆德拉围了个水泄不通。由于那次生日庆典的主题是"为了年轻人的权利和就业，提振经济"，前来参加活动的民众中有不少是青年人和中小学生。学生们穿着整齐的西装校服，在老师的带领下鱼贯入场，有些小学生戴着红领巾，那是执政党津民盟青年团的标志。

我仔细观察，大部分前来参加生日庆典的人都兴高采烈，像是参加他们自己的派对。津巴布韦经济在 2009 年废除津元之后，曾经一度取得 10% 的恢复性增长。2014 年年初，津巴布韦经济尚好，看得出来，很多人是发自真心地参加穆加贝的生日庆典。

人们在各自的阵营载歌载舞，看到我的照相机，都热情地挥舞着手臂，一定要我拍下他们自认为最酷的表情。场地周边遍布小商小贩，他们趁着活动卖一些饮料、水果和零食，有位卖香蕉的老奶奶看到别人跳舞，按捺不住也扭动起腰肢，丢下自己的水果摊，加入狂欢的人群。

我们随机采访了一些参加活动的民众。一位来自布拉瓦约的 21 岁的女孩子热情地说："为了给穆加贝过生日，我昨天就从布拉瓦约赶来了，我祝愿他能长命百岁！"站长提了一个尖锐的问题："有人说，穆加贝年纪太大，该退休了。你怎么看呢？"那位女孩不假思索地回答："我想，人们不应该议论'他是不是太老了''他是不是被疾病困扰'这样的问题。穆加贝总统最清楚自己的情况。他能够继续领导津巴布韦，所以，他还没有选择退休。"

在人群中，我们还遇到了一位黑人农民桑姆森。在穆加贝推行土地改革之后，他分到了土地，一家人的生活因此而改善。这次，他专程从家乡赶来参加穆加贝的生日庆典。他说："穆加贝是出色的领袖。他给了我们土地，带

▲　穆加贝和夫人格蕾丝出现在他 90 岁的生日庆典上

给我们力量。我希望上帝能赐予他更长的生命，让他一直领导津巴布韦。"

　　上午 10 点左右，总统穆加贝和第一夫人格蕾丝站在一辆皮卡车上出现在体育场。车子在人群中缓缓移动，所到之处爆发出一阵阵欢呼声。那是我第一次近距离地观察穆加贝，只见 90 岁的穆加贝精神矍铄，看上去好像只有 60 多岁。他身着黑色西服和亮红色的领带，戴着黑色的墨镜，身子挺得笔直，时不时地向人群挥拳致意。而比他小 41 岁的妻子格蕾丝则身穿一身灰色的条纹西服，头上裹着黑色的头巾，一副精明强干的样子，不时和周围的人群微笑互动。

　　在巡视之后，一位津民盟青年团的领袖为穆加贝戴上了红领巾。穆加贝缓步走上主席台，首先用绍纳语喊起了口号，每喊一句，台下的听众就跟着喊一句。"前进吧，津民盟！前进吧，独立与主权！前进吧，孩子的教育！前进吧，我们的农业！让我们的人民受到教育！让我们的人民得到权利、财富

▲ 穆加贝在90岁生日庆典上发表讲话

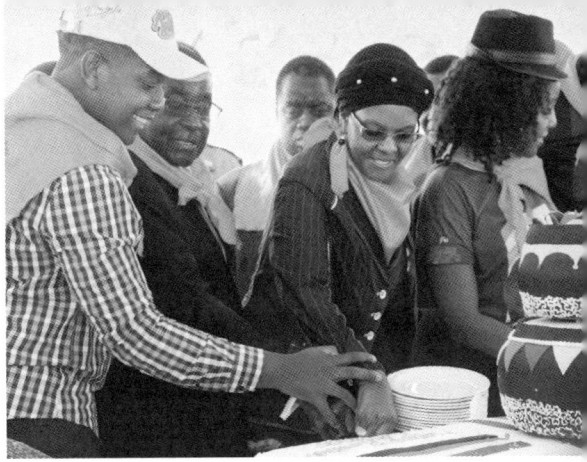

▲ 穆加贝与家人一起切下生日蛋糕

和幸福的生活！垮台吧，敌人们！垮台吧，叛徒们！"对于年迈的老总统来说，执政党、国家主权、农业和教育问题依然是他非常看重的问题。

在随后一个小时的演讲中，穆加贝侃侃而谈，几乎不看演讲稿，英文和绍纳语转换自如，还时不时开个玩笑："我感到又年轻了，就像9岁的男孩子一样充满活力！"

穆加贝是非洲最长寿也是在位时间最长的总统。1980年，津巴布韦独立后，穆加贝先后任总理、总统，三十多年一直领导国家。和他同时代的领导人南非的曼德拉、纳米比亚的努乔马、赞比亚的卡翁达都已经过世或退休，只有他还活跃在非洲政坛。穆加贝在演讲中感慨道："我时常在想，这些年我是如何逃脱死亡，幸存下来的。我的许多朋友与亲人都去世了，这让我感到非常难过。但同时，我也非常高兴，我已经活到了90岁。"

和每次演讲一样，穆加贝一定要批评一下对津巴布韦进行制裁的西方国家和反对党。他挥舞着拳头说："津巴布韦属于津巴布韦人！让我们团结起来，用一个声音反对西方国家强加给我们的制裁！"

穆加贝还寄语年轻人："人生如朝露，这一分钟光彩四射，下一分钟就消失不见了。我督促你们过一种纯洁的生活，远离混乱的男女关系，如果你们能做到这些，上帝会让你们长命百岁。"

在生日快乐歌中，穆加贝和格蕾丝切下了生日蛋糕，并将蛋糕分给在场的民

▲ 穆加贝祝贺获奖学子

众。人们又随着音乐跳起舞来，把穆加贝的生日庆典变成了一个全民狂欢的派对。

穆加贝喜爱出席的公共场合除了一年一度的独立日、英雄日、生日庆典和大型的经贸、农业展等商业活动之外，就是各种教育类的典礼。穆加贝是津巴布韦所有国立大学的校长。每年到了毕业季，如果没有外事出访，穆加贝会依次出现在各个大学的毕业典礼上发表致辞，并为学生们颁发毕业证书。

2016 年 8 月，我曾参加过一次在总统府举行的由中国企业赞助的总统奖学金颁发仪式，那次的奖学金发给 49 名即将去中国青岛海洋大学深造的贫寒学子。92 岁的穆加贝在保镖的陪伴下，颤巍巍地走到典礼现场，在别人发表致辞时不停打盹。但轮到他时，他又精神抖擞地发表了近一个小时的演讲，勉励学生们不要放松学业，不要整天上网，要努力学习，取得让家人骄傲的成绩。之后，穆加贝站在总统府的草坪上，在正午的烈日下与获奖学子和家人们一一握手，祝贺他们获此荣誉。面对学生时，穆加贝的脸上展现出平时难以见到的轻松与愉悦，看到一个几个月大的宝宝，他还抱过来逗弄。

穆加贝如此重视教育是有原因的，他本身就酷爱学习，是非洲获得学位最多的总统。1951年，他获得了南非福特赫尔大学文学学士学位，那是曼德拉曾经就读的学校。回到津巴布韦后，他一边教书，一边继续进修，又获得了伦敦大学理学学士学位。在被关在英国人的监狱期间，他还自修了两个法律学位。他执政后更是花大力气抓教育。津巴布韦的财政收入虽然不高，政府却愿意拿出财政预算的约四分之一投入教育，使这个国家的国民识字率达到92%，哪怕一些做小生意的人都是大学毕业。

与西方国家的恩和怨

三十多年前，穆加贝在西方人眼中还是一位受过良好教育的、彬彬有礼、宽容睿智的政治明星。英国广播公司（BBC）报道，穆加贝每天早晨四五点起床，收听BBC环球广播的新闻节目。比起津巴布韦的传统服装，穆加贝更爱穿西装，甚至很多西装是从英国定制的。穆加贝还喜爱观看板球，认为这一运动可以培养人们的绅士精神，他希望把国民培养成为英国式的绅士。

确实，在津巴布韦独立之初，穆加贝和英国的关系还是很好的。虽然他领导人民进行了长达20年的反对种族主义和殖民主义的斗争，其间还被殖民者关押长达10年之久，但在独立斗争胜利之后，穆加贝立即发表了种族和解的演讲："我强烈要求你们，无论你是黑人还是白人，与我一起许下新的誓言：忘记我们可怕的过去，彼此宽恕，友好携手，共同抗击种族主义、地方民族主义和地区主义……让我们加深归属感，构建一种没有种族、肤色和信仰偏见的共同利益。"这一番讲话，足以与曼德拉在联邦大厦就职时的演讲相媲美。

穆加贝深知，在将近一百年的殖民统治时期，从英国移民而来的白人控制着津巴布韦的农业、矿业、工业、金融、商业等重要部门的经济命脉，掌握着几乎所有具有技术含量的工作岗位。如果他们因为担心被报复而选择离开，将对津巴布韦的经济带来致命性的打击。

为了安抚白人，穆加贝特意在新政府保留了两个白人部长的位置，其中包括臭名昭著的秘密警察头子。感激之下，这个警察头目主动向穆加贝坦白了当年安排暗杀穆加贝的计划。穆加贝对此一笑置之：反正你们也没成功，现在战争结束了，我们来谈合作吧。这些举动，都给惴惴不安的白人吃了定心丸。

穆加贝对待白人的宽宏大度让他成为西方世界的政治明星，英国政府立刻派遣了军事人员，协助游击队转变成正规军，英国与津巴布韦的关系进入蜜月期。英国女王伊丽莎白二世封穆加贝为爵士，并授予荣誉博士学位。美国也提供了2亿多美元的援助。仅在1981年的一次筹款会议上，津巴布韦就得到了6亿英镑的援助款项。西方国家向津巴布韦派出很多志愿者、专家，参与这个非洲明星国家的建设。

在20世纪最后20年中，穆加贝都是非洲除了曼德拉之外最著名的政治和精神领袖，他先后担任了不结盟运动首脑会议主席、英联邦国家首脑会议主席和南部非洲前线国家主席。1989年，穆加贝获得了印度政府颁发的"国际理解尼赫鲁奖"。1994年，穆加贝还获得英女王授勋，以表彰他对终结种族隔离的贡献。津巴布韦独立之后经济建设创造出十年奇迹，南部非洲的"面包篮子"的称号享誉全球，1990年，穆加贝被《新非洲人》杂志评选为"非洲最佳领导人"。

穆加贝在刻意与前殖民者保持良好关系的同时，更不忘改变津巴布韦广大黑人长期以来遭受的不平等待遇。在殖民统治时期，极少数的白人占据了全国绝大部分的良田，而占人口大多数的黑人则沦为没有土地的雇农和奴隶。执政党在独立战争时期，就将土地问题作为获取民众支持的基础。

掌权后的穆加贝到了兑现诺言的时候。最初，土地改革（简称土改）是基于穆加贝政府与英国政府签署的《兰开斯特大厦宪法》上的"愿买愿卖"，英国提供一半资金帮助穆加贝政府从白人手里赎买土地。但是，由于这一法案的限制颇多，土地改革进程缓慢。而且，白人出售给政府的土地大多位于降水少、交通不便和条块分割的地区。

1990年为津巴布韦的总统选举年，穆加贝明确指出要用革命性的方式来解决土地问题。津巴布韦政府通过修改《兰开斯特大厦宪法》与土地问题有关的条款和出台新的《土地征收法》，从而废止了"愿买愿卖"原则，《土地征收法》得到了津巴布韦绝大多数黑人的支持。

但是，英国、美国、国际货币基金组织和世界银行等组织将土地改革方式与向津巴布韦提供的援助相挂钩，最终迫使津巴布韦政府在土地问题上向白人农场主做出妥协。

待英国托尼·布莱尔领导的工党政府上台，英国政府以花费太大、无力承担为由，单方面宣布废除与津巴布韦签订的协议。此外，津巴布韦国内土地改革的呼声日益高涨，退伍老兵指责穆加贝政府忘恩负义，迟迟不能兑现土地承诺；穆加贝又迫切需要通过土地改革，巩固政权的合法性，转移社会矛盾，赢得1997年的大选。因此，轰轰烈烈的激进土地改革从1997年开始，津巴布韦政府将要征收的土地面积扩大到了津巴布韦商业农场总面积的将近一半。2001年，穆加贝进而宣布没收所有白人的农场，限令白人农场主在90天内让出土地，没有任何赔偿。

这一时期的土地改革过于激进，甚至演化为暴力土改。一些老兵闯入农场，强占土地，出现农场主被杀事件。一时间，大量白人农场主纷纷逃离，一些农场主在临走前捣毁灌溉设施，破坏农业机械设备，终止农产品贸易渠道。再加上黑人暴徒对农场的破坏，津巴布韦整个农业生产陷入瘫痪。

几乎所有被西方殖民过的非洲国家都存在土地问题，但绝大多数黑人政权在上台之后，顾虑经济发展和与前宗主国的关系，有些将土地问题束之高阁，有些因为阻力巨大而中途放弃土地改革。津巴布韦土地改革之彻底，在非洲绝无仅有。因为土地改革，穆加贝再次成为全非洲"反帝国主义的先锋"。

土地改革使穆加贝和西方关系从情人转向了仇人。以英国、美国为首的西方国家开始支持津巴布韦的反对党"争取民主变革运动"（简称民革运），积极培植代理人。在 2002 年的津巴布韦大选中，穆加贝在争议中获得了胜利。欧盟、美国、瑞士、澳大利亚、挪威和加拿大等国认为津巴布韦大选存在"严重舞弊"，"人权状况糟糕"，开始全面制裁津巴布韦，停止对津巴布韦的直接援助。据估计，仅欧盟的制裁就给津巴布韦带来了至少 420 亿美元的损失。以英国为首的一些西方国家指责穆加贝迫害反对党候选人，选举缺乏公正和自由，宣布暂停津巴布韦的英联邦成员国资格。穆加贝政府随即以强硬的姿态发表声明，宣布正式退出英联邦。津巴布韦和西方国家的关系跌至冰点。

西方媒体开始频繁批评穆加贝政府。津巴布韦首都哈拉雷在该国与西方国家的蜜月期时曾被评为"最适宜人类居住的城市"，这时则被评为"最不适宜人类居住的城市"。《福布斯》杂志直接将穆加贝列入"非洲最糟糕的五大领导"，与其并列的，是在位 34 年的安哥拉总统多斯桑托斯，以及靠推翻自己叔叔上任的赤道几内亚总统奥比昂。

面对西方的制裁和批评，穆加贝丝毫不为所动，他依旧在各种国内外场合批评西方强权，表示自己不会向他们低头。2016 年 9 月，穆加贝在参加联合国大会时代表非洲国家发声，他警告西方国家："我们将为非洲人民的权利奋斗。我们再也不能继续充当联合国的二等成员。如果西方国家一再阻挠联合国改革，不给非洲等发展中国家更多的发言权，我们非洲将毫不犹豫地退出联合国。"

▲ 穆加贝在中非合作论坛约翰内
斯堡峰会上称赞中国

▲ 穆加贝在时任中国驻津巴布韦大使
林琳的陪同下参观从中国进口的病床

中国的老朋友

在 2015 年 12 月召开的中非合作论坛约翰内斯堡峰会上，穆加贝作为时任非洲联盟（简称非盟）轮值国主席在开幕式上的一番话获得了全场的喝彩。在习近平主席做完主旨发言之后，91 岁的穆加贝走上讲台，用洪亮又富有激情的声音说道："让我们给他掌声，他是一个男子汉，他代表一个曾经被称为贫穷的国家，一个从未殖民过我们的国家。他正在做那些我们曾经期待殖民者所做的事。如果那些殖民者有耳朵，也请他们听听。所以说，习近平主席是上帝派来的人，愿上帝保佑中国和她的人民！"

其实，穆加贝不仅在国际场合总是力挺中国，在国内的公开活动中，穆加贝一有机会就会大谈特谈和中国的交情。2015 年 3 月，在哈拉雷中心医院举行的中国帮助津巴布韦医院更新医疗器械的仪式上，穆加贝侃侃而谈了一个小时。和很多次演讲一样，他又从中国帮助津巴布韦争取民族独立讲起。

穆加贝说："早在 1980 年之前，中国就帮助我们争取民族解放的胜利。从 1976 年开始，我每年都访问中国，每年都能收到来自中国的军事设备，用来武装我们的部队，支持我们的民族解放运动。所以，我们要永远和中国做朋友，做全天候的朋友。"

穆加贝是毛泽东的坚定拥趸。在 10 年的牢狱生活中，他读了许多毛泽东的著作，深受影响，并结合津巴布韦的历史与现状，思考如何让津巴布韦人民从白人的殖民统治中得到真正的解放。在独立后，穆加贝主张在津巴布韦建立以马列主义为指导的一党制国家，发展社会主义经济。

在遭到英美等西方国家严厉的经济制裁之后，为摆脱国内经济危机、减轻对西方国家资金与市场的依赖，穆加贝于 2002 年提出了"向东看"政策，积极发展同包括中国、印度、伊朗、马来西亚和泰国在内的亚洲国家的政治和经济联系。穆加贝曾深有感触地讲："西方人靠不住，亚洲国家才是真正的朋友，它们的支持与援助从不附加任何条件。"

穆加贝对于到访的中国领导人和官员都非常重视。习近平主席 2015 年年底到访津巴布韦时，他亲自去机场接送，在习近平的车队下榻酒店的路上，穆加贝政府派出直升机护送。其他的中国官员来访，穆加贝大部分时候都要

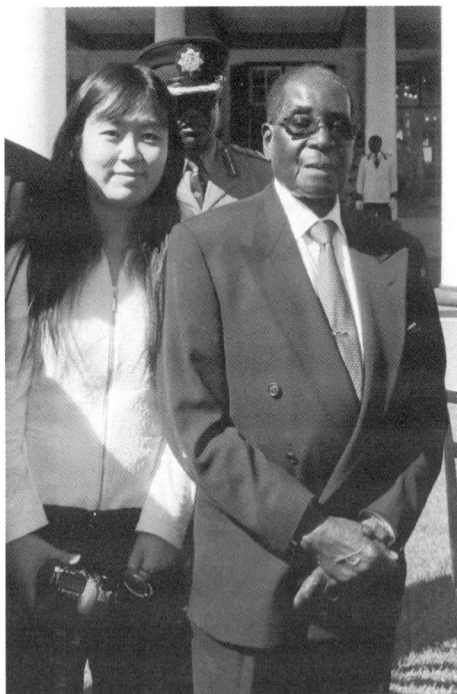

▲ 我与穆加贝合影

亲自接见，以至于我在任的三年多时间，就报道过近十次穆加贝和中国官员的会谈。他对于中国记者也没有架子，有时在中国官员访问间隙，我们把他随机拦住，他也愿意接受简短的采访，支持中国的各种外交政策。执政党的报纸上，但凡有涉及中国的报道，几乎都是积极正面的内容，翻译成中文可以直接转载到《人民日报》上。在他的影响下，大部分津巴布韦的普通百姓对中国的态度也是热情友好的。

穆加贝的"向东看"政策没有让他失望，连续多年，中国都是津

巴布韦最大的投资来源国。中国援助津巴布韦建设了哈拉雷国家体育场、医院、学校、水坝、水井、服装厂等项目。通过中国进出口银行出口买方信贷和政府贴息优惠贷款，中国企业在津巴布韦承建了水电站扩容改造、水泥厂建设、移动壹网电信改造、国防学院建设、维多利亚瀑布市机场改扩建等项目。在中国的帮助下，津巴布韦的经济正在慢慢复苏。

祸起萧墙

在晚年穆加贝离民众越来越远。他出国异常频繁，甚至一个月当中有至少一半的时间在进行各种外事活动。总统每次出行都有浩浩荡荡的车队，摩托警车在几公里之外开道，所有路上的车辆都要立即靠边停车，稍有迟疑则会被殴打或者拘捕。有一次我们的车子行至一个十字路口，正遇上总统车队的开道摩托车经过，护卫队员跑到我们的车前猛敲玻璃，要求我们立即靠边停下，甚至伸手进来要打人。

2017 年 10 月，穆加贝从南非访问回来时，听说哈拉雷的大街小巷都是摆摊的小贩，市容肮脏，非常生气。他找到内阁部长，质问他为何允许把道路变成杂货店，要求立即将这些小贩赶到固定的地点去。他说："哈拉雷是我们的首都，应该是最漂亮的城市。"

在穆加贝的印象中，哈拉雷应该还像二十年前那样洁净美丽。我不禁愕然，他已经有多少年没有上街了解民情？他可知津巴布韦的小贩占道经营已经有数年之久？他可知为何有那么多人不去工作，而在街边摆摊？他是否知道，他管理了 37 年的国家已经变成了什么样子？

穆加贝越来越陶醉于个人崇拜，而他手下的人更是投其所好，尽力巴结。2017 年 8 月，津巴布韦政府正式宣布每年穆加贝的生日为全国的公共假期，津巴布韦内阁拨款 10 亿美元在马佐韦修建一所以穆加贝命名的大学。2017 年

9 月，哈拉雷国际机场被改名为穆加贝机场。而这时，离他被迫下台仅剩下两个月。

早在穆加贝 76 岁生日之时，穆加贝就在电视讲话中表达过不再参加下次总统竞选的想法："我不希望等到只能四肢朝天、进入我的第二个童年的时候才退休，我要留着精力来写我的回忆录和做许多其他的事情，因此我将在合适的时候退休。"而年过九旬之后，穆加贝对权力的贪恋却更加强烈起来，再也不提退休的事情。在 2015 年 1 月召开的津执政党津民盟的全国代表大会上，穆加贝被确定为该党参加 2018 年总统大选的候选人，一旦连任，他将执政到 99 岁。

由于他年事已高，执政党内部围绕他继承人的问题总是争论不休，而他则不断敲打手下的人："我活着一天，就一天不能讨论接班人的问题。"

按照津巴布韦的法律，第一副总统是第一顺位的接班人。当时，穆菊茹已经在第一副总统位置上经营 10 年，羽翼颇丰。第一夫人格蕾丝认为她有争权之意，屡屡公开指责她"滥权""贪污腐败""有野心"，甚至"妄图谋害穆加贝"。2014 年 12 月，穆加贝以企图刺杀最高领导人为由，罢免了穆菊茹，并更换了 7 名与她同时任职的内阁部长，任命司法部部长姆南加古瓦接替第一副总统一职。

此事之后，穆加贝对手下官员越来越不信任，他开始任人唯亲，但又往往所托非人，造成党内更大的分裂。

他任命年轻的侄子朱沃担任津巴布韦青年、本土化及经济授权部部长，《本土化和经济授权法案》的宗旨是非本地企业必须将不低于 51% 的股份或股权出售给当地黑人，这本来就是一个会影响到所有外来投资的敏感法案，而朱沃在推行时一味强硬，不惜在不同场合措辞严厉地批评外资企业。这导致国际舆论一片哗然，外商们惶惶不安，原本有投资意向的企业也望而却步。无奈之下，老总统只好出来救场，通过新闻部发表一份声明，澄清人们对"本土化”的误解。

但无论穆加贝再怎么解释，“本土化”带来的负面影响都很难一时间消除，非洲又不是只有一个津巴布韦，既然这个国家有那么多不确定性，为何不投资其他非洲国家？联合国的世界投资报告显示：2016年，津巴布韦仅吸引外资4.286亿美元，而同一时期，赞比亚吸引外资14.936亿美元，莫桑比克吸引外资31.83亿美元。这些原本要仰望津巴布韦的穷邻居，现在的发展势头都远远超过了津巴布韦。

穆加贝重用的另一位高官是他的妻子格蕾丝。格蕾丝是他的第二任夫人，比他小41岁，泼辣能干，穆加贝对她颇为宠爱和依恋。他经常在一些公开的庆典上表达对格蕾丝的爱意：“她是我的爱人，我的支持者，永远站在我的身边。”

在穆加贝的纵容下，格蕾丝生活骄奢无度。在国内民众饱受经济危机的困扰时，她却经常一掷千金，花135万美元买一颗钻戒，在哈拉雷、约翰内斯堡和纽约大肆购买房产。她与前夫所生的儿子花7000万兰特（由南非储备银行发行的货币）购买豪车；她和穆加贝所生的两个儿子在约翰内斯堡读书期间过着奢侈混乱的生活，他们酗酒吸毒，经常举行午夜豪华派对，还因争风吃醋把人打伤，被公寓的管理部门驱逐出来。

格蕾丝爱打人也是出了名的。此前，她因为在香港打记者上了各大媒体的头版；为争夺马佐韦的一个金矿的矿权而带人打伤金矿的员工。2017年8月，格蕾丝去南非看望儿子时，发现儿子和一名南非模特同居，盛怒之下的格蕾丝抢起酒店的插线板，将女模特的前额和后脑打得鲜血淋漓，此举一时引发南非和津巴布韦的外交危机。南非警察部长对全国各个进出口边境发出红色警报，严禁格蕾丝在结案之前逃离南非。后来，还是穆加贝亲自去南非，接回了格蕾丝，第一夫人海外打人事件才草草收场。

更要命的是，格蕾丝虽然没有治国理政之才，却对权力有很大的野心。

2015 年，格蕾丝以该党妇女联盟领袖的身份正式跻身政治局委员。但是，第一夫人显然并不满足于执政党妇女领袖的地位，她想要的更多。

穆加贝一直拒绝在公开场合透露中意的继任人选。而格蕾丝则要求消除这种不确定性："总统，不要害怕。告诉我们谁是你的选择，我们应该为谁下注。"在格蕾丝的不断挑拨下，执政党内部越来越明显地分为两派。一派是以格蕾丝、副总统穆波科和国防部长赛克拉马依为首的"40 人集团"；另一派是以姆南加古瓦为首的"鳄鱼派"。

格蕾丝不断公开指责姆南加古瓦，批评姆南加古瓦和他的盟友不忠，称他们是分裂主义的教父，应该立即被清除出党。还说姆南加古瓦只是"我丈夫的一个雇员"。虽然穆加贝一再呼吁党内团结，但每次听到妻子说这些话时，宠爱妻子的他都默不作声，似是在默许妻子的所作所为。

但是，格蕾丝无论是才干还是德行都难以服众。如果说人们念着穆加贝昔日的功勋还对他保有尊重，那么对于在治国理政上毫无建树、只会骂人和打人的第一夫人就没那么客气了。在一次集会上，格蕾丝演讲时遭到一些党员的嘲笑与嘘声，这让穆加贝十分恼怒。经过调查，他发现这些党员属于副总统姆南加古瓦的派系。于是，穆加贝在 11 月 4 日布拉瓦约的一场集会中对姆南加古瓦发出警告："我（任命姆南加古瓦为副总统）的决定是不是一个错误？如果是错误，我明天就可以解除他的职务。如果他想组建自己的政党，请他自便，我们不需要一个整天内斗的执政党。"当时，姆南加古瓦就坐在台上。

果然，3 天之后，穆加贝解除了第一副总统姆南加古瓦的职位，原因是他"不忠诚，不懂尊重，是不可靠的骗子"。据说，国防军总司令奇温加曾劝说总统，这个决定可能导致极大的风险，但穆加贝不为所动。事后看来，正是这个草率的决定导致他后来自食苦果。

姆南加古瓦并不是穆菊茹，他可是一位有手腕、有抱负的铁腕政治家，早在反抗白人殖民者的斗争中，他就获得了"鳄鱼"的绰号，津巴布韦解放后又在穆加贝阵营中经营了数十年，为穆加贝屡立功勋。由于穆加贝在党内有无人能及的威望，姆南加古瓦一直尊穆加贝为国父，对格蕾丝隐忍不发，如果穆加贝一直保留他第一副总统的职位，他也许会一直隐忍下去，直到穆加贝去世。但如今，穆加贝听信格蕾丝谗言罢免了他，姆南加古瓦认为已没有再忍耐的必要了。他逃亡国外之后，发表了长达5页纸的声明，愤怒地对穆加贝说："津民盟不是你和你老婆的私有财产，不是你们可以为所欲为的！"他还发誓会回到津巴布韦，与之斗争到底。

多少年来，姆南加古瓦都对穆加贝毕恭毕敬，如今却如此疾言厉色地公开挑战他的权威，穆加贝哪里能忍得下？他宣布，要将所有亲姆南加古瓦派的公职人员清除出党和政府。还有消息说，穆加贝将以"叛国罪"逮捕姆南加古瓦。如果罪名成立，按照津巴布韦法律，姆南加古瓦将被判处死刑或终身监禁。

与此同时，格蕾丝在党内的呼声日渐高涨，青年联盟组织的团结大会推举格蕾丝为副总统。在布拉瓦约的集会上煽动民众为格蕾丝喝倒彩的四名主犯被以"破坏总统权威罪"逮捕。所有的迹象都在表明，穆加贝在为妻子格蕾丝接替他的职位而扫清障碍，而这些是追随穆加贝多年的军方人士不能容忍的。

津巴布韦国防军总司令奇温加11月13日发出明确警告，要求停止对参加过民族解放战争的党内人士的清洗，并威胁说，如果执政党内的政客们继续"搞诡计"，军方将"介入"。虽未指名道姓，但矛头显然指向穆加贝夫妇和"40人集团"。第二天，一份针锋相对的政府公告从穆加贝政府中发出，指控奇温加蓄意煽动暴乱，武力亵渎宪法，公然挑衅总统权威，是彻底的叛国行为。

军方的警告是向穆加贝和格蕾丝集团发出的最后通牒，但穆加贝统治津巴布韦太久了，早已视军队的忠诚为理所当然，并未对这一警告做出及时的调整和防范。他似乎忘了，国防军总司令奇温加和姆南加古瓦关系颇为密切，奇温加一直希望姆南加古瓦成为穆加贝的接班人。穆加贝撤下姆南加古瓦，力推自己妻子的做法已经和军队的利益背道而驰。

于是，2017年11月14日夜间至15日凌晨，奇温加率领军队控制了政权，软禁了穆加贝，才有了本文最初的那一幕。穆加贝统治津巴布韦37年之久，看似一言九鼎，根基牢不可破，没想到一夜之间众叛亲离，大势尽失。但回头看他在执政最后几年的所作所为，这样的结局却也并非不可预料。

我曾想，如果穆加贝选择主动退位，他在人民心中的地位会不会更高？毕竟，他领导津巴布韦广大黑人争取到了独立和自由，将他们从种族隔离制度中解放出来，这些过往，津巴布韦人从未忘记。津巴布韦人虽然对日益下滑的经济形势越来越失望，对变革的期许越来越强烈，但对于这位曾经的民族英雄，人们一直给予足够的尊重，以至于穆加贝在宣读了辞职信之后，还有津巴布韦民众拦住我们的记者说："穆加贝总统在过去37年都是我们的领袖，他确实犯了错误，但他是非洲的象征，我们应该给他一个更为体面的下台的方式。"

如今，穆加贝下台引发的政治风浪已经渐渐平息，津巴布韦已经开启了姆南加古瓦的新时代。随着新政府开放力度的增大，外资纷纷回转，英联邦又向津巴布韦伸出了橄榄枝，希望它重新回到自己的怀抱。穆加贝似乎已经被这个时代渐渐遗忘，但不管怎样，在津巴布韦的史书上，他必定是浓重的一笔。他的功与过，自会有后人不断评说。

三　货币之殇　百姓之痛

在我去津巴布韦驻站之前，听说过的关于这个国家最多的故事，莫过于它曾经发行的面额 100 万亿津元的巨额钞票。其实，用这个人类历史上零最多的钞票发行一个月后甚至买不到一块面包，它没过多久就被美元替代，退出了历史舞台，但中国人对它的追捧还是超出了我的想象。在我驻站前，就有好几个朋友叮嘱我，从津巴布韦回来的时候"帮着带一张那种十几个零的钞票"。

传说中的 100 万亿钞票

到哈拉雷不久之后，我惦记着朋友的嘱托，开始寻找传说中的面额 100 万亿津元的钞票，但这时市面上早已不见它的踪影。有人告诉我，津元早已被禁止使用和买卖，只能去黑市上找。可是，黑市在哪里呢？初来乍到的我还摸不清这其中的深浅。

幸运的是，央视驻站的记者何绪酷爱收集钞票，他听说我在打听 100 万亿的津元，热情地指点我说："哈拉雷东门那里有个白人开的钟表店，明面上是卖钟表的，但也会偷偷地卖津元。我在他那里买过很多了，他每次都给我打折，明天我带你去。"

第二天，何绪坐着他的专车来记者站接我。我羡慕他竟然还有专职司机，他却无奈地说："嗨，你不知道，哈拉雷城里交通状况特别复杂，人又多又杂，还有警察敲竹杠。我进城就不爱开车，还是让当地人开比较安全。"

记者站位于城郊的使馆区，也是低密度住宅区，窄窄的小道旁是一个个独门小院，往来并无多少闲人。而车子一开进城区，就如同进入了喧闹的集市。市中心虽然是宽阔的马路和一座座高楼大厦，但街道上总是塞满了汽车，一群群衣衫破旧的人们无所事事地在街上闲逛，在众多汽车间闯红灯，过马路如同闲庭信步。我叹了口气，对何绪说："还好你没亲自开车来。"

我们在著名的商业区东门附近下车，何绪带着我转了半个街区，找到了那个钟表店。这个钟表店看上去很普通，小小的房间里，一个白人老者正在摆弄手里的钟表。何绪和他说明来意后，白人老者从货柜底下拿出了一沓子崭新的钞票。我惊呼："这么多！我只要最大面额的那几张津元就行。"

何绪对我解释说："津巴布韦独立后发行过五代津元，还有很多的债券货币，你要的 100 万亿津元是第四代津元，第五代津元刚发行几个星期就被废除了。这些津元你可以都买下，以后肯定会升值的。"

我架不住他游说，花了 200 美元买了津巴布韦独立后发行的第三代至第五代津元和债券货币，一共 66 张。又买了 20 张 100 万亿的津元，每张价值 2 美元。何绪信心满满地说："你好好收着这些津元，以后一定会升值！"

果不其然，等我半年后再去，100 万亿津元已经涨到了 10 美元一张。2015年，黑市上面额 100 万亿的津元已经是 15 美元一张。而在 2015 年 6 月，津巴布韦中央银行（简称津巴布韦央行）不知为何又突然想起了早就不用的津元，发文宣布，正式取消津元的法定地位，人们可以将手中的津元拿到银行兑换，10 万亿津元兑换 2 美分，50 万亿津元兑换 20 美分，100 万亿津元兑换 40 美分。

记者站有位已经工作了 30 年的资深女工，叫玛利亚。我问她有没有去银行兑换津元。她说："当年津元贬值得那么厉害，我早就把银行里的钱取出来花掉了呀，哪里能留到现在？"我告诉她，现在 100 万亿津元在黑市上已经卖到了 15 美元。她听了，脸上露出不可置信的神情："夫人啊，当年津元停止使用后，我还在院子里烧了两麻袋津元呢！早知道留到现在，我怎么也是有钱人了！"

政府的一纸兑换令又勾起了人们对那段惨痛往事的记忆。虽然离2005年严重的通货膨胀过去不足十年，但受尽折磨的津巴布韦人已经很少提及那段往事。

2005年10月至2009年2月，津巴布韦货币不断贬值，每当贬值到无法控制的时候，津巴布韦中央银行就会一股脑抹去1后面的十几个零，作为1津元重新发行。但没过多久，通货膨胀又席卷而来，央行只好故伎重演，再次抹零发行新币。老百姓的资产就在这一次次清零运动中化为乌有，人们拿着巨额的钞票却只能饿肚子。

可是，当我再往前探究，却发现了一个更令人震惊的事实：津巴布韦在1980年刚独立的时候，津元的汇率是和英镑等值的。那么，在过去的30年间究竟发生了什么，才让津元从坚挺的硬通货到一步步阵地全失，最后成为供人们把玩的纪念币呢？这其中的故事，真是一言难尽。

一场土地改革引发的经济危机

津巴布韦是南部非洲一个极富有传奇色彩的国家。早在20世纪90年代之前，津巴布韦还是南部非洲的"面包篮子"，向周边国家出口玉米、小麦等农产品，一个国家的粮食养活了整个南部非洲。它的工业实力在南部非洲也颇为领先，可以制造火车机车、铁轨、汽车，维修飞机引擎，服装制品物美价廉，畅销南部非洲。

二十年河东，二十年河西。一场轰轰烈烈的土地改革成为津巴布韦由盛至衰的分水岭（详情见上篇《九旬总统穆加贝执政的最后几年》）。

至今，人们对这场土地改革依然众说纷纭，赞美者、批评者各执一词。

但无论土改对错与否，它的结果是令津巴布韦和宗主国英国彻底闹掰，欧美国家纷纷发出制裁令，不少外资撤出，良田荒芜，工厂关闭，年景一年不如一年。仅仅用了二十年时间，津巴布韦就从南部非洲的一颗明珠沦落为全世界最贫困的国家之一。

白人农场主逃走了，也带走了先进的耕种技术。广大的黑人农民虽然分得了一小块土地，但是一没有资金，二不懂大规模种植技术，撒下种子就等着老天爷赏饭。津巴布韦每年都有半年的旱季，如果不懂培育和灌溉的技术，单纯靠天吃饭，收成只会越来越差。当农民们发现守着土地也难以填饱肚子以后，只好背井离乡寻找生路。津巴布韦有 1400 多万人，其中 300 万人在南非打工。还有一部分农民涌入哈拉雷等大城市，做点小生意，或是给有钱人家当花工、女佣。

如今，昔日令殖民者垂涎、令周边国家艳羡的万顷良田已是草比人高。风吹草低，让人总担心草丛中会钻出个狮子或是猎豹来。津巴布韦人自嘲说："只要出了城，到处都是国家公园。"

经济制裁、外商撤资对于津巴布韦工业、制造业的打击也是致命的。哈拉雷郊区规划得整整齐齐的工业区十有八九大门紧锁，而位于奎鲁的一个个大型钢铁厂也如同一座座废城，炼钢机器早已锈迹斑斑。没有了自己的工厂，衣食住行只能大量依赖国外进口，物价逐年攀升。

伴随着经济下滑、物价高企的，是津巴布韦一次又一次的恶性通货膨胀。1980 年至 2009 年 2 月，独立后的津巴布韦政府先后发行过四代津元和债券，除了第一代津元之外，之后政府发行的每一代津元都以难以控制的通货膨胀告终。特别是最后一代正式使用的津元，遭遇了人类历史上最为严重的通货膨胀。2008 年 7 月，官方公布的通货膨胀率高达 2200000%。

记者站有一个点钞机，是经历过 2008 年通货膨胀的记者留下的。据那时的记者朱曼君回忆，为了交 1 个月的网费，他们 3 个人用点钞机点了 1 个小时，才点清楚了所有的津元。但当他们扛着一麻袋的津元到了营业厅，遇到汇率上涨，一麻袋的钞票又不够了。

商品不停地涨价引起民怨沸腾，津巴布韦政府随后颁布限价令，禁止一些生活必需品涨价。可是，津元每天都在贬值，如果不涨价，就必定亏本，很多商家因此停止进货，或囤货不出，或私下销售。商店的货架上空空如也，人们背着成麻袋的巨额津元，却买不到东西。城市居民为了生存，只能去农村买猪、买羊。而农村居民更可怜，很多人一天只够吃一顿饭，连树皮都被剥下来吃了。

津元越贬越不值钱，美元成了人们的救命稻草。很多商店卖了货品、收了津元之后，尽量连夜换成美元保值。据一位来津巴布韦二十多年的华人讲，那时候津巴布韦稍有生意头脑的人似乎都在做着同一件事情——换钱，连美国来的神职人员都拿着美元找到他们兑换津元。

由于卖家和买家都有需求，人们开始偷偷地在黑市用美元购买商品。虽然警察经常进行搜查，不允许人们用美元买卖，但根本无法阻止人们使用美元等外币的势头。美元、英镑、南非兰特等外币取代津元，逐步成为民间市场上的实际货币。

2009 年 4 月，新成立的联合政府正式宣布暂停使用津巴布韦元，实行美元、南非兰特、英镑等一揽子货币的方案，商店可以用任意货币结算。津元从那时起，暂时退出了津巴布韦的历史舞台，津巴布韦进入了美元的时代。

美元带来的高消费

美元给津巴布韦带来的好处是显而易见的。

本已濒临崩溃的经济很快稳定下来。改用美元结算后，商店货架上的货品迅速充盈。经历了长时间的物资极度短缺，人们的消费热情高涨，进出口生意热火朝天，很多批发零售商赚得钵满盆满。

津巴布韦经济随着美元的使用开始恢复性增长，2010 年至 2012 年实现年均 10% 的经济增长速度。与此同时，2010 年至 2013 年年末的年通货膨胀率分别为 3.0%、3.5%、3.8%、0.33%，和美元使用之前已是天壤之别。

但是，美元也并非万能的。由于美元的坚挺，津巴布韦物价高昂，民众生活成本大幅度提高。同时，美元也推高了津巴布韦制造业的成本，使本就岌岌可危的制造业更加缺乏竞争优势。

2013 年年底，我初入津巴布韦，对津巴布韦商品的最大感受就是贵！一小盒豌豆 2 美元，回家炒炒还不够一盘。薄薄一小片火腿肠 1 美元，一根黄瓜 1 美元，一小根玉米 1 美元，一袋牛奶 1 美元，自己做一顿最简单的早餐也需要两三美元。每当我去采购时，用美元价格乘以 6，都心疼不已，于是，没过多久，我就试着在记者站的菜园子里自耕自种，加入了津巴布韦人自给自足的大军。

吃的食品都这么贵，更别说用的了。超市里一卷普通卫生纸 1 美元，质量还没有我国价值 2 元的卫生纸好，害我时常寻思回国的时候运几箱卫生纸过来。出差用的洗漱包，20 美元一个，而国内这种质量的洗漱包最多 20 元一个。没有办法，我只好节衣缩食，减少消耗，渐渐也就无欲无求了。

记者站的女工玛利亚对我说，津巴布韦刚独立的时候，物价并不像现在这么高，10 津元就可以用 1 个月。但后来历经多次通货膨胀，商品价格越来越高。据说，在刚刚废除津元，改用美元的时候，很多商家利用百姓对美元价值不了解，再次提高了商品价格，之后就再也没降下来。

津巴布韦的进口关税高得惊人，很多食品和衣服从南非进口之后，价格就翻了一倍。有些中国进口的产品，都不用修改价格，直接把数字后的单位从人民币换成美元，就摆在商店里出售，照样因为价格相对低廉而深受欢迎。因为进口物品再贵，也比本土生产的便宜。本土仅存的一些轻工产业，因为原材料基本从外国进口，用美元结算后本身价格就不菲，再加上机器设备落后、人工生产效率低，制成品的价格更是高得离谱。

按说，物价这么贵，津巴布韦人也应该有相应的高工资才对。但事实恰恰相反，经过了20年的经济萧条，津巴布韦已经沦为全世界最贫困的国家之一。2016年，津巴布韦人均国民生产总值为827美元，工人的最低工资只有200美元，公务员平均工资也不过500美元。如果按照收入消费比来衡量，就相当于中国人拿着西双版纳的平均工资，承受着上海外滩的物价，物价水平严重偏离收入水平。哈拉雷的汽油价格基本维持在1.25~1.45美元，普通的开车市民往往一次只加5美元的汽油，这个油量仅够一个小排量轿车一天的消耗。

面对高物价、低工资，津巴布韦人可如何生活呢？在哈拉雷生活时间长了，我逐渐发现了其中的门道。能经常在超市里购物的，往往都是月薪1000美元以上的有钱人。穷人去超市最多只是买一条1美元的切片面包，而那些能用得起1美元一卷卫生纸的人，都不是普通人。

普通市民的购物场所往往是像梦巴黎之类的批发市场。

梦巴黎是哈拉雷最大的批发市场，位于国家公墓和污水处理厂旁边。整个市场露天而建，小贩们用木板和纸盒一搭，就是一个摊位。卖的东西从五金建材到吃的、穿的应有尽有。在这里，红薯、土豆、番茄等各种蔬菜水果都是成桶出售，价格只是超市的一半或者更低。而衣服和鞋子大部分都是二手的，只花1美元就可以买到一件八成新的衣服或裙子。

梦巴黎旁边是一个长途汽车站。每天清晨，穆塔雷、马辛戈、卡里巴等地的农民都会将新鲜的蔬菜水果运到这里出售，也会有很多小贩从这里批发商品，再拿到市里摆个小摊。一个市场养活了半个城市的平民。

只是，梦巴黎旁边都是贫民窟，人口拥挤，遍地垃圾，2016年哈拉雷爆发的霍乱就是从梦巴黎贫民窟的一口被污染的水井开始的。市场缺少管理，人员鱼龙混杂，明抢暗偷总是防不胜防，当地人提起这个市场是又爱又恨。

住在津巴布韦南部的居民喜欢搭个长途车，去南非走私些生活必需品。在南非和津巴布韦关口的贝特桥上，大巴车、皮卡车总是源源不断地从南非向津巴布韦运送便宜物资。

玛利亚的女儿在南非的约翰内斯堡工作，她每次去看女儿，回来时都会大包小包地采购。有一次，她搬回来了两桶食用油、四麻袋玉米面，还有毛毯、衣服。要知道，长途车并不从记者站门前过，她下了长途车，还要倒两次小巴车，才能回来。

我心疼她太累，埋怨她为什么千里迢迢地带这么沉的东西回来，哈拉雷又不是买不到。她说："夫人，这些东西在南非的价格要比在津巴布韦便宜一半啊！只可惜，过关的时候警察向我索贿，我只好给了他两桶油。否则，这些东西都得被他扣下。"

玛利亚一个人干了女工和花工两个人的活，每个月记者站给她 400 美元工资，这工资在哈拉雷的女工中绝对是最高的，甚至比一些公务员的工资还高。但是，她要经常资助农村的穷亲戚，给生病的亲人医药费，给失学的孙辈学费，自己仍旧节衣缩食。一天只吃两顿饭，一个星期才吃一次肉。

我的一位朋友请了一位四十多岁的女工当小时工，这位女工工作十分勤恳，除了在朋友家工作，还另外兼着两份小时工的工作。但在她工作了一个月后，我的朋友发现，家里的糖罐空了。她很好奇，虽然总听说有女工偷东西，但偷糖能做什么呢？她找来女工讯问，女工一五一十招了。原来，这位女工每天都吃不饱饭，没力气干活，只好靠喝糖水提劲。我这个朋友听着不忍，给她准备了面包，让她吃饱了再干活。

记者站旁的购物中心有一位负责巡逻的保安，我每次路过都会和他打个招呼。有一次，他对我说："我的妻子以前做过女工，现在失业好久了，你能帮她介绍一份工作吗？"我看着他期待的眼神，不忍拒绝，只好答应帮他问问。我知道，如果不是实在走投无路，他又怎会求一个陌生的外国人找工作呢？但我所有的朋友家里都有女工，而且，我也不能将这种不认识的人介绍给朋友啊！后来，他每次看到我，都会问我有没有消息，我也只好回答他暂时还没有。我看得出，他的神情越来越黯然。一个保安的月工资最多不过 200 美元，靠这么点钱，如何养活妻儿！

亲历津巴布韦的钱荒

一个正常的国家没有自己的货币，而全靠美元在维持经济运转，实属不易。好在，津巴布韦的经济体量小，2016 年全国的国内生产总值仅为 124 亿美元，尚不及中国的一个四线城市。虽然国家商品主要依靠进口，但是每年津巴布韦的矿产和烟叶出口能创造几十亿美元的收入，加上有三成左右的津巴布韦人在外打工，他们每年都会往国内汇回大量美元，养活国内的亲人，所以从 2009 年美元开始流通，到 2015 年年底之前，并没有出现大的问题。

在过去的六七年里，从银行一次取一两万美元无人过问，海关虽然限制每人每次只能带出境 5000 美元，但检查得并不严格。虽然津巴布韦的美元破一点，臭一些，但人们毕竟挣的是美元，花的也是美元。津巴布韦似乎一度成了一个美元的绿洲。

但是，从 2016 年年初开始，津巴布韦的美元似乎一下子变少了。

最先出现问题的是银行。此前，自动取款机可以一次取 2000 美元，但几乎一夜之间，很多银行就把一次取款的最高额度限定为了 1000 美元，而且一定要清早才能取到钱，晚到一点，自动取款机的现金就被取光了。

紧接着出问题的是玛利亚的老公。他是位退休老兵，60 岁左右。每个月，他都会从乡下的家中来到记者站，住上一两天，看看玛利亚，帮她干一些体力活，顺便去银行取退休金。

以前，他每次来都只住一两日，我往往刚和他打了个招呼，第二天就不见人影了。但自从银行限制取款之后，他每个月来的次数越来越多，有次破天荒地待了一个星期，每日里割草锄地，修剪枯枝，将记者站的院子收拾得整整齐齐。

我和他开着玩笑："这次怎么待了这么久？是不是舍不得玛利亚？"

他憨厚地笑笑说："现在退休金越来越难取了，我排了几天的队，也只取到一半，剩下的只好下个月再试了。"

我当时也许是脑子短路了，竟然不假思索地问他："既然取钱那么辛苦，为什么非要取出来呢？可以刷卡买东西嘛！"

他很奇怪地看了我一眼，那眼神似乎是在笑我竟然会有"百姓无粟米充饥，何不食肉糜"的发问。不过，他还是耐心地向我解释："我们乡下哪能刷卡买东西呢？都是用现金。城里可以刷卡的地方东西多贵啊！"

我很快发现，不仅是乡下不能刷卡，连城里也有很多地方不能刷卡。

津巴布韦购物场所的刷卡机并不多。以前，人们购物基本用现金，还不觉得有什么不便。但自从银行限制提现以后，很多商家为了减少损失，想出各种办法拒绝刷卡：汽车加油不接受外资银行的银行卡，购买机票不能刷本国银行卡，在菜场买菜不能刷卡，工人来站里维修更不可接受刷卡，日常生活一下子艰难了很多。记者站虽然经费充足，但因为取不出钱又刷不了卡而陷入了困境。

而更让人困惑的是，流通了六七年的美元，为何突然就不够用了呢？津巴布韦央行解释说："津巴布韦民众不愿使用信用货币，造成了津巴布韦以现金经济为主导的经济体系；本地生产水平低下，消费者需要用大量外汇购买进口物资，导致对外汇的需求增加；消费者和企业对银行信心不足，导致大家要在银行之外储存大量现金；干旱引起的进口需求也增加了外汇的需求，迄今为止，用于粮食进口的外汇已经达到 8000 万美元；黄金和烟草的小型生产者因为产量的提升，在扩大销售之后对提取现金有了更多需求。"

但以我在津巴布韦生活了三年的经验，总觉得前三条因素在过去几年中一直长期存在，为什么那时不缺钱，现在却短缺了？而后两条因素尚不足以构成严重的现金短缺。

而津巴布韦经济学家则普遍认为，现金短缺一是因为政府财政赤字不断攀升；二是由于政府几个部门在本土化问题上态度不一致，外资和储户因恐慌而撤资；三是因为津巴布韦经济过于依赖进口，从一根牙签到一瓶矿泉水都需要进口，长期的贸易逆差必然导致美元不足。

不管美元不足的原因是什么，导致后来美元呈断崖式减少的原因却是显而易见的。

津巴布韦中央银行行长曼古蒂亚 2016 年 5 月 4 日宣布，津巴布韦将发行价值 2 亿美元的债券货币，并同时限制各大银行每日取款额度不得超过 1000 美元，离境人员携带美金数每人不得超过 1000 美元。

这个消息如同一个重磅炸弹，市场愈发恐慌，银行门口排队取款的人数增加了几倍。债券货币面额从 2 美元到 20 美元不等，如果超量发行，完全可能再度造成通货膨胀。虽然央行行长再三解释，这只是缓解现金短缺的权宜之计，政府会严格控制债券货币的发行量，债券货币也并不意味津元的回归，但人们难以相信政府的解释，他们宁可彻夜排队，也要赶在债券货币发行之前取出自己的美元。

津巴布韦央行规定各大银行每日取款额度不能超过 1000 美元，但各大银行怕蜂拥而至的百姓把美元取光，把取款限额定得更低。渣打银行一个月之内三次下调取款额度，无论是公司账户，还是个人账户，每天最多只能取 100 美元。巴克莱银行个人账户每周只能取一次，一次只能取 350 美元，但只有排在队伍最前面的几个人才可能取到钱。BancABC 银行的取款金额下调到 60 美元，若想从自动取款机取这 60 美元，还要分 3 次操作，手续费每次 2.5 美元。本地银行 NMB 和 CBZ 每日最多能取 50 美元。尽管大部分银行的取款手续费高达百分之三到百分之十几不等，但排队取现的人还是越来越多。代人彻夜排队、代人取款的生意越来越俏。

记者站经费所在的渣打银行因是外资银行，手续费较高，客户大部分是中产阶级。可是，自从排队取款要一两个小时以来，前来排队的人却有一小半穿着工人的工服。原来，这些中产阶级可没有那么多时间排队，很多人不得已让自己的工人来占着位置，等到快轮到的时候，他们才出面。

有一次，我去得晚了，打着伞在队尾排了十几分钟，也不见队伍往前挪动一下。一问才知，自动取款机里根本没有钱，大家都在等着银行往机器里放钱。不知前面的人在太阳下暴晒了多久，丝毫不见恼怒。一位长者见我打了把小花伞，还夸我这伞真漂亮。我等了半个小时，虽然打着伞，还是被晒得口干舌燥。眼看已经中午，我自言自语道："我先去吃个饭，再来排队吧。"其他人听了，哄然大笑，称赞我的想法不错。可是等我吃了午饭再回来，却发现自动取款机前一个人都没有了。我把卡插进去，系统提示，机器现金已经取完。我只好宽慰自己，别人等了半天，还不一定能取到钱，我这又怕晒又怕饿的，取不到钱不是很正常吗？

和外资银行的客户比起来，津巴布韦本土银行的客户大部分是普通的城市平民、公务员、退休工人、老兵，他们的境遇就惨得多了。

津巴布韦国家银行是发放公务员工资和退休金的地方，自从限制取款数量后，这些银行门前排的队伍甚至可以绕着银行所在的街区一圈。很多人从凌晨就开始排队了，而排在后面的人根本取不到钱，只好第二天再来。有一次，我凌晨三点打车去机场，看见银行外面睡着一排人，等着第二天一早取钱时能占得先机。七八月正值哈拉雷的冬季，昼夜温差极大，白天 20 多度，晚间有时接近零度。瑟瑟寒风中，那些人卷曲着身体，和衣而卧，实在让人看着心酸。

由于人人在家中囤积美元，银行现金愈发告急。5月之后，个人通过银行向境外汇款需要经过严苛的审核和长时间排列等待。不属于优先项目的采购资金几乎全部无法出境。为了把一个月的工资汇回国，我填了一堆额外说明，但在申请两个月后，这笔钱还是被原封不动地退了回来。所有的外资银行都停止增开账户，对在境外刷卡消费也都进行了严格的限制。美元，只准进，不准出。

可是，美元就像水中的鱼，抓得越紧，逃得越快。无法从正规渠道汇款的商人们只好悄悄走地下钱庄，将资金汇往国外进货，再把货运回津巴布韦来销售，这其中，印度的钱庄最为有名。但是，由于地下钱庄的汇款手续费远比银行高出许多，也就抬高了商品的价格，市面上的粮油价格开始悄然上涨。

6月初，津巴布韦中央银行再出一道急令，要求每一位在津巴布韦经商的企业都必须把当天维持企业正常运营以外的盈余存入银行，如果不遵守法令，商家会面临最高50万美元的罚款以及吊销营业执照、被告上法庭的惩处。

可是，人们其实都很清楚，在这种情况下，钱一旦存进银行，就取不出，也转不走，商人们拿什么来进货呢？更何况，2013年津巴布韦大选前，津巴布韦一些外资银行和实力雄厚的外国企业都遭受过政府的强行借款，几亿美元的资金一夜之间不翼而飞，只剩下一张政府打的欠条，至今还有大量资金没有偿还。前车之鉴历历在目，2018年大选又近在眼前，谁能不做两手准备？

祸不单行，福无双至。6月11日，津巴布韦执政党报纸《先驱报》披露，穆加贝在执政党全国协商会议上批评中国商人不把在津巴布韦赚得的美元存进银行，而是寄回中国，并称此举是导致津巴布韦现金短缺的罪魁祸首。虽然这只是穆加贝在一次内部会议中的讲话，但不知怎么就通过参会人员流传给了媒体。经过媒体曝光之后，原本也许只是发发牢骚的话就变成了公开的批评，引发社会舆论一片哗然。

且不说一些华商不将现金存入银行实属无奈之举，就算所有华商都不存钱，那人数也不超过几千人，对津巴布韦经济的影响也是微乎其微。更何况，美元为什么减少，津巴布韦各界早有结论。一些当地的中立媒体发表文章，为华人打抱不平，认为政府拿中国人说事，不过是转移人们视线、逃避责任的一种做法。

穆加贝点名批评华商的事情被津巴布韦媒体炒得沸沸扬扬。中国政府紧急召见津巴布韦驻华大使；中国驻津巴布韦大使黄屏也与津巴布韦几位部长紧急磋商。几番询问与解释，算是把这件事情平息了下来，但这件事对华人造成的恶劣影响持续了很久。

一位华人朋友说，他在自己的工厂上班的时候，突然有几个自称津巴布韦总统办公室、中央储备银行的人闯入工厂，打开保险柜搜查现金，并索要工厂每日的销售、存款和日常花费单据。在他全部提交之后，这些人觉得查不出太多问题，又转而检查工厂各种证件，挑卫生方面的毛病，最后索要了一笔钱才离开。

歹徒们猜到华人会将美元放在家中，针对华人的抢劫案件一下子增加了不少。一个月内，就有4家中国企业的驻地遭到入室抢劫。

现金危机引发的城市躁动

美元减少，对于我来说，虽然要天天跑银行，不胜其烦，但至少不用担心饿肚子。而对于广大津巴布韦民众来说，现金短缺引发的困难是全方位的。好几位津巴布韦的朋友告诉我，他们的工资被扣了一半，剩下的那一半还在银行里取不出来，眼看就快撑不下去了。

而公务员发不下工资的恶果，看看满马路的交警就知道了。

津巴布韦的公路上没有安装摄像头，维持交通、排查隐患全靠交警，这几乎是给了交警借机敲竹杠的特权。我刚去津巴布韦的时候，也会在路上碰到交警查车，但那时交警还算客气，有时就是例行公事地检查一下，有时看我是一个中国女孩，想趁机聊聊天。我一般软磨硬泡，夸夸交警长得帅，或是说要去采访总统、部长，基本都能被放行。

但自从交警发不下工资，查车的人一下多了好几倍，严苛程度也增加了几倍。据说，他们每天都要完成一定的罚款额度，才能下班。为了收取更多的罚款，他们给出的理由很奇特：汽车屁股上的反光纸不够鲜红，罚款！车子轮胎上缺一颗螺丝，罚款！车明明已经在示意停车的红线处停了，但交警硬说没停，罚款！一次，我激动地据理力争，没说两句，又因言辞冒犯警察被追加了 20 美元罚款。他们一旦把车拦下，不收到罚款绝不会放行。有一个月我被罚了 80 美元。

我觉得这样被罚下去实在不是办法，于是开车只走小路，见到前方有交警，立即果断掉头。估计和我有一样行动的人并不在少数，很快，交警增加了在小路上的部署力量。

有一次，我在小路上看到前方三五个交警正在查车，立即在十字路口向右转去，没想到，刚一拐弯，还有两个交警守在路口。他们见我的车子突然拐过来，明白是漏网之鱼，提着警棍就冲了过来，要敲打车窗。我看他们凶恶的样子，和拦路的劫匪没啥两样，心中惊惧，下意识地猛踩油门，在交警的咒骂声中逃走了。我算是幸运的，没过多久，就有朋友因为躲避交警，被交警扔过来的钉耙砸烂了汽车尾灯。

交警的执法方式越来越暴力。一次，交警在拦截一辆逃跑的小巴车时扔了钉耙，害得小巴车侧翻，不少乘客受伤。愤怒的人们从车上冲下来，将交警暴打一顿。为了平息众怒，政府出面，要求交警不能再扔钉耙，只能在道路上设置固定的路障。

虽然不能再扔钉耙，但交警的嚣张气焰一点儿也没收敛。当地人把交警称作可以移动的取款机，提起他们就恨得牙痒痒。谁要是约会迟到了，只要说是因为警察查车，都会得到同情和理解。

进入 2016 年 7 月，眼看离发行债券货币的时间越来越近，一向温和的津巴布韦人再也忍不住了，在反对派的领导下，人们开始罢工和罢市的运动，要求政府取消发行债券货币。

8 月，哈拉雷的中央商务区一周之内爆发了两次示威游行活动，抗议发行债券货币，要求改革 2018 年的大选制度，提前举行选举，并要求穆加贝总统下台。后来示威游行演化成打砸抢烧的暴力冲突，示威者们向沿街商铺投掷石块，洗劫了城内的 Edgar、Bata、Jet 等服装店，烧毁汽车、轮胎，在马路中间设置路障，阻挡交通。而防暴警察则使用催泪瓦斯、高压水枪和警棍驱逐示威人群，一些示威者和民众在暴力冲突中受伤，市内大部分店铺被迫关闭。

冲突结束后，我去市中心转了一圈，眼前的景象惨不忍睹。主干道上，烧毁的汽车仍在冒着黑烟，临街的很多店铺被洗劫一空，橱窗的玻璃被砸得粉碎，一地的玻璃、石块，一些缺胳膊少腿的塑料模特横在大街上，看着让人触目惊心。那应该是近些年哈拉雷发生的最大规模的暴力冲突事件。

津巴布韦总统穆加贝认为这些示威活动都是反对党和他们背后的西方势

力在捣鬼。他警告说，反对党领导人茨万吉拉伊试图通过暴力推翻他的合法政权，政府不会对他们的行为坐视不管，"阿拉伯之春"不会在津巴布韦上演。他要求民众保持冷静和团结，和反对派蓄意破坏津巴布韦经济的行为做斗争。

而游行示威的组织者、前总统事务部部长穆塔萨针锋相对地说："今天，是我在这个国家遭遇的最糟糕的一天，我亲眼看到，政府违背了法律，用催泪瓦斯和水枪袭击他的人民。如果警方想用这样的方式威胁我们，我们将在下周五继续举行和今天同样的示威活动。"

但事实上，从那以后的示威活动都"胎死腹中"，政府颁布了戒严令，禁止一切形式的示威活动。津巴布韦的躁动再次沉寂下来。

存进的是美元，取出的是债券

不管人们如何抗议、如何抱怨，债券货币终究还是发行了。

2016 年 11 月 28 日，津巴布韦央行开始正式发行价值 2 亿美元的债券货币。最初流入市场的是面额 2 美元的债券货币共 1000 万美元、面值 1 美元的债券硬币共 2000 万美元。津巴布韦央行表示，债券货币与美元等值。

为了避免此次债券货币重蹈以往津元恶性通胀的覆辙，央行也是煞费苦心。央行对债券货币的提取做出限制，每个账户每天最多可以取价值 50 美元的债券货币，每周最多可取价值 150 美元的债券货币。央行说，这些措施将确保银行发行的债券货币量与市场目标一致，防止滥发债券货币。

11 月 28 日一早，我就去银行取钱，单子填的 100 美元，营业员只给了我 50 美元，其余的是 25 张面额 2 美元的债券货币。我不禁暗暗叹服：央行好牛，可以自己印美钞了，说它和美元等值，它就等值啊！我明明开的是美元账户，取出的却有一半是债券货币，这不是抢钱吗？

2 美元的债券是绿色的，虽是在欧洲印刷的，但质量不怎么好，沾一点水，就掉色，弄得满手绿墨，于是，人们把债券货币戏称为绿钞。虽然大部分民众对债券货币仍旧存有疑虑，但不再像最初那么抵制，毕竟没有现金的生活也非常麻烦，每日去银行取款耗费人们太多的精力。

可是，央行说发行债券货币是为了弥补美元现金的不足，现在债券货币发行了，每天能从银行取出的金额总数不变，美元数量却自动减半，又谈何缓解美元困境呢？

我和津巴布韦的财经记者莫妮卡聊天，向她讲了我的困惑。她轻描淡写地说："央行此举并不是为了缓解美元困境，而是为了收回美元。你看吧，等市面上的债券货币越来越多，美元会逐渐消失的！"

我听闻此言，大吃一惊。三年来，我早已习惯了使用美元，甚至觉得在津巴布韦用美元早已是天经地义的事情，美元怎么能说没有就没有呢？

莫妮卡看我惊讶的样子，又解释说："民间其实藏着大量的美元，但是债券货币一发行，人们就更不愿把美元拿出来花了，都会想着先把债券货币花出去。而银行渐渐也不会再流出美元。所谓缓解美元危机、补贴出口企业，都是政府的一种说辞，政府的最终目的是要通过发行债券货币的方式收回本国货币的发行权，债券货币将是正式发行津元前的序曲。当然，这是津巴布韦必须要经历的阵痛。"

是啊，对于我这个外国人来说，使用美元自然是省事，但对于1000多万津巴布韦人来说，没有本国货币，经济永远无法彻底回归正轨。既然美元已经无法充足供应，那么也许这正是一个发行津元的契机。

后来的事实证明，莫妮卡的预言逐一实现。银行能取到的美元越来越少，市面上再也见不到100美元、50美元的大票，甚至连20美元都很少见到。再往后，从大部分银行中只能取出债券货币，美元几乎从银行绝迹。

虽然人们都不舍得用美元，但是，精明的商家还是会悄悄把商品的价格提高，再告诉客户，只有用美元现金才能打折，以此吸引美元入账。更荒唐的是，像买卖房产这种动辄几十万美元的生意，绝大部分卖家只愿接受境外汇款，拒绝境内美元转账，好像境内的美元就不是美元了。

提前进入手机支付时代

津巴布韦央行守住了它的承诺，并没有像之前超量发行津元那样超量发行债券货币，所以债券货币在一年之中仅仅贬值了 20% 左右，尚属可接受的范围。让津巴布韦央行始料未及的是，在津巴布韦与莫桑比克的边境，因为债券货币较为值钱，外国人反而愿意使用债券货币，这又在一定程度上稀释了市面上为数不多的债券货币。

虽然发行了债券货币，但市面上的货币数量还是不够。怎么办？天无绝人之路，聪明的津巴布韦人顺势而为，提前进入了手机支付时代。

津巴布韦的智能手机普及率并不算高，大部分普通民众还用着只能通话和发信息的功能手机。华为手机在津巴布韦的手机销售中排名第二，旗下三四十美元的功能机最为畅销。

按说，以津巴布韦民众的经济实力和通信业发展水平，还远远达不到实现手机支付的程度。但现实是，美元取不出，债券不够用，想用银行卡刷卡消费，又不是每个地方都有刷卡机，刷卡消费的手续费高，也不太受消费者和商家欢迎，这些都给了手机支付发展壮大的土壤。

其实，早在 2013 年，津巴布韦就有手机支付的渠道了。津巴布韦电信公司 Econet 开发了手机钱包技术 Ecocash，用户可以将钱存入手机的 Ecocash 账户，或是将自己的银行卡与之关联。在需要付钱的时候，只需要用自己的手机输入一串号码和金额，就可以支付了。

Ecocash 的手续费比银行卡便宜，可以提现，又不需要刷卡机，方便操作，哪怕是个体户，只要有一个最普通的功能手机，都可以用 Ecocash 收费。

▲ 津巴布韦电信公司 Econet 开发的 Ecocash 深受人们青睐

因此在现金短缺问题出现之后，手机支付迅速流行起来，大有将津巴布韦打造成非洲第一个无现金的国家的势头。

但是，无论是债券货币，还是 Ecocash，都只能在津巴布韦境内使用，向国外汇款转账还是要通过美元账户。但除了涉及国计民生的几项优先产业具有向国外汇款的权利之外，绝大多数批发零售商还是只能走黑市的途径向外汇款。

经过这一番折腾，到 2017 年下半年，在黑市取美元的手续费更是高得惊人，曾经一度飙升到 1.9∶1，也就是说，银行账户里有 1900 美元，但从黑市取出汇出国后，就只剩 1000 美元了。这样的窘境只能导致进口产品物价急速攀升。一年之内，食品普遍涨价 20% 到 50%，而五金建材的价格更是涨了几倍。一位朋友装修房子，一年前看到的浴缸仅售 1200 美元，而因为工期拖得过长，等到要买的时候，已经涨到了 3600 美元，真是欲哭无泪。

我从津巴布韦回国之前，津巴布韦已经出现美元、债券货币、手机支付共同存在的局面。何绪给我的临别礼物是两张有央行行长签名的债券货币，他笑着说："好好留着，说不定以后这张债券货币和 100 万亿的津元一样值钱呢。津巴布韦是个神奇的国家，虽然一次次地跌倒，但总能找到办法爬起来，你就等着看吧。"

在我写下这篇文章之时，津巴布韦刚刚发生了政治巨变，执政 37 年的穆加贝总统下台，姆南加古瓦接任总统一职。虽然美元目前还处于紧缺状态，但债券货币的价值已经渐渐回升。让我感动的是，无论过去二十多年出现多少波折，津巴布韦人始终相信，他们的国家终有一天会走上正轨，重新找回往日的荣光。

四　遭遇南非大选

在报道曼德拉葬礼后不到半年，我独自踏上了去南非的路程，这一次，是为了报道曼德拉去世后南非的第一次大选。

站长提前数月就开始申请南非的签证。他如实向南非使馆说明要去南非报道大选，签证官要求他提供南非选举委员会的批准函。而这是几乎不可能完成的事情——直到南非大选开始前 5 天，我们在选举委员会网站上注册信息的回复都是"正在办理中"，网站上所有的电话都无人接听，写了多封邮件也无人回复。

站长一周之内跑了三趟南非使馆，但南非使馆就是不肯松口。站长气得和签证官吵了一架，仍然无济于事。我心中逐渐了然：南非使馆上次给我半年多次往返签证，纯属是看在曼德拉的面子上。而随着南非大选临近，国际媒体对于南非大选和执政党非国大的质疑之声越来越多。也许正因如此，南非政府不再欢迎外国的记者。

传奇总统祖马和他的非国大

一般来说，大部分国家的大选最大的看点是选举总统，但南非大选的制度是选举执政党，得票最高的政党的主席自动成为南非的下一届总统。当时，南非总统雅各布·祖马已经执政了一个任期，如果此次执政党非国大再次赢得大选，祖马将自动连任总统，成为大选的最大赢家。而令人尴尬的是，身

▲ 祖马出席世界经济论坛非洲峰会

兼执政党主席和国家总统的祖马却在大选前接连爆出各种丑闻，这似乎成了非国大继续成为执政党最大的绊脚石。

我第一次见到祖马，是在曼德拉的追悼会上。2013 年 12 月 10 日，数万人聚集在约翰内斯堡足球城体育场悼念曼德拉。祖马刚一站到主席台上，全场就发出了巨大的长时间的嘘声。他不为所动，依然饱含感情地念完了哀悼词。当时，离 2014 年大选只剩下了不到半年的时间。

在南非政坛，祖马可谓一个颇具传奇色彩和饱受争议的政治人物。

祖马出生于南非夸祖鲁－纳塔尔省一个贫苦家庭，父亲在二战中死去，母亲做佣人维持生计，他很小就开始做零工补贴家用。17 岁时，他加入了南非的非国大，投身反种族隔离运动。他曾经被殖民者在罗本岛上关押了 10 年，与曼德拉、姆贝基同为监狱中的战友。1973 年，祖马从监狱中刑满释放后，又到邻国莫桑比克和斯威士兰领导开展反对种族隔离的斗争。在新南非政府成立之后，祖马的领导才干获得了曼德拉等人的赏识，被任命为非国大全国主席。1999年，他出任南非副总统，2004年再度连任。

祖马的政治道路看似是步步走向权力的顶峰，但其实，自从他担任副总统之后，围绕他的指控就一直没有停歇过。

2005年6月，祖马卷入财务顾问兼密友沙比亚·谢克的腐败案，被时任总统姆贝基解除副总统职务。同年12月，他的一位老战友的女儿以强奸罪把他告上法庭。然而，无论是贪腐指控，还是强奸指控，后来都被南非的法律机构一一推翻。仅仅两年之后，祖马就在非国大全国代表大会上以绝对优势当选非国大主席，打了一个漂亮的翻身仗。在2009年的国民议会选举中，非国大再次成为执政党，而祖马也就顺理成章地成了南非的新总统。

虽然官司缠身，但祖马的民意基础极好。他注重改善底层人民的生活，因此，在妇女团体、非国大青年团、工会、老兵团体当中，都有大量的支持者。在祖马因强奸案而受审的5个月期间，每次开庭，总有数千名支持者聚集在法庭之外为他呐喊助威，还有年轻女子在衣服上写着："祖马，我们要做你的情人！"在祖马64岁生日那天，他的支持者们在法院门口摆了一个大蛋糕，齐声高唱《生日快乐》歌。祖马吹灭了蛋糕上的蜡烛，向人们挥手致意，然后阔步走进法庭，那神态简直就像个凯旋的英雄。

祖马只上过小学，没有接受过正规的高等教育，身上没有一般政客那种高人一等的架子。在竞选集会上，祖马有时会披上豹皮，拿上盾牌，和支持者跳一段传统舞蹈。但他有时过于随意的表态也让人不敢苟同。在身为南非全国防治艾滋病委员会主席期间，他竟然说冲个热水澡就可以预防艾滋病，引发舆论一片哗然。当然，不可否认的是，他在担任总统之后，在防治艾滋病上下了极大的工夫。

再来说说南非的执政党非国大，这个政党成立已经超过百年，在南非人民反抗殖民统治的过程中一直起着领导作用。1994年南非举行不分种族的大选之后，非国大在历次大选中都保持着三分之二以上的得票率，在内阁中保持着一党独大的地位。1994 年至 2007 年，在曼德拉和姆贝基领导的非国大的治理之下，南非扭转了种族隔离制度时期长达 10 年的经济逆增长，实现了高增长、低通胀的"黄金时期"。

而祖马当上总统之后，似乎有些时运不佳。2008 年世界金融危机，大宗商品价格下跌，而依赖矿业出口的南非经济受此影响，增速逐年放缓。2013 年年底，南非被评为经济最为脆弱的新兴经济体之一，全年经济增长只有 2%。经济增长速度的放缓使各种社会矛盾集中爆发，南非的支柱产业——矿业的铂金矿工人持续罢工，失业率居高不下，贫富差距加大，犯罪率升高，越来越多的南非民众对执政党非国大心存不满。

而就在南非经济低迷的时候，祖马又被爆出花费 2300 万美元公款装修位于老家夸祖鲁－纳塔尔省恩坎德拉的私宅的丑闻。祖马辩解说，豪华装修是为了加强安保措施，因为他的一位夫人曾经在家中被歹人入室强奸。而他修缮后的私宅包括了足球场、游泳池、会客中心、圆形露天广场、牛栏、养鸡场等。反对党借此质问：养鸡场、游泳池能是什么安保措施呢？还有好事者按照"江南 style"的曲风编出了"夸祖鲁－纳塔尔 style"的歌曲，讽刺祖马的奢侈生活。

这下，不仅反对党频频攻击祖马，连非国大内部也有很多人对祖马不满。南非前情报部长卡斯里尔斯和前卫生部副部长马德拉拉·劳特利奇于大选前在媒体上公开呼吁，要求选民们将选票作废，以此表示对非国大和祖马的警告。

种种迹象都让人觉得，2014 年的大选，祖马和他领导的非国大有点悬。

热闹非凡的选战

去南非报道大选之前，很多朋友好心地提醒我，南非治安不好，何况是大选期间，谁知道会出现什么事情，一切小心为好。我很听劝地在比勒陀利亚选择了一家离联邦大厦不远的酒店，每天乘坐城铁或者酒店的班车往来约翰内斯堡采访。

2014 年 5 月 4 日上午是南非选战的最后关头，大街小巷处处是迎风招展的旗帜、红红绿绿的海报。执政党非国大、反对党民主联盟和经济自由斗士的宣传板时常出现在同一条街道上，相互对峙的竞选标语似乎是无声的宣战。而身着不同颜色 T 恤衫的各党派支持者们则在街头举行各种集会，说到兴奋处，他们总能又唱又跳地将一场政治集会变成一场歌舞派对。这种竞选集会在南非已经持续了数月之久，而这一天是最为热烈的。

在能容纳 10 万人的约翰内斯堡的足球城体育场，身穿黄色 T 恤的非国大支持者几乎将这里变成了一片黄色的海洋。执政党举行了最后一次大选造势活动。南非总统、非国大主席祖马发表了长篇演讲。

祖马演讲的大部分篇幅都在做今昔对比，将 1994 年以前的状况和 20 年之后的现状一一比较，而这些正是非国大在过去 20 年的功绩。对于即将到来的大选，祖马表现得势在必得，他已经开始规划未来五年非国大的执政重点，他说，非国大将改进教育和医疗，发展乡村地区，推动土地改革，打击犯罪，创造就业，改变由种族不平等造成的经济发展不均衡。

最后，他振臂高呼："让我们团结起来，一起建立一个没有贫穷、不平等和失业的南非。"他的口号带动了体育场内一轮又一轮的欢呼。

同一天，南非行政首都比勒陀利亚西部奇维尔体育馆则是一片红色的海洋。反对党经济自由斗士也举行了上万人参加的竞选活动。经济自由斗士党主席马勒马原来是非国大青年团的领袖，2013 年从非国大中分裂出来，成立了左翼的激进政党。经济自由斗士推崇国家民族主义，要求实行土地改革，发展保护民族产业，受到了很多青年人和底层黑人的拥护，虽然成立才一年，但发展势头迅猛。

经济自由斗士党主席马勒马在竞选活动中大打民族主义牌："只有经济自由斗士的民族主义政策可以创造工作岗位，民族主义可以带来平等，可以重新分配国家的财富。我们将通过保护我们的工业，创造更多的就业机会。我们要将矿业公司收归国有，增加工人的最低工资。因为我们的工业已经被从国外进口的廉价产品破坏了。"

白人政党民主联盟是南非最大的反对党。在此前的竞选活动中，民盟多次批评非国大腐败问题严峻，指责祖马政府没有继承曼德拉的政治遗产，表示要建立一个廉洁高效的政府。民盟在约翰内斯堡城市委员会的领导人梅曼说："我们的观念很简单，我们希望为国家尽可能努力地工作，带给南非民众最好的生活。我们要确保建立一个简洁、高效的政府，不因为铺张浪费而臃肿。"

5月7日投票日这一天，喧闹的城市安静下来。政府把这一天定为公共假期。民众一大清早就赶往全国的22263个投票点，排队投票。我在比勒陀利亚和约翰内斯堡几个大的投票点观察了一圈，发现所有的投票点都秩序井然，

▲ 一位身背小孩的妇女在投票站填写选票

选民们拿着自己的身份证进入投票点，核对身份后领取选票，在选票上勾选自己支持的政党，然后在投票箱中投下自己的选票。

据南非独立选举委员会统计，这一年的大选共有 2500 多万登记选民，比上一届选举增加了 200 多万人，占南非总人口的将近一半。参选的 45 个政党推荐了 8651 名议员候选人。选民并不直接对候选人进行投票，而是将选票投给自己青睐的政党，而后各个政党将根据获得选票的多少决定在议会中占有多少议席。大选期间，有来自南共体、非盟、英联邦、联合国的国际观察团进行监督。

很多选民穿着印有政党领袖头像的 T 恤衫，一眼就能让人知道他支持的是哪个政党。非国大的支持者最爱穿这种 T 恤衫，大部分人会选择印有曼德拉头像的 T 恤衫，也有不少 T 恤衫上印着祖马的头像。一位穿着印有曼德拉头像的 T 恤衫的黑人老者投完票后对我说，他投的是非国大："现在，很多年

▲ 比勒陀利亚市政厅门前的投票点排起长长的队伍

轻人不知道非国大的历史，你知道黑人和白人之间的那场沙佩维尔惨案吗？在那场惨案中，我有三个兄弟被白人杀害，所以这么多年来，我一直都把票投给非国大。今年也是如此。"

在我采访的选民当中，大部分黑人都对我表达了对非国大的支持，他们说，没有非国大就没有他们的今天，是非国大给了他们独立与自由，虽然非国大现在存在一些问题，但只有非国大能够领导好这个国家，他们会一直支持非国大。

在排队投票的过程中，大部分人都很安静，彼此很少交谈。但在比勒陀利亚的一个投票站，我发现队伍中有人吵了起来。我走近细听，发现是三位小伙子和一位老者在吵架，三位小伙子支持的是经济自由斗士，而老者是非国大的拥趸。就听小伙子一直在嘲笑非国大腐败无能，把国家治理得越来越差，说只有经济自由斗士才能给国家带来希望。老者则怒怼："你们有什么资格批评非国大？你们才多大？我和白人打仗的时候，你们还没出生呢！只有啥都不懂的毛孩子才会支持经济自由斗士！"他们吵架的声音越来越大，甚至要打斗起来，队伍里的人连拉带劝，三个年轻人才不再吱声，而老者显然怒气未消，还自言自语了好久。

去的投票点多了，我发现了一个有意思的现象：大部分投票点都是黑白分明，要不都是黑人选民，要不就都是白人选民，这大概是因为白人和黑人的聚居区本来就有差别，也与人们的投票意向有关。但是，对白人选民的采访远没有对黑人选民采访来得顺利。一位白人大叔听我问他支持哪个政党，毫不客气地呵斥我："这是我的事情，和你无关！"他讲话的声音太大，以至于队伍里的其他白人都用异样的眼光看着我，让我很尴尬。据我了解，绝大部分白人都是白人政党民主联盟的支持者。南非白人占到总人口的不到十分之一，而上一届大选民主联盟在全国的支持率为16.7%，其中，白人选民贡献了大部分的选票。

虽然绝大部分黑人选民都会把选票投给非国大、经济自由斗士等黑人政党，但是也有例外。我在采访期间遇到一位黑人出租车司机，他对我说："我觉得不应该以肤色作为支持某个政党的条件。虽然我是黑人，我也感谢非国大带给我的自由，但我并不认为非国大会治理国家。你看看南非这几年的经济成了什么样子？我觉得在治理国家这一块，民主联盟就是比非国大强，所以我把选票投给了它。"

大选计票工作进行了三天。根据独立选举委员会公布的计票结果，非国大获得了62.15%的选票，连续第5次赢得大选。而和上一期大选投票结果相比，非国大的得票率下降了3个百分点。虽然大选之前，各届对非国大的批评之声不绝于耳，但从投票结果来看，大部分南非人对执政党的感情还在，非国大的执政根基没有动摇。但支持率的下滑还是说明人们对于变革的渴望。

民主联盟获得22.23%的选票，比上次大选得票率高了5个百分点，位居得票率第二，巩固了最大反对党的位置。一个有意思的现象是，民主联盟的得票数是白人总数的两倍还多。不难看出，不少黑人已经开始摆脱种族的限制，将票投给白人政党，这说明曼德拉力推的种族融合取得了可喜的成果。

而经济自由斗士也表现不俗，获得6.35%的选票，刚刚组建一年就成为南非第三大政党。这样的激进政党异军突起，反映出底层黑人民众和年轻黑人对现实的极度不满。不少人担心，这个政党对土地改革、矿业改革的激进主张也许会对南非经济带来影响，南非会成为下一个津巴布韦。

冒闯"刀锋战士"庭审法院

南非大概是世界上首都最多的国家，它有三个首都，体现了三权分立，并平衡了原先南非联邦各共和国的利益。比勒陀利亚为行政首都，是中央政府所在地；开普敦为立法首都，是议会办公的地方；布隆方丹为司法首都，是最高法院所在地。约翰内斯堡虽然没有首都的职能，但它是南非的经济中心，也是最大的城市，很多国际会议都会在此举行。

在南非，这些行政机构和政府官员给人的感觉相当亲民。比勒陀利亚的联邦大厦是南非中央政府所在地，每当有重要的国家元首出访南非，南非总统一般会在联邦大厦与之会谈。2015 年 12 月习近平主席访问南非之时，祖马总统就在联邦大厦的广场举行了隆重的欢迎仪式。而没有外事活动的时候，联邦大厦的外围是对公众开放的。它的下面是一个草坪公园，每到周末，很多家庭喜欢到公园里野餐，游客也可以顺着公园拾阶而上，参观联邦大厦宏伟的建筑。

开普敦的议会大厦也对公众开放，即使是外国游客，只需出示护照，就可以预约参观。在参观时，有专门的导游陪同，介绍南非议会的工作内容，如果运气好，还可以看到议员们热烈的辩论。就在议会大厦中，南非总统祖马共遭遇过 8 次由反对党提出的不信任案动议，但每次都得到执政党的支持，不信任案动议的危机被一一化解。

我在南非采访大选期间，正巧遇到比勒陀利亚高等法院公开审理刀锋战士皮斯托瑞斯杀死女友的案子。皮斯托瑞斯是残疾人 100 米、200 米和 400 米短跑世界纪录的保持者，曾经是南非人和全世界人民的励志偶像。但在 2013 年情人节那天，皮斯托瑞斯在家中开枪杀死自己的女友瑞瓦·斯廷坎普。法医事后鉴定，斯廷坎普被打中了三枪，其中一枪正中头部，而这几枪都是皮斯托瑞斯从锁了门的卫生间外面向里面发射的。但是，皮斯托瑞斯否认是故意谋杀，他说将女友误认为盗贼。比勒陀利亚高等法院对此进行了漫长的审理，而且几乎全程现场电视直播。

清晨我抵达比勒陀利亚高等法院门口时，那里已经聚集了上百家媒体的记者。我也拿出照相机，在记者群中等候。没过多久，一辆小车开到了法院门口，皮斯托瑞斯从车子中钻出来，在一片闪光灯中走入了法院的大门。我没有提前预约，想既然来了就试试运气，便也随着记者们走入侧门，将包和机器过了安检。没有遭遇任何人盘问，也没有出示任何证件，我就走进了最高法院，旁听了当天上午全部的庭审过程。

在庭审中，皮斯托瑞斯的律师一直在做辩护陈述，而他坐在旁边，两手来回揉搓，头一直低着，看起来十分沮丧。我拿出照相机，想对着皮斯托瑞斯拍一张照，但刚举起照相机，就有法院的工作人员来阻止。旁边的记者告诉我，只有南非广播公司等为数不多的签约电视台才能拍摄，其他人是禁止拍摄的。他还对我抱怨说："南非是民主国家，为什么不能允许所有人拍照和摄像？真是岂有此理！"而对我来说，能够在没有预约的情况下就看完了一场庭审，已经是意外之喜。

西餐厅里的两国政要会谈

我在南非也参加过几次中国领导人的访问活动，大部分被南非政府安排在正式的会议室，但也遇到过颇为接地气的、别开生面的会谈活动。

在 2015 年年底中非合作论坛约翰内斯堡峰会召开之前，时任中国国务委员杨洁篪到约翰内斯堡打前站，其间安排了一场和南非外长马沙巴内的会谈。当我赶到使馆给我的会谈地址时，我一时怀疑自己走错了地方。这明明是一个普通的商圈，只有几家大型超市和餐厅，并没有大型酒店、会议中心等适合会谈的场所。我正在狐疑，突然看见人民日报社的记者也在那里转悠。他说他来得早，一开始也以为走错了，后来看见使馆的人员在一家餐厅布置会场，才确信这就是会谈地点。

我跟着他走进一家中档的西餐厅。当时是上午 9 点多，用餐客人不是很多。在餐厅最深处靠墙的地方，已经摆上了中国和南非的国旗和一张小茶几。餐厅灯光较昏暗，如果杨洁篪和马沙巴内在这个地方会谈，显然不利于拍照。

正当我们几个文字记者为此发愁时，突然看到中央广播电视总台央视（简称央视）的记者来了，不由都欢呼起来："灯来了！"央视的同行带来了拍摄用的照明灯，才把这个餐厅的一角照亮。

我们等到 11 点多，也不见会谈的政要前来，倒是吃饭的顾客开始多了起来。很多记者没吃早饭，早已饥肠辘辘。由于担心会谈会持续很久，我们也围着餐桌坐下来，叫了一些意面、三明治等简餐来填肚子。谁知刚吃到一半，就见中国代表团和南非外交部的人走进餐厅。我们忙不迭地放下刀叉，有的嘴里还含着吃了一半的三明治，赶紧前去拍照和摄像，一通忙碌。杨洁篪和马沙巴内在国旗前进行了简短的会见仪式之后，走到餐厅里一张长餐桌前坐下，随行人员坐在餐桌两侧，他们就在餐厅开始了会谈。大概是因为环境较为随意，他们也谈得轻松愉快。而餐厅里并未有保安人员前来清场。其他顾客依然在从容地用餐，离会谈餐桌只有几米远的地方，一张长桌坐满了用餐的顾客，不时传来说笑声。

在非洲常驻期间，我去了十几次南非，写了上百篇关于南非的报道，但对于南非的政治，也只是管中窥豹。有时，我会觉得南非的政治像一出喜剧，每逢政治集会，从领导人到普通百姓，都要载歌载舞地热闹一番；有时，我又觉得南非政治像一出闹剧，执政党与反对党总是针锋相对，吵个没完没了，堂堂一国总统总是贪腐丑闻缠身，甚至被上诉到宪法法院，被多次提送国民议会进行不信任投票，在总统任期并未结束时被迫辞职；有时，我又觉得南非政治像一出正剧，特别是祖马因装修门被宪法法院判处违宪后，他立即发表声明，表示接受法院判决并对公众道歉，让人不得不佩服宪法法院的公正无私、祖马的光明磊落。但无论南非政治是一出什么样的剧，它都是一出相对公开透明的、普通老百姓可以看到的剧，甚至连我这个外国人，都看得津津有味，饶有兴致。

五　治安——永远悬在头顶的一把利剑

自从我去了非洲，总有人问我，津巴布韦怎么样？细想来，这其实是一个世外桃源般的国家，经济虽然不太好，但百废待兴中蕴藏着巨大的商机；虽是万里之外的异国他乡，但民风淳朴、民众热情，教育水平高，让华人很快就会有"反认他乡做故乡"的归属感。更何况，它土地肥沃，四季如春，遍地花树，全世界像津巴布韦这样自然条件优越的国家并不多见。

在津巴布韦生活了三年半，我对它整体是非常喜欢的，只除了一点——治安。尾随入院的抢劫、半夜翻进院墙的偷盗、等红绿灯时的砸车……种种潜在的危险总让我时刻绷着一根弦。以至于我回到北京好几个月，还会梦见有劫匪要冲进记者站的院墙，我躲在房间的铁栏杆后给朋友打电话求助；在北京的长安街走夜路的时候，只要发觉有人跟得很近，我都会心里一惊，赶紧扭头查看。

华人餐厅老板遇害

其实，我在津巴布韦一直是比较幸运的，记者站周边的公司和住宅都被抢了个遍，唯独我们记者站没事。屡屡听说身边的华人朋友遭遇偷盗抢劫，而我虽然到处出差、东跑西颠，却也还安然无恙。窃以为自己多年积攒的人品在非洲这几年早已消耗完。

这几年，津巴布韦出现的最严重的一起华人命案发生在一家中餐厅。

2016 年 8 月 7 日晚 9 点多，就在与记者站一街之隔的老徐火锅店，两名歹徒冲进餐厅，对着华人老板老徐当胸就是两枪，老徐应声倒地。劫匪随即扔下手枪逃跑了。老徐立即被送往医院进行手术，医生从他胸腔中取出了一颗子弹。

老徐出事以后，许多华人捐钱为他治疗。怎奈津巴布韦当地医生误诊，一直没有发现老徐的腹部还藏着另外一颗子弹。随着时间的流逝，老徐腹腔严重感染，病情持续恶化，主治医师束手无策。后来，在中国大使馆和华人商会的斡旋下，老徐被直升机送到了南非约翰内斯堡最好的医院进行救治。

约翰内斯堡枪支泛滥，南非医生治疗枪伤的经验比哈拉雷的医生更加丰富。可惜那时已经错过了最好的治疗时机，老徐身上主要器官都已经被感染衰竭，南非的医生也回天乏术。好不容易挨到国内的儿子赶来见过最后一面，老徐即溘然辞世，将身家性命留在了万里之遥的异国他乡。歹徒开枪是为了寻仇还是为了抢劫，警方至今都没个说法。按照津巴布韦的破案能力，这个案子恐怕永远是个谜团。

在我印象中，老徐是个高高瘦瘦的东北人，平日里话不多，但厨艺很好，调得一手香喷喷的麻酱小料，韩国烤肉和朝鲜冷面也做得地道。在他家吃火锅，麻酱小料极受欢迎，我们吃完了还会再要。老徐每次都把小料盛得足足的，或者干脆端来一大盆麻酱，让我们吃个够。我有时候写完稿子不想做饭，就会去他的店点一盘饺子。一直觉得他家做的猪肉馅饺子皮薄馅香个头大，是哈拉雷最好吃的。

老徐去世后，他的火锅店也关了门。每次从他家门口路过，看着紧闭的大门，都心有悲戚。

随着大选的临近和经济危机的到来，哈拉雷的治安情况也是每况愈下。今天听说一个朋友晚上回到家，发现劫匪就在家中守株待兔；明天听说几个华人朋友在家中聚餐，一伙劫匪破门而入。也曾有一个月内，就发生 4 起中国企业被入室抢劫的案件。

不过，虽然津巴布韦的入室抢劫案件频发，但劫匪还算比较厚道，一般只抢钱，不伤人，像老徐这样的案件在我驻站期间只发生了一次，不像南非动辄就有人用 AK–47 顶着别人的脑袋，稍有反抗劫匪就把人打死了再抢。

电视台直播现场的抢劫案

南非是世界上谋杀案最多的国家之一。根据南非警方公布的数据，2013 财年至 2016 财年，南非平均每天被谋杀的人数从 47 人攀升到了 51 人。

由于绝大多数的劫杀案件发生在晚上，所以城镇的店铺一到下午四五点就关门闭户，商业中心空无一人，如同鬼城，就连旅游胜地开普敦也不例外。

南非的经济中心约翰内斯堡是有名的犯罪之都，犯罪率是世界平均犯罪率的 5 倍。歹徒猖狂到可以青天白日在最繁华的商业中心和警察打枪战；可以闯入约翰内斯堡国际机场停机坪，抢走即将运往英国的、装有大量现金的保险箱；可以尾随旅游大巴车进入机场附近的假日酒店，在酒店大堂抢劫游客；而在高速公路上逼停私家车实施抢劫、入室抢劫、洗劫商店的案件更是比比皆是。

我每次去南非租车或者打车，都能听司机讲一堆他在公路上遇到的抢劫故事，还有司机把裤子卷起来，给我看腿上的子弹痕迹。而一位常驻南非的中国同行永远开着一辆挡风玻璃严重破损的车子。他说，这样才不容易被劫匪盯上。另一位华文媒体的记者则每次采访都随身带枪。

在我报道过的南非抢劫案中，最匪夷所思的莫过于电视台直播现场被劫匪洗劫的案件。2015 年 3 月 10 日晚，南非广播公司新闻台的新闻团队正在约翰内斯堡的米尔帕克医院门口报道赞比亚总统埃德加·伦古到访一事，突然一伙劫匪闯入了直播镜头，抢走报道团队的几台手机和笔记本电脑，然后逃之夭夭。而当时一直工作着的摄像机录下了全过程。

如果这样说你还没有特别直观的感受，那么我来做一个类比。南非广播公司新闻台的地位相当于中国的央视。约翰内斯堡的米尔帕克医院是南非最好的医院之一，南非国父曼德拉晚年生病时都是在这家医院医治。这起抢劫事件就相当于中央电视台的时政报道团队在协和医院门口报道外国总统到访，结果被一伙劫匪给抢了。你能想象吗？可这样不可思议的事情真的就在南非发生了。

而我报道过的南非最让人痛心的恶性案件，莫过于华人的"黑色一月"。

2015年1月2日，林波波省一家华人杂货店遭匪徒抢劫，年仅25岁的女店主被歹徒砍伤头部身亡。19日，西北省一家酒店发生一起抢劫杀人案，34岁的福建籍侨胞惨死于自己家中。20日，在位于约翰内斯堡杰米斯顿地区的工厂，43岁的重庆籍华人厂长被他解雇的工人用大口径枪支近距离残忍射杀。25日，德班地区20岁的广东籍侨胞遭遇劫匪抢夺货车，在跳车逃生中不幸身亡。26日，约翰内斯堡南部地区的华人农场内，49岁的广东籍侨胞被劫匪杀害于仓库中。31日，约翰内斯堡东区住宅内，从事装修工作的40岁福建籍侨胞被外籍员工抢劫，头部被钝器重击死亡。

据官方统计，南非有30万华人，数量为非洲华人之首。而民间广为流传的数字则是50万人，其中包括没有记录在案的非法移民。

来到南非经商的中国人几乎都是贸易起家。一般从摆地摊做起，从国内进口便宜的服装、箱包、玩具、家电、手机等商品在当地零售。中国制造的产品在南非有很强的价格优势，利润颇高，来钱很快。用不了两三年，他们就开始租赁商铺，扩大经营规模。在约翰内斯堡市中心的中国批发市场，上百家中国商铺门庭若市。而约翰内斯堡中国城建成之时，更是惊动了南非总统祖马亲自前来挂牌，南非华商的影响力可见一斑。

▲　约翰内斯堡唐人街

南非华人在当地属于富裕阶层，且保护防范意识不够，很容易被劫匪盯上。一般来说，每年都会有 10 名左右的华人遇害案件，平均每月一起。由于南非华人遇害太常见，南非媒体也并不会像在欧美国家死一个华人那样铺天盖地地报道。但是，在 2015 年的 1 月，就有 6 名华人遇害，"黑色一月"成了多家南非媒体的头条。

一时间，南非华人人人自危，甚至很多人因为缺乏安全感而萌生退意。

治安恶化因何起？

你也许以为，津巴布韦和南非一直以来就是这么乱，其实不然。

20 世纪 80 年代，中央广播电视总台国广（原中国国际广播电台）就在津巴布韦首都哈拉雷建立记者站了。那些当年的驻津记者提起哈拉雷来都赞不绝口，说那里民风淳朴，风景优美，家家户户没有院墙，只有栅栏。园内的绿树红花毫不吝啬地从栅栏内长出来，和街道上的草坪、古树融为一体，整个城市一派安宁祥和。先后驻过津巴布韦和瑞士的资深记者更认为，津巴布韦比瑞士好多了。我听了不禁心向往之。

到了哈拉雷以后我发现，虽然道路上的草坪古树依旧，家家户户透绿的栅栏却没有了，取而代之的是高高的院墙和墙头竖立的电网。任我望穿秋水，也只能透过高墙上的电网窥见些许院内繁花似锦的痕迹。

临街的店面清一色装上了比拇指还粗的铁栏杆。一些珠宝首饰店更是随时上锁，只有当顾客按了门铃，店主看清楚外面的情况时才可能开门。

津巴布韦，这个昔日南部非洲的"面包篮子"，因为过于激进的经济政策以及常年受西方制裁，20多年来经济水平不断下滑，很多原本可以成为白领阶层的人却沦落成街头小贩，乞讨者随处可见。还有很多边缘人既做不了小生意，又要不到钱，于是铤而走险入室抢劫，而且大多是持枪抢劫。

▲ 哈拉雷街头枪店的枪

我曾经探访过津巴布韦的枪店，发现只需要很简单的证件和手续，就可以买到手枪、步枪、猎枪等枪支，一把二手手枪仅售200多美元。普通百姓为求自保，稍有条件的就会买把枪放在家中。劫匪想弄到把枪更是不费吹灰之力。

而对于"犯罪之都"约翰内斯堡而言，得到这个称号也是2000年以后的事情。据约翰内斯堡的老华人讲，在十几年前，约翰内斯堡还是秩序井然。但最近十几年，如果没有被抢过，就不好意思对别人说在约翰内斯堡生活。

我曾和白人、黑人、华人都探讨过南非治安差的原因，人们虽看法略有不同，但有些观点是相同的：南非虽然发达，但贫富差距巨大，富裕人口收入占全社会总收入的75%以上，而失业率又高达25%，这导致大量找不到工作又对社会不满的底层民众铤而走险。同时，南非没有死刑，枪支泛滥，抢劫犯几乎人手一把AK-47，对于这样糟糕的治安情况，政府却疏于管理，警方的贪污腐败问题严重，甚至与犯罪团伙同流合污。

种族隔离制度的遗留问题也是不能忽视的。南非黑人长期处于不公正的社会环境，导致仇视富人、漠视法律。为了自卫和争取更多的权利，很多黑人选择了武力抗争。当年国父曼德拉也曾走上过武力斗争的道路，只是27年的牢狱生涯磨平了他好斗的个性，让他重新思考和解之路。在种族隔离制度的年代，黑人和白人之间的流血冲突时有发生，暴力的传统一代代沿袭下来，渗透到了南非人的血液当中。

还有一点值得关注的是，南非有将近500万外国移民，除了较为富裕的印巴人和华人，其余大部分来自津巴布韦、马拉维、莫桑比克等相邻国家。而南非的许多恶性刑事案件，恰恰有一部分是来自这些穷兄弟国家的人干的。

南非之于非洲，犹如美国之于美洲，那是非洲大部分国家民众眼中的天堂。不过，墨西哥底层人民要去美国尚需偷渡，而南部非洲发展共同体（简称南共体）成员国中的任何一个国家的公民只要拿着本国护照，就可以直接入境南非，不需要任何签证。这一惠及南共体所有国家的政策导致一些吃不饱饭的津巴布韦人、马拉维人、莫桑比克人等长期非法滞留南非。他们吃苦耐劳的性格和便宜的劳动力价格很容易得到华人老板的青睐，但是，其中也不乏一些人仗着没有在移民局备案而做一些非法的勾当，加速了南非治安的恶化。

经常有一些南非人或者南非华人对我说，"南非的治安是被津巴布韦人搞坏的，做坏事的都是津巴布韦人"。我每次听到这样的言论，都忍不住用"淮南为橘，淮北为枳"的理论来驳斥他们。

从感性上讲，津巴布韦就像我的娘家，我怎么能够允许其他人诋毁我的娘家人呢？实际上和南非相比，津巴布韦的恶性案件不值一提，为什么津巴布韦人在本国大部分温良守法，但到了南非就变成了劫匪暴徒？这可能更多要从南非的社会矛盾、种族矛盾，以及黑人对黑人的次种族主义歧视等问题中寻找答案了。

但其实，津巴布韦人不喜欢南非人，就像南非人不喜欢津巴布韦人一样。不止一位津巴布韦人对我讲过他们在南非遇到的种种危险。

我常用的津巴布韦出租车司机万德福曾气愤地对我说："我当时在南非约翰内斯堡的大街上被人拿刀顶着胸膛，身边来来往往的人都像没有看到一样，特别漠然。这种事情在津巴布韦肯定不会发生。"我相信他说的话，因为我好几次在哈拉雷大街上看到一帮人追着一个人暴打，一问之下，被打的那个人往往是小偷或者抢劫犯。津巴布韦人对犯罪的容忍度远远低于南非人。

记者站的高墙电网

对付入室抢劫最好的办法，就是把住宅修成一座碉堡。

在非洲很多治安不太好的国家，安保系统、门窗防盗网、墙头电网是家家必备的标配。2000年以后的津巴布韦与南非也是如此。

我刚到记者站的时候，记者站女工玛利亚就为我讲述了记者站安保措施的历史变迁：刚买下这座房子时，院子围墙仅有一人高，后来屡次有人跳进来偷东西，只好将围墙加高到了两米多。

玛利亚还指着窗户上纵横交错的铁栏杆如数家珍地说："外面这层粗的栏杆是10年前隔壁被抢以后安上的。里面这层细的是几年前新华社记者站遭遇劫匪后，我们找人加上的。夫人你看，这些栏杆做得真结实，这是白人给做的，哈拉雷质量这么好的铁栏杆可不多见。"我知道玛利亚是在安慰我，但我怎么也轻松不起来。

如果说防盗网和电网是住宅的第一道安全保障，安保公司则是第二道。

非洲抢劫案的破获率极低，这些入室抢劫的案例绝大部分都不了了之。如果劫匪进了家门再报警，警察也会以没车、没钱买油等理由拒绝出勤；即使磨蹭大半夜警察来了，劫匪早就逃之夭夭。

相比之下，非洲的保安公司要敬业得多，只要在住宅安上电网、摄像头、接收器，将信号连接到总部，一旦有人闯入私宅，引发报警器，保安就会在几分钟内持枪赶到。

中国有句古语："国家不幸诗家幸"。这句话放到非洲一些国家可以改写为："国家不幸保安幸"。在哈拉雷每况愈下的经济环境中，每年倒闭几百家企业，而津巴布韦保安公司却在不断壮大，"SAFEGUARD""SECURICO"是津巴布韦最大的两家保安公司，服务几乎覆盖了城市所有的公司、店铺、住宅。他们配有大量训练有素的保安和多台巡逻车辆，派专人24小时按片区巡逻，接到信号立即出动，五六分钟内赶到事发地点。

记者站曾在2000年前后安装过电网和安保系统，但后来废弃不用了。2014年时，听到身边朋友的遭遇，又看到周围院墙清一色的保安公司的标志，唯独我们站里什么安保措施都没有，我越来越睡不踏实。虽说劫匪一般都盯着有钱的中国人，如果知道我们是清水衙门，断不会冒险，但谁又能保证有

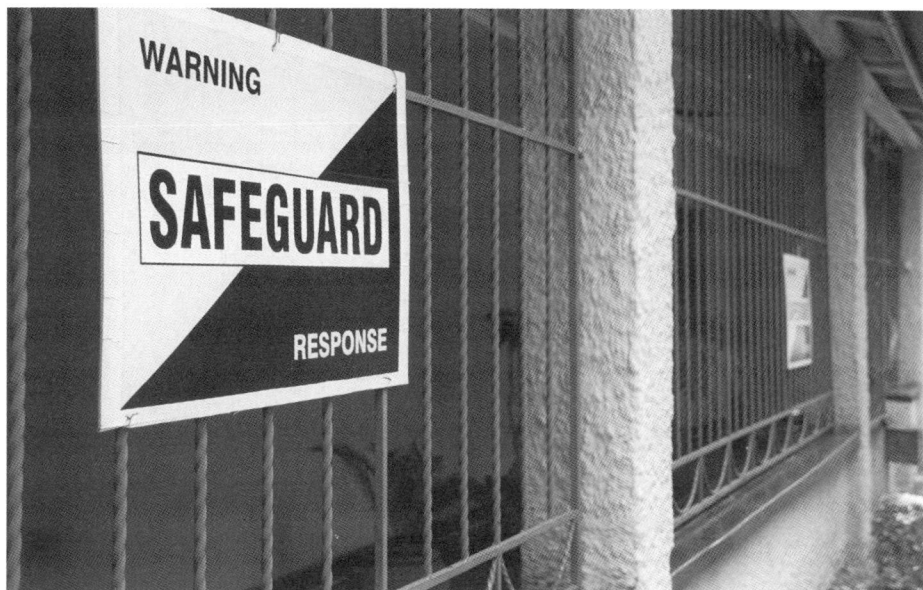

▲ 临街的家庭旅馆栏杆上安保系统的标志

不长眼、不踩点、饿极了直接跳进来的呢？

我们向台里打了报告，前前后后忙乎了半个月，终于装上了"SAFEGUARD"的安保系统，包括感应器、遥控器、报警器、电网，算是安保系统的最低配置。虽然比起很多人家里的摄像头、监视器、红外线的全套设备还差很远，但如果有贼闯入，至少我们不会再束手无策。

此前，我在楼下做节目的时候，只要听到院子里的狗叫，就会紧张地抱着笔记本跑上楼，再锁上楼里的几道铁门。自从有了安保系统，再听到狗叫，我便不再那么慌张，只需紧紧地握着安保系统的遥控器，稍有异常就动动拇指。很多朋友告诉我，津巴布韦的贼多是小毛贼，只要报警器一响，90% 的贼都会被吓走。

我以为终于可以高枕无忧了，谁知新的麻烦又随之而来。有好几次睡到半夜，警报突然响起，我惊得跳起来。仔细检查房间后，发现门窗都关得好好的，房间里也没有进人的迹象。我正在给保安公司打电话，两个保安就已经架着梯子爬到了记者站的墙头，拿着探照灯往院子里照。我只好跑到门口，满脸赔笑、满怀歉意地向他们解释。他们对这种情况倒是见得多了，说可能是昆虫爬过感应器，引发警报，或者是线路有些故障。

虽说保安们对大半夜的爬梯上墙却虚惊一场的事情没有怨言，但我还是很担心，这样的故障发生多了，会不会变成"狼来了"呢？有一次出差，我怕警报又无缘无故响起，就拔了主板的电源。没想到没过几天就接到了保安公司的电话，说连接不上我家的接收器，要上门检查是什么问题。我不禁为之感动，安保公司的效率在非洲肯定可以排第一。

而在治安形势更为恶化的南非，安保已经成为一项巨大的产业。据统计，南非目前有9000多家安保公司，从业者达到40多万人，是警方力量的两倍。这其中，也不乏华人开的安保公司，他们主要为中资企业和政府要员赴南非的公务活动提供武装随身护卫，也为中资企业提供驻点守护。未来，随着进驻南非的中国企业不断增多，华人安保公司的规模和数量也会继续扩大和增加。

在我看来，比铁栏杆和安保公司更为重要的，是人们的防范意识，这是第三道安全保障。

劫匪们的抢劫对象并不仅是中国人，所有的有钱人都是他们的作案目标。但中国人爱携带现金、爱在室内存放现金、爱住在工作区等习惯都构成了劫匪最充分的作案动机。

中国人在非洲是出了名的勤奋，也是出了名的节省。为了省住宿费，他们总是习惯住在厂房、商店等工作场所，而这些地方是最容易遭到抢劫的。为了节省开销，他们会雇用缺乏证件的非法移民，但如果出现劳务纠纷，一些非法移民有可能铤而走险，给华人老板带来杀身之祸。为了省去银行高额的手续费和行业监管的麻烦，他们往往不将每日流水存入银行，而是放在家中，积累到一定时候，从黑市汇入国内。几乎所有劫匪都知道中国人家里有钱，是一块流油的肥肉。

此外，还有不少案件发生在晚饭时分、房门未锁之时；不少发生在深夜开车进入家门之时；不少发生在电网和安保系统坏掉、未及维修之时；也有不少案件发生在雨夜开车等候红绿灯之时。那些原本可以避免的灾难，却往往发生于我们的疏忽大意之时。

一方有难八方救援

也许是因为治安不佳，在非洲的华人往往比在发达国家的华人更为团结。

2016年12月1日晚9点多，津巴布韦多个华人微信群里收到了一条语音信息，说保罗戴尔区（Borrowdale）的一个华人朋友家院子里闯入了六名蒙面劫匪，并附上了住宅地址。当时这个华人家庭中的丈夫在国内，家中只剩妻儿。所幸的是，当时房门已锁，门窗上都有铁栏杆，劫匪一时无法入内。恼羞成怒的劫匪转而劫持殴打花工，威胁屋内的华人妻子打开房门，同时用斧头劈砍大门，情况十分危急。

妻子在房间内打电话向朋友求助，朋友立即将信息发到华人群里求助。这个消息在华人微信群中炸开了锅，人们纷纷询问具体情况和位置，有三十多名华人迅速驱车赶到了出事的华人家外，将院子团团围住，并鸣枪示警。

虽然早已报警，但警察迟迟不能到来，人们决定破门而入，进行地毯式搜寻。人们在草地上发现了劫匪留下的作案工具、房间木门上被劈开的洞，但不见劫匪的踪影。在搜寻接近尾声的时候，警察终于赶到，并最终确认劫匪早已仓皇逃离现场。

从那以后，我更加坚定了晚上睡觉不能关手机的原则。关键时刻，还是华人更愿意出力。

为了加强安防，在哈拉雷蒙特·普莱森特地区居住的华人还与该地区的警察成立了联合互助中心。每周二和周四晚，华人代表和当地警察会联合在本地区巡逻，遇到可疑人员和盗窃行为，立即上前盘问或者抓捕。自从联合行动之后，这个地区很少再有华人遭遇入室抢劫。

说到在非华人的安全保护，就不能不提到中国使领馆在其中所做的努力。当华人遭遇恶性刑事案件时，中国使领馆总是在第一时间慰问受害者、处理医院治疗或善后事宜，同时与当地警方交涉，或紧急约见相关政府官员，督促破案。

然而，和每年 1.2 亿走出国门的庞大的中国人数量相比，中国外交部派驻在世界各地执行领事保护服务的专业人员只有 600 人左右，从数量上远远不能满足中国企业和公民在海外的领事保护要求。具体到津巴布韦这样的非洲小国，专业领事人员只有一名，很容易造成分身乏术的局面。在这种困局之下，中国驻津巴布韦大使黄屏想出了"发动人民战争"的办法。

2015 年 4 月 28 日，中国驻津巴布韦大使馆成立了使馆领事保护与协助工作网络，在津巴布韦华人主要聚居的省份中挑选了 13 名华人联络员。这些联络员或是华人企业的老总，或是大型中资企业和民营企业的高管，在津巴布韦工作生活多年，熟悉当地法律法规，了解当地情况，在当地社会、华人团体和政府部门都有一定影响力。在华人华侨遇到突发事件时，可以在第一时间通过当地的联络员寻求侨团和使馆的领事保护和帮助。

在团结互助保护华人安全方面，南非的华人警民合作中心也是一个典型的范例。这个警民合作中心成立于 2004 年，是全世界首家华人警民合作中心。

我在 2015 年报道南非大选的时候，采访了当时南非华人警民合作中心的执行长于海涛。他说："2003 年时，约翰内斯堡出现一些针对中国人的黑人犯罪团伙，他们多次尾随中国人进入家中，用电熨斗烧、开水烫的方式逼迫受害人交出现金。我们当时就想，如果我们不成立一个联合组织，就很难在侦破案件时进行信息沟通，从而解决这个问题。于是，2004 年就成立了这个警民合作中心。"

从此，只要有针对华人的案件发生，南非华人警民合作中心就会向受害人提供帮助，包括报案、做笔录、做案件整理。如果出现死亡案件，还要协助做好殡葬工作、将骨灰运回国，协调和使领馆的关系。南非的华人由于语言障碍无法很好地通过南非警方保护自己，所以当出现问题时，很多人更倾向于找警民合作中心。

在华人警民合作中心的努力下，南非豪登省警察厅特意在唐人街警民合作中心隔壁设立了一个豪登省警务室，24小时有人值班。只要有案件发生，警民合作中心就会带南非警察前去勘查现场，分析案件，并跟踪案件的进展情况。此外，在开普敦、德班、伊丽莎白港等华人较多的城市，也逐渐成立了南非华人警民合作中心的分支机构。

和欧洲人相比，华人踏上非洲这片大陆晚了4个世纪。即使和在非印度人相比，华人也晚来了大半个世纪。由于来非洲时间短，华人在融入非洲、保护自身方面有大量的东西需要学习。值得欣慰的是，经过十几年的摸爬滚打和血泪教训，针对华人的保护网已经逐渐形成。下一步，就是将这张保护网打造得更严密些、更结实些。

希望有一天，在这片热土上打拼的中国人永远不再担惊受怕。

六　坦赞铁路的春天来啦

　　相信很多对中非友谊稍有了解的中国人对坦赞铁路都怀有一种特殊的感情。非洲虽然离我们很遥远，坦赞铁路却仿佛很近。

　　在中国人的心中，坦赞铁路是神圣而传奇的，它汇集了中国工程师最顶尖的智慧、最吃苦耐劳的精神，中国在 20 世纪 60 年代经济异常贫弱的情况下，集全国之力完成了当时欧美人都无法完成的任务。所以，近年来中国媒体爆出坦赞铁路因维护不当、运营不善而早已破败不堪、几近瘫痪，在国内掀起了轩然大波，人们从质疑非洲兄弟的管理能力到质疑这条铁路的修建意义。

　　而王毅外长 2017 年 1 月访问赞比亚和坦桑尼亚，宣布要将坦赞铁路升级改造，让它重新散发出活力，再次引发了国内的争论：既然当时修建坦赞铁路是为了打破政治封锁，那么时过境迁，当年的政治封锁早已不再，为何还要重修铁路？既然四十多年来非洲人都管理不好这条铁路，再次投入巨额资金改造完毕后，如何能保证不再重蹈覆辙？坊间批评的声音竟是比支持的声音还要多。

　　百闻不如一见，我们中央广播电视总台国广（原中国国际广播电台）驻非洲两个站的三位记者决定亲自走一趟坦赞铁路，看看它的真实面貌。在 2017 年 3 月中下旬的 11 天里，我和朱宛玲、邢一行在铁路沿线采访了坦赞铁路当年的发起人、现在的管理者、中国专家组、企业家、中坦赞三国的官员、司机与乘客，受到的震撼是巨大的。这确实是一条有故事、有灵魂的铁路，而它折射出的诸多问题也值得国人细细思索与探讨。

穿越时空，寻找坦赞铁路的历史印迹

2017 年 3 月中旬，赤道以南非洲的大部分地方已是暑意尽去，凉意渐起，我们居住的哈拉雷和内罗毕更是因小高原而凉爽无比。而当我们的飞机降落在达累斯萨拉姆市（简称达市）机场，从机舱里走出来的刹那，一股热浪扑面而来，紧接着我们浑身就被包裹在一种又湿又热又沉甸甸的空气当中。如果不是因为心心念念的坦赞铁路，我真想立刻就逃回永远用不到空调的哈拉雷去。

接我们的司机一听说我们要去坦赞铁路，很爽快地说："Tazara！我知道，这是你们中国人修的，中国人和坦桑尼亚人是好兄弟！"Tazara 是坦赞铁路的简称，当地人都这样叫它。

达累斯萨拉姆比哈拉雷看上去更像一个现代化大都市，马路宽阔，交通拥挤，还时不时地会遇到交通管制，一堵就是一个小时。为了赶时间，司机带着我们一会儿逆行，一会儿又开上了人行道，在熙熙攘攘的城市间来回穿行。突然间，车子在一片安静的广场旁停了下来，司机指着一座灰色的长条形建筑告诉我们，这就是 Tazara。

当我站在坦赞铁路达累斯萨拉姆火车站面前时，我感到震撼。倒不是因为这个火车站有多么恢宏雄伟，这几年，我在非洲采访过中国人修建的体育馆、议会大厦、大学、酒店……每一个都比这座建筑更加恢宏雄伟，但它们都是崭新的、靓丽的，缺少了这座建筑独有的历史印记。

这座火车站是一座典型的中国 20 世纪 70 年代的火车站建筑，外表砌着灰色的石砖，朴素又不失雅致。它的面前是一片空旷的广场，因为当天没有火车发车，也就没有乘客，显得广场更为宽阔。火车站的主体建筑从外面看有两层，两边是两条长长的斜坡，车子可以沿斜坡直接开到二楼候车室。

▲ 坦赞铁路达累斯萨拉姆火车站外观

▲ 达市火车站内部一尘不染

　　室外炽热难当，但一进入大厅内部，顿觉一阵清凉。大厅的中间是一个巨大的天井，数十根柱子支撑起高大的穹顶，屋顶上的瓷砖装饰花纹融合了一些坦桑尼亚伊斯兰的元素。从一楼通向二楼候车厅的楼梯位于大厅正中央，笔直上去一段之后再分别从两侧蜿蜒盘旋而上，具有中国古典的对称和曲折之美。楼梯扶手上的木头有些已经被磨得光可鉴人，但没有一处裂纹，可以想见当时的用料是多么讲究。更让我没有想到的是，从广场到候车室，处处一尘不染，干净得连一片废纸都看不到。

　　候车大厅旁边的小院是铁路局的办公室，一进门就能看到墙上悬挂着的毛泽东主席、坦桑尼亚开国总统尼雷尔、赞比亚开国总统卡翁达的大幅黑白照片。毛泽东的照片居中，那是我们在国内最常见到的他的标准照，睿智威严；一左一右分别是卡翁达和尼雷尔，两个人的笑容朴实温暖。自从坦赞铁路修好之后，这三位开国领袖的照片就被悬挂在这里，纪念他们为这条铁路做出的历史功绩。

　　在非洲待久了，我总有种错觉，以为自己在欧洲。特别是像津巴布韦、纳米比亚、南非这种被西方殖民者统治了上百年的国家，整个城市都是欧洲国家的翻版。而这座充满中国色彩的火车站则在讲述一段中国与非洲友好交往的历史，这段历史与西方的殖民与占领完全不同，它是平等的、真诚的，富于急人之难、帮人解困的侠义精神。这段历史足以使四十多年后的我们感到自豪。

　　更重要的是，这段历史不仅中国人记得，非洲人也一直没有忘记。此行，

TANZANIA ZAMBIA TRAFFIC PERFORMANCE
RAILWAY AUTHORITY

▲ 坦赞铁路局大厅一直挂着三位开国领袖的照片

我们采访了亲身参与坦赞铁路的决策和修建过程的前赞比亚外交部部长姆旺加。73 岁的他在讲起坦赞铁路的由来时，依然如数家珍："1965 年 11 月 11 日，南罗德西亚（现在的津巴布韦）单方面宣布独立。由于我们赞比亚、坦桑尼亚等非洲国家不承认南罗德西亚的独立是合法的，所以他们禁止我们使用经南罗德西亚前往南非或莫桑比克出海口的南部铁路线。因此，我们当时的国家总统卡翁达找到邻国坦桑尼亚的总统尼雷尔商谈，决定要在坦桑尼亚和赞比亚之间修建一条铁路，来缓解南罗德西亚禁运给我们带来的进出口的运输压力。"

姆旺加回忆道："有了这个想法之后，我们首先向美国、加拿大、德国等西方国家寻求帮助，请求由他们来帮忙修建坦赞铁路。但是，这些国家无一例外地表示修建坦赞铁路在经济上是不可行的，不愿予以考虑。因此，尼雷尔和卡翁达决定向当时的中国领导人毛泽东和周恩来求助。先是尼雷尔带着这个想法前往中国，卡翁达也随后到访，最终他们联合请求中国政府来负责坦赞铁路的建设。"

姆旺加解释说，当时坦桑尼亚和赞比亚两国领导人之所以没有首选中国，主要是有两方面的担心："第一，中国在当时从未在海外做过如此之大的工程项目；第二，中国也是发展中国家，也跟我们一样正处在起步阶段，提出需要资金援助，着实让我们难于启齿。但是，让人意想不到的是，中国政府欣然地接受了我们的请求，除了提供资金和技术外，还为我们派出修筑铁路的工人。就这样，中、坦、赞三方政府于1967年签订协议，规定坦赞铁路为中国全套承包的工程项目。随后，我们于1968年开始实地勘测，1970年正式动工。"

那时，赞比亚的经济主要依赖铜矿的出口，周边的白人政府封锁了铜矿出口的铁路，使这个刚刚独立的国家失去了最重要的经济支柱，处于风雨飘摇之中。打通一条新的生命通道刻不容缓。

1968年，中国从各地选调的铁路骨干就乘着船漂洋过海来到坦桑尼亚，开始了勘探和筑路的工作。中国驻赞比亚大使杨优明给我们列举了一连串的数字：那个时候我们中国政府为坦赞铁路提供了近10亿元的无息贷款和近100万吨的设备材料，先后派出工程和技术人员5.6万人，高峰期有1.6万人在现场施工。虽然后来中国在非洲又援建了许许多多的基础设施工程，但迄今坦赞铁路依然是规模最大的成套援助工程之一。

在距离坦赞铁路起点不到一公里的库拉西尼地区，坐落着中国土木工程东非有限公司（简称中土），它正是由援建坦赞铁路及东非国家其他工程的队伍整合而成的。中土的办公楼里，专门开辟了一个展厅作为坦赞铁路博物馆，展出当年中国建设大军用过的轨道车底盘、油印机、医药箱、收音机、电影

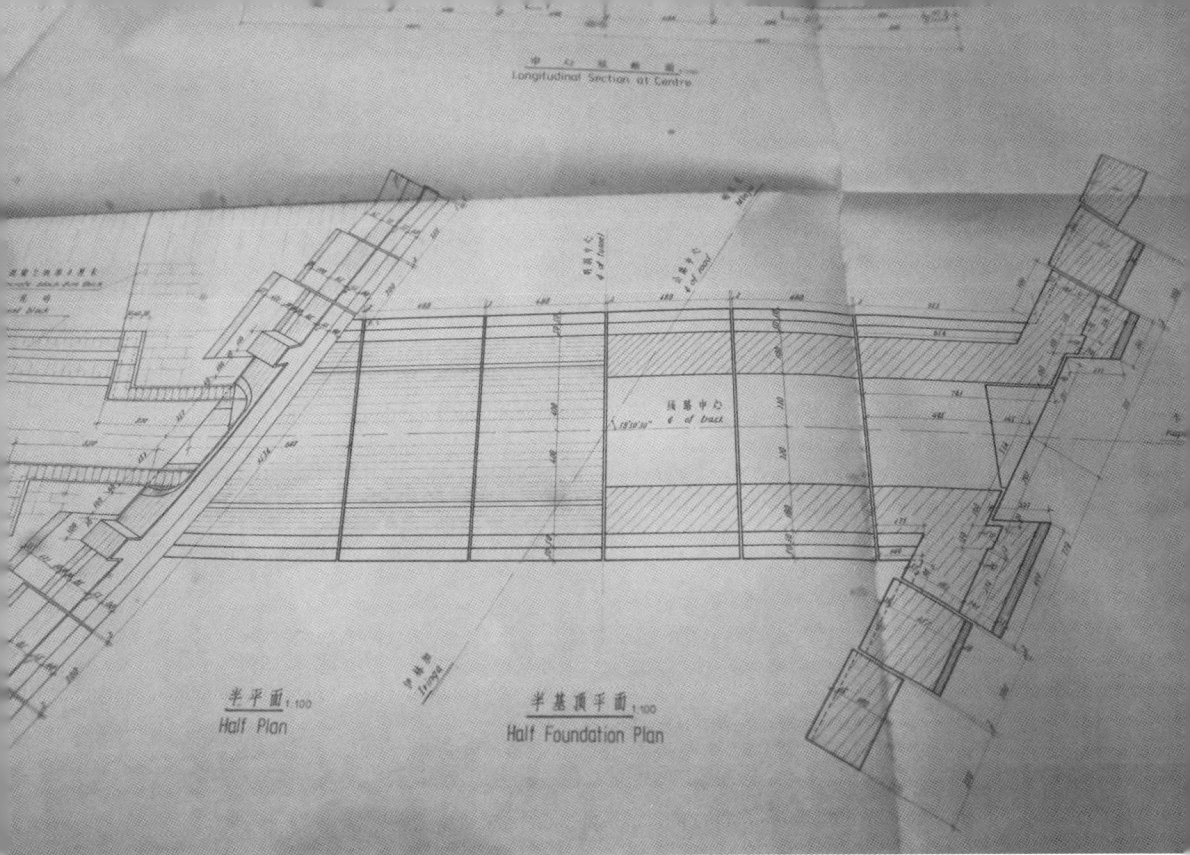

▲ 手绘的施工图如同印刷的一般工整

胶带、养殖手册等老物件。

　　博物馆尽头是一排书柜。打开书柜，里面是一本本摆放得整整齐齐的当年各种道路、桥梁的施工技术文件册。我随便抽出一本，蓝色的软皮上写着"坦桑尼亚－赞比亚工程技术文件第五部分桥涵之跨线建筑物图（第1册　共4册）"，下面还有一行字："中华人民共和国援建坦赞铁路工作组"。而里面则是一张张折叠起来的工程图纸。纸张已经泛黄，上面用蓝色线条绘制的施工图依旧清晰，每张图上都有中英文的标注，无论是绘图还是文字都工整漂亮得和印刷体并无二致。一问之下才知道，这么多工程文件全部是手绘手写。当年中国工程师近乎苛刻的严谨、认真，仅从这些图纸就能窥见一二了。

　　我们又去拜谒了为坦赞铁路牺牲的中国专家的公墓。这座公墓位于达累斯萨拉姆西郊，距离市中心24千米。长眠在这里的是为援助坦桑尼亚国家建设而殉职的 69 位中国专家和技术人员，其中 51 位为修建坦赞铁路而牺牲。每一块墓碑的正面刻着死者的名字，背面则刻着去世原因和生卒年月。我一个个地看过去，大部分人去世时都只有 30 多岁，正是人生最好的年华，不由得让人扼腕叹息。

据统计，在这些因公殉职的中国专家中，30% 死在工地，40% 死于交通事故，30% 被恶性疟疾等疾病夺去了生命。而坦桑尼亚和赞比亚两国也有 100 多名当地工人因修建铁路而殉职。这是一条用三国人民的生命共同铸就的铁路。

杨大使说："现在坦赞很多地方很艰苦，而当时的条件更为艰苦，食品短缺，气候炎热，疾病流行，缺医少药。在这种情况下，中国人和坦桑尼亚人、赞比亚人一起进行过艰苦卓绝的奋斗，建成了坦赞铁路。这个过程让坦赞两国人和中国人结下了深厚友谊，建立了信任，也为中国和坦桑尼亚、赞比亚之后的合作打下了坚实的基础。他们知道，中国人是真诚、友好、勤劳的，在他们需要中国帮助的时候，中国人会真诚地帮助他们。这种信任是什么都买不来的。现在中非之间之所以有这么大规模的经济合作，就是因为坦赞铁路期间中非建立了深厚的友谊和坚实的基础。如今，我们依然在吃这个老本。"

当年风光今何在？

1976 年 7 月 14 日，中国将已经可以顺利通车的坦赞铁路交给了坦桑尼亚和赞比亚两国成立的坦赞铁路总局进行管理。根据周恩来总理定下的方针，中国不搞殖民者那一套，中国人只是铁路的建设者，不参加管理和运营，项目交付后，中国大部分工程人员和最初的管理者都撤回国内。不过，由于当时两国缺少铁路技术人员，中国还是留下了一些专家，帮助两国培训专业人才。

坦赞铁路设计的运输能力是每年200万吨，但实际运输量从来没有达到过这个高度。1977年，坦赞铁路的运力达到了127万吨，这也是历史上最好的成绩。20世纪80年代中期，坦赞铁路的运力还可以保持在100万吨以上，尚能赢利，但到了80年代后期，铁路运力就直线下滑。据坦赞铁路第十六期中国专家组组长苗忠介绍说，2016财年铁路的运力仅为12.8万吨左右。

铁路没有运力，也就无法赢利；没有赢利，就没有办法好好对铁路进行维护；而铁路状况越差，就越没有人愿意使用铁路，铁路亏损情况就更为严重。坦赞铁路似乎进入了一个恶性循环。那么，是什么造成了今天的局面呢？经过多次沟通，我们终于获得了坦赞铁路总局局长的采访许可。

我们按照约定的时间走进了坦赞铁路总局公共关系经理康拉德·塞缪柴尔的办公室，康拉德却迟迟没有出现。我们无意中发现了墙上白板上画的"坦赞铁路问题树"，将坦赞铁路的问题罗列出来，一目了然。

在这张树形图表中，大树的根部是铁路如今面临的一些根本性的问题，包括无法获得资金支持、缺乏人力资源发展管理计划、缺乏运营资本、管理结构问题等。其中，缺乏资金导致缺乏投入，缺乏人员管理计划导致技术水平低，而缺钱、缺技术的结果是缺少维护，缺少维护又导致基础设施落后和设备不足。它们和工人素质低下、没有运营资本以及管理水平低下这些根系共同长出了效率低下的树干。树的上半部是效率低下长出的一些枝干，包括没有赢利、可靠性低、劳工问题、顾客满意度低等。由此看来，铁路总局对这条铁路的问题非常明白，他们也在研究应对之策。

在我们等了一个小时之后，终于见到了康拉德，他又带我们采访了坦赞铁路总局局长布鲁诺。

我们单刀直入地问他对于坦赞铁路运营不佳的看法，布鲁诺将坦赞铁路问题的主要原因归结为货源问题。他说，在坦赞铁路刚建成的时候，赞比亚还处于被封锁的情况，货物无法从德班或是其他南方的港口出海，而那时的公路条件非常差，人们都只能使用坦赞铁路，因此铁路非常繁忙。但后来，周边的国家都纷纷独立了，很多港口又被重新启用，客户可以有更多的选择。此外，卡车运货的方式也逐渐兴起，和火车相比，卡车更快、更可靠。

不过，布鲁诺认为，虽然坦赞铁路问题重重，但对带动沿线经济发展还是起到了很大的作用："在坦赞铁路修建之前，沿途只有一些很小的村庄，但随着铁路的修建，人们开始用火车运输货物、做生意，沿线的村庄逐渐发展成了城镇，还出现了大片的农场。"

我们想请公共关系经理康拉德帮我们找一位资历深的火车司机，请他以亲身经历讲一讲这条铁路的变化。康拉德倒是答应得很爽快，但条件是我们必须在他的办公室采访这位老司机。

康拉德找来的老司机名叫姆旺尼卡，为坦赞铁路工作了 41 年，去年正式退休。他面带憨厚，有些书卷气，见到我们既高兴又有点拘谨。

他说，1975 年的时候，他刚刚 19 岁，高中毕业，正好姆皮卡培训学校在招收学员，就报了名。他在学校学习了一年的铁路理论知识，中国的老师用中文教学，有人为他们翻译成英文。理论学习结束以后是实践课，全部学业完成后，他顺利通过考试，正式成了一名坦赞铁路的火车司机。他对此非常自豪，他们全家人都以他为荣。

他热情地给我们看他在培训学校和中国老师的合影。照片上的中国专家们都穿着中山装，而 40 名当地学员则是清一色的白衬衣、白短裤。他至今叫得出一些老师的中文名字，虽然发音不太标准。他说，老师们对他很好，教会他很多东西。

在谈到铁路如今遇到的问题时，姆旺尼卡说："最初，铁路一直运营得很好，但最近这些年不太好，一方面，铁路本身出现了一些问题，总是晚点。另一方面，出现了竞争，人们总是愿意选择又快又便宜的运输方式。我最初做火车司机的时候，每 24 小时能发出 6 对货车，但现在只有两对了。"

我们问他的退休金是多少？他说，自 2016 年退休，就没有领到过退休金。这时，一直在旁倾听的公共关系经理突然插话："你没有领到？"姆旺尼卡迟疑了一下，说："到现在还没领到。"

我们又问："那您担心退休以后的生活吗？"姆旺尼卡连忙说："不，不，我很开心。"

事实上，因为坦赞铁路常年亏损，除了退休工人领不到退休金，就连正常上班的工人也时常拿不到工资，工人罢工的情况时有发生。就在 2017 年 1 月，坦赞铁路赞比亚段的工人刚刚进行了罢工，赞比亚的客运铁路一度中断。

在我们的计划中，对坦赞铁路的随车采访是本次采访的重头戏。考虑到此事较为敏感，我们一直在与公共关系经理康拉德沟通，希望申请到列车采访通行证。开始的时候，他对此不置可否。但等我们到了达市，他却突然提出火车上的采访需要得到赞比亚和坦桑尼亚两国新闻部的书面批准。我们深知非洲政府的办事效率，在短短几天内是不可能拿到双方的批准的。他是不是在有意刁难呢？我们自掏腰包，去超市买了一瓶南非的红酒，偷偷塞给了他。

康拉德哈哈一笑，收下了红酒。过了一会儿，他找来了一名铁路上的工作人员，对我们说："你们可以采访，但要带上他，并每天付给他 200 美元导游费。"他的理由是，我们既然要在铁路上开展工作，他就要派人保护我们的安全。

且不说每天 200 美元的导游费远远超出了我们的预算，而且他只会说斯瓦希里语，英语水平仅限于几个简单的单词，如何给我们做向导？更重要的是，有他跟着，谁还愿意说实话呢？我们谢绝了康拉德的"好意"，表示我们不采访了，就是坐车体验一下。

康拉德似乎看透了我们的心思，就在我们上火车前，康拉德还特意打电话给我们，要求我们不能采访，否则后果自负。

采访之旅险情跌宕

担心被刁难，我们只好隐去了记者的身份，明访变为了暗访。

目前，坦赞铁路的客运每周四班，周二和周五，分别从坦桑尼亚的达累斯萨拉姆和赞比亚的新卡皮里姆波希（简称新卡市）相对开出两辆列车，全程 1860 千米，快车全程需 41 个小时，慢车全程需 48 个小时。我们选择了周五的快车一等软卧，票价约合 350 元。车票是硬纸壳的小票，和中国 20 世纪七八十年代的火车票很像。看来这么多年，坦赞铁路的火车票就从来没有变过。

3 月 17 日下午 2 点半，我们登上了坦赞铁路的火车。因为我们此前看了很多关于这条铁路维护不佳、火车老旧不堪的报道，故把情况想得很糟糕。上车才发现这是一辆 2015 年的新车，车厢内干净整洁，各种设施和国内特快并无两样，包间里有电扇、电源，卫生间甚至还有淋浴设备。

虽然铁路完全由坦赞铁路总局运营和管理，但中国与铁路局的技术合作40 多年来从未中断。每期技术合作中，中方都会给铁路局提供机车、客车、货车、零配件以及一些辅助设备，来支持坦赞铁路的基本运营。用当地朋友的话说："没有中国的技术合作，坦赞铁路不可能维持到今天。"

火车上的餐车可以点餐，主食有牛肉、鸡肉、鱼，配两碗米饭或者一份玉米糊糊，价钱只要 15~20 元，味道很不错。这些条件比想象的好得太多，我们简直有些喜出望外。

下午 4 点，火车缓缓开动。和我们同样兴奋的还有隔壁的 4 个坦桑尼亚的年轻人，他们是假期结束返校的大学生。火车一开，他们就唱起歌来，一个主唱，其余相和，同时很有节奏地敲桌子给自己伴奏，热闹非凡。他们还热情地邀请我们一起加入，教我们唱他们原创的英语和斯瓦希里语歌曲。

▲ 特快软卧车厢内部

　　一位坦桑尼亚老者在车厢里看香港的动作片，引起了我们的好奇。一问之下才知道，他原来是坦桑尼亚税务局的官员，现在已经退休，每年都会乘坐四五次坦赞铁路的火车。他见我们是中国人，主动谈起当年坦桑尼亚总统尼雷尔、赞比亚总统卡翁达和毛泽东主席决定修坦赞铁路的故事，称赞中国和坦桑尼亚、赞比亚的传统友谊。

　　由于担心采访被列车员制止，我们把老者邀请到我们的包厢。朱宛玲提问，我录像，邢一行在车厢外放哨，那情形颇有些紧张。老者对老一辈坦桑尼亚和赞比亚领导人非常推崇，但认为现在的政府对铁路维护得不好，导致火车经常晚点、出故障。不过，他每次还是选择坐火车，因为他的农场就在火车站附近。他说："如果走公路，要绕很远的距离，如果坐摩托车，会贵很多，坦赞铁路很便宜，所以当地的老百姓愿意乘坐。"

▲ 火车在崇山峻岭间行驶

　　一位来自德国的女大学生萨拉来肯尼亚和赞比亚支教，在孤儿院服务，在农场做调研。为了省钱，她选择了坦赞铁路。她笑称，这辆快车比她上次坐的慢车条件好多了。那辆慢车摇晃得更为剧烈，害她差点在车上摔了一跤。她睡的上铺也是摇摇欲坠，躺上去总会担心掉下来。虽然车上有电，但电扇是坏的，车速也只有二三十千米。不过，她还是很喜欢坦赞铁路，说道："沿途景色优美，还可以认识到很多新朋友，这是一段有趣的旅行。"

　　车开之后，除了车身稍微有些晃，声音有点大，时不时传来橡胶烧焦的味道之外，一切正常，时速基本可达到每小时五六十千米。我们当时还在盘算，如果车速能一直保持这样，也许我们能准点到达。后来才知道，我们高兴得太早。

　　当我们伴着轰轰的车轮声渐渐睡去时，暴雨袭来，密集的雨水伴着狂风

直往车厢里灌。我被雨水淋醒，一摸脚下，毯子已经被水浸透。大家费了九牛二虎之力终于把窗户关严，再次睡去。大概半夜1点，车子停了下来，一停就停到了早晨6点。

车子再次启动后，开开停停，时不时会剧烈地咣当一下，退后，再向前，似乎要冲过一个坎，但始终过不去，只好又再次向后。反复多次以后，车子彻底停了下来。从火车上下去一些列车员，并搬下几袋沙子，开始往火车轨道上撒。

我们向一位列车员询问这是在干什么。他说："因为下了一夜的暴雨，铁轨打滑，火车开不过去，为了增加摩擦力，维修人员必须在铁轨上铺上沙子。"

我们又问，那为什么半夜停了那么久？他轻描淡写地说："那是因为对面过来的车子遇到了同样的问题，也需要铺沙子才能通过。他们铺了大半夜，我们就等了大半夜。"

铺设沙子的效果并没有那么立竿见影，铺一段，试着开一开，开不过去，再接着铺。就这样反复折腾了近两个小时，车子终于再次启动，冲过了打滑的铁轨。

可是，正当我们欢欣鼓舞之际，车子再次停了下来，然后退了十几分钟，到达一个叫姆潘加的小站。很快，我们从火车广播里得知，因为刚才用力过猛，机车引擎出了问题，要从100多千米以外的车站调来另一个车头换上，预计晚上8点半车头可以到达。我们看了看时间，这时才刚刚中午12点。

停车的这段铁路位于姆林巴和马坎巴科之间，恰好是当年修铁路时路况最复杂、施工难度最大的路段，山高坡陡，还有大量沼泽淤泥，对路基、桥梁和隧道的稳定性有较大影响。虽然这条铁轨当年的质量已经达到世界最高水平，但由于常年风吹雨淋，又缺少对路基的维护，如今部分地段路基沉降，路面起伏不平，而钢轨也遭到严重磨损。遇到雨天，就难免出现机车打滑的情况。

得知火车要等待八九个小时后，车上的旅客不急不恼，纷纷走下火车，有的坐在铁轨上闲聊，有的登上附近的小山寻觅佳景，有的则四处寻找食物。车站附近的村民似乎早已习惯了火车在这个小站坏掉，早有人拿来自家产的大芋头前来兜售，500先令3个，合人民币不到2元。我们买了一堆，芋头煮熟了撒了盐，味道很不错。我们拿着一捧芋头和隔壁的坦桑尼亚大学生分享，他们则拿出自家做的辣椒酱。芋头蘸辣椒，出乎意料的美味。

吃饱喝足，趁着漫长的停车时间，我们打算在车站探索一下当年的痕迹。资料上记载，在姆潘加这个小站，当年还建造了中国施工队的营地。现在，车站旁边是个村子，我们没有看到营地，却遇到了当年和中国工人一起工作过的老村长。他一看到我们，就紧紧握住我们的手不放，激动地流下热泪。他说，他今年已经99岁，1967年来到这里，曾经和中国人一起工作过一段时间，他认为中国工人工作特别勤奋，人也友善。他非常希望中国人能再次回来重修这条铁路。

为老村长做翻译的是同车一位坦桑尼亚执政党内的官员。在和我们谈起坦赞铁路时，他沉痛地指出，铁路维护不好和一些官员的贪污腐败有关："一些官员自己拥有运输队伍，通过跑公路挣钱，如果铁路维护好了，费用又比公路低，就会威胁到他们的利益。所以，他们不愿意对铁路进行有效维护。"而这位执政党官员的话，我们又从其他采访对象口中听到多次。

停车以后，车上断了电，闷热无比。餐车上的食物和水也跟着坐地起价，一碗泡面的开水卖到了1000坦桑尼亚先令，合3.5元。服务员称，因为断电，开水只能用天然气烧开，因此异常昂贵。

晚上8点半，机车准时到达。工程师先用一个拖车挂上损坏的机车，将其拖走，再把好的机车挂上。我问车上的工程师，这种事情是不是经常发生，工程师想了一下回答："也不算经常发生，三四个月会出现一次。"新机车换上后，车身剧烈地咣当了一声，缓缓上路，车厢里一片欢呼声。这时已经离预计时间晚点了17个小时。

第三天，一觉醒来，以为自己到了川西高原。近处是开满向日葵和黄槐花的村落，远处是绵延的山脉，海拔上升到了1000多米。从坦桑尼亚东北部的湿地和深谷开到了西南部的小高原之上，空气清冷凛冽，一扫前两日的湿热难耐。

车子接近坦桑尼亚和赞比亚边境时，大的村镇逐渐多起来。每当到站停车时，大量的妇女会过来兜售各种吃的，烤鸡、玉米、煮花生、苹果、木薯，还有一种绿色的粉末状香料，闻起来有类似花椒的香味。

村里的小孩也会成群结队地跑到火车面前，对着车厢里的乘客挥手要吃的。想给他们拍照时，有的小孩羞涩地跑开，有的孩子则大方地冲着镜头摆着各种姿势。还有的孩子比较调皮，上演扒火车的游戏。

中午 11 点多，火车抵达了坦桑尼亚边境通杜马，漫山遍野的房屋意味着这里是一个重镇。一位坦桑尼亚移民局的大叔上车给乘客盖出境章。他进来以后，也不检查护照，直接大章一盖，扭头就走。

车子又开了约十分钟，到达赞比亚边境小镇纳康德。一面铁丝网将小镇和火车站隔开，但丝毫阻挡不住村民隔着铁丝网和乘客做买卖的热情。小镇上的房子被涂成鲜艳的黄色、绿色，上面还贴着大幅的广告，怀旧的风格仿佛还停留在几十年前。

赞比亚的移民局官员上车查看我们的签证。微胖的签证官故作神秘地问我们："你们猜我叫什么？"见我们不解地望着他，他这才不慌不忙地说："我的名字叫中国。"看我们不相信的样子，他又加了一句："是真的，很多人以为中国是我的绰号，但我真的叫这个名字，可能我的爸妈很爱中国，所以给了我这个名字。"他给我们一一贴好签证，临别还加上一句："希望你们来赞比亚投资。"

在纳康德站，上来了大量乘客，有些带着巨大的行李包，利用铁路运输商品。我们在三等硬座车厢的尽头遇到了两姐妹，姐姐 25 岁，妹妹 23 岁。她们带了两筐重 200 公斤的香蕉、1 箱菠萝、25 斤大米。她们说，从 2016 年 4 月开始，她们每周从边境的纳康德站购买一些食物和衣服，用火车运到靠近终点站的家乡姆库施贩卖，每周去一次，一个月可得 500 美元左右的利润。她们的梦想是挣钱读大学，姐姐想读军事专业，妹妹想学护理专业，为了梦想，虽然这份工作很辛苦，她们还是愿意坚持下去。

进入赞比亚境内以后，铁路沿线出现的城镇越来越多，包括人口超过 20 万的卡萨马和 15 万的姆皮卡，火车还穿越了中部省的农业重镇姆库什和塞伦杰。铁路两旁大片肥沃的农场和热闹的城镇交错出现，火车上的乘客也较坦桑尼亚段多了不少。

在赞比亚高原，车速一直保持在每小时 60 千米左右，除了车身晃动较为厉害、时不时传来车轮和铁轨摩擦的金属声之外，一切都很正常。

但在晚上 11 点半左右，车子突然又剧烈地咣当了一声，然后停了下来。借着微弱的车灯，我们发现车子开到了荒草丛中，一人多高的野草几乎贴在了车窗上。这时，火车又出现了之前的情况，前进不得，只好再次后退。逐渐地，后退的速度越来越快，甚至超过了前进的速度。我们不由得紧张起来，担心火车已经失去控制。好在车子在快速倒退了十几分钟后停了一下，稍事休息，然后加快马力冲过了刚才卡住的地段。

第四天早上，我向列车员询问原因。列车员说是又遇到了铁轨打滑，但铺铁轨的沙子已经用完，所以车子只能后退，然后全速通过。我说，还以为车子的引擎又坏了呢。列车员笑着调侃道："怎么会？这一段的司机是赞比亚人，可比之前的坦桑尼亚司机聪明多了。"

终于，在 3 月 20 日早上 8 点，火车抵达了坦赞铁路的终点站——位于赞比亚的新卡皮里姆波希市，比预计时间晚点将近 23 个小时，全程用了近 64 个小时。当我们背起行囊走下火车的时候，还颇有些依依不舍。

找寻坦赞铁路潜在的客户群

在新卡市的终点站，赞中经贸合作区谦比希园区的司机接上了我们，带我们去这座中国在海外建立的最大的经贸合作区参观。由于沿途几乎没有信号，我们也就无法及时将晚点的情况告诉他，害他在车站等了我们整整一天。

赞比亚每年出口铜矿 70 万吨，其中接近三分之一来自这个经贸区。那么，经贸区的铜矿企业如何看待坦赞铁路，他们会不会使用这条铁路，也成为坦赞铁路升级改造是否成功的关键因素之一。

在驱车 3 个多小时之后，我们终于到达了位于赞比亚北部铜带省的谦比希经贸区。它坐落在赞比亚的铜矿带上，四周都是矿山和荒原，而在这块占地面积超过 11 平方千米的土地上却是井架高耸，厂房林立，仿佛在荒原里建起的新城。60 多家驻扎的中国企业已经基本涵盖了铜矿从开采、选矿到冶炼、加工成品、出口的全部产业链。

赞比亚铜的蕴藏量占到全世界的 5%，而且品位较高，因此赞比亚素有铜矿国的美誉。中国有色集团在收购和重建了谦比希铜矿之后，在此基础上建设了赞中经贸区谦比希园区，一方面促进当地就业和经济发展，另一方面将冶炼出的粗铜和电积铜运回中国，实现资源报国。

谦比希铜冶炼公司副总经理邓云介绍说，他们这个项目是中国在海外单笔投资最大的铜冶炼厂，每年生产的粗铜大约 20 万吨，全部运往中国，占中国进口粗铜量的八分之一。

但遗憾的是，谦比希铜冶炼公司每年向中国运送 20 万吨铜的交通工具是昂贵的汽车，而不是平价的火车。其实，谦比希园区离坦赞铁路的终点站新卡皮里姆波希站仅 200 多千米，而离最近的赞比亚国家铁路仅仅一步之遥，用园区工作人员的话说，"睡觉时都能听到火车轰隆的声音"。

那为什么不采取火车运输呢？谦比希铜冶炼公司副总经理邓云解释说，2006 年，公司曾经使用过坦赞铁路来运送铜精矿，但铁路因为管理不善，安全保障不能到位。"你们可能没看到过坦赞铁路货运的火车皮，车厢的四个角都有很大的漏洞，而且车厢是敞开的，一个车厢装满铜精矿，路上一半偷，一半漏，运到以后就只剩半车铜了。"

坦赞铁路的效率也不能让邓云满意："那时候，铁路工人发不下工资，经常罢工，但我的货物不能等啊，我需要尽快销售出去，才能保证正常的运营。所以，我们都是走公路货运，一部分走达累斯萨拉姆港，一部分走纳米比亚鲸湾港，最多的还是南非的德班。因为我们国内进来的货物和设备也是走德班港，两边都有货物的话，运费就会低一些。"

谦比希赞中经贸区内还有中国在海外开的第一家湿法冶炼厂。这家冶炼厂的生产部负责人王勇介绍说，目前，企业生产的电积铜主要通过公路运往达市港口和南非德班港，然后销往中国及海外。他们要承担的运费、贴水和保险大约是每吨260美元。他说，如果坦赞铁路升级改造得好，效率比公路高，费用比公路低，他们肯定是会选择铁路的，到时候每吨电积铜他们需要承担的运费必然下降，对他们降低成本也是大大的利好消息。

2017年1月，外交部部长王毅在卢萨卡与赞比亚外长卡拉巴共同会见记者时，谈起了对坦赞铁路的改造构想：通过全面改革坦赞铁路的管理体制、实现铁路与港口的有效衔接、打造铁路沿线产业经济带这三大途径，使坦赞铁路成为带动赞坦两国以及周边沿线各国加快工业化和农业现代化的"合作

▲ 谦比希湿法冶炼公司冶炼出的含量为 99.99% 的电积铜

之路"和"繁荣之路"。

赞中经贸区是王毅外长专门点名的铁路沿线的产业经济带,期冀赞中经贸区和坦赞铁路能互为助益。这一点,赞中经贸区总经理昝宝森是认可的,他为我们算了一笔账:"运费太高是赞比亚进出口行业的劣势,过去一吨货物的运费到中国要200多美元,虽然政府大力推行优惠政策,但高昂的运输成本还是让投资者望而却步。铁路升级以后,货运成本降下了,对我们招商引资能没好处吗?"

昝宝森对于坦赞铁路的升级改造也有很大的期待,他分析说:"采取铁路运输将大大降低进口和出口的成本,增加赞比亚作为内陆国家招商引资的成本优势。再加上政府对从国外进口原材料、加工后再销往国外的企业提供免税政策,经贸区势必会吸引更多的企业前来入驻。而赞中经贸区对坦赞铁路的服务需求,也将促进坦赞铁路的良性运营和发展。此外,坦赞铁路运输的物资日益丰富,将带动铁路沿线地区经济和商业的发展,促进铁路沿线形成更多的产业经济带。"

而我们在赞中经贸区采访期间发现,多家大型铜矿加工出口企业都有向刚果(金)扩张的打算。刚果(金)自身铁路运力极低,绝大部分资源靠公路运输,目前,每年有100多万吨矿产品通过赞比亚运至坦桑尼亚达累斯萨拉姆港(约40万吨)和南非德班港(约60万吨)。这一部分货源也将成为坦赞铁路的潜在货源。

谈判:寻找三方都能满意的方案

据坦赞铁路总局局长布鲁诺介绍,坦桑尼亚、赞比亚、中国政府都认为,坦赞铁路的现状不能再继续下去。2016年5月,三方在达累斯萨拉姆进行了商讨。

在我们对坦赞铁路采访期间，天津第三铁道勘测设计院已经对坦赞铁路的升级改造进行了系统调研，并出具了科研报告。坦赞铁路总局技术人员、中国专家组也参与了这份报告。中国专家组组长苗忠说，铁路运力只要能恢复到设计之初的200万吨，就可以实现赢利。

从目前各方透露出的信息来看，坦赞铁路的谈判久谈不下，倒不是因为对升级改造方案本身的分歧，而是三方在运营管理上的看法存在偏差。

局长布鲁诺认为，目前坦赞铁路最需要解决的就是资金匮乏的问题："运营一条铁路需要强有力的执行力和密切的监管，这些都需要资金，但我们没有更多的资金投入到监管方面，也没有资金购买材料。刚开始的时候，有一百多辆机车，现在只有26辆，其中16辆可以使用。我们需要再购买26个机车车头。"

而中方则认为，和投资相比，好的管理更为重要。苗忠说："给钱，可以，但升级改造只是在提升运输能力，还有个管理协调的问题。铁路是人和货物的位移，要想位移得快捷、舒适、便捷，没有好的管理不行，投资只是一个方面，而好的管理涉及三个国家。是中国人管，坦桑尼亚、赞比亚两国管，合资合作来管，还是特许运营，三方必须达到一个共识。"

苗忠介绍说，目前全世界最主要的铁路管理模式有三种：第一种是以欧洲为代表的管运分离，第二种是以美国为代表的区域分割管理，第三种就是以中国为代表的全方位大联动管理模式。

中国驻坦桑尼亚参赞苟皓东则表达得较为委婉："我们发现，非洲兄弟的铁路运营能力要弱一些，这方面我们的经验比较丰富。全球大部分国家铁路都是亏本的，但中国的有些高铁的收支可以接近持平，甚至赢利。所以，我们并不想简单地把坦赞铁路升级改造一下，就交给两国去运营，而是要同时把运营的本领也传授给他们，帮助他们建立合理的管理模式。我们现在谈判的一个要点是，组成三方团队来共同运营，在升级改造后的运营初期，要以中方为主，目的是帮助坦桑尼亚和赞比亚两国培养出一批真正合格的铁路管理和运营人才。"

以中方为主的运营管理理念很难得到坦桑尼亚和赞比亚两国的认同，他们认为，自己的铁路要让外国人来运营，这会让他们联想到殖民时期受到的欺压。因此，三方在铁路管理权的问题上一直僵持不下。

此外，坦赞铁路虽然归坦桑尼亚和赞比亚两国共管，但坦赞铁路主要是让内陆国家赞比亚受益，而毗邻印度洋的坦桑尼亚则有更多的选择，因此两国在对待这条铁路的态度上也不尽相同。

虽然坦赞铁路的升级改造并不是那么一帆风顺，但中国驻坦桑尼亚参赞苟皓东认为，这件事必须要做。因为坦赞铁路不仅具有十分宝贵的历史和文化价值，是我们迄今最大的对外援助项目，曾经轰动世界，而且以目前东非地区经济发展趋势看，这条铁路一旦激活，仍将发挥十分重要的作用。我们怎么能够允许它慢慢消失？

苟皓东说，坦赞铁路的背后还代表着中国的标准："把铁路建到海外，不仅使用我们的铁轨、机车，还使用我们的标准。如果非洲大陆上的铁路都是中国标准，那么这个紧密的经济联系该多强，给中非双方带来的利益多么巨大！我们现在已经建有蒙内铁路、亚吉铁路、西非铁路，坦赞铁路激活后，东西南北贯通了，中国标准的铁路网就建成了。非洲10亿人口，增长潜力巨大，人口红利巨大，无论怎么看，激活坦赞铁路都是非常值得做的事情。"

93岁的赞比亚开国总统卡翁达在接受我们的采访时表达了同样的想法："坦赞铁路这样的项目能让我们都受益，也能让我们跟中国更有效地互动。我们可以建一个扩大版本的坦赞铁路，通过扩大版本的坦赞铁路，把这一地区的其他国家同中国的发展联系到一起，让其他国家可以像赞比亚一样同中国做生意。"

虽然已经多年没有乘坐过坦赞铁路，但这位一手促成了坦赞铁路的老总统对于坦赞铁路的升级改造依然充满热情。他对我们说："让坦赞铁路恢复活力是很重要的。我甚至愿意为坦赞铁路升级改造的事项再次前往中国。"

在写下这篇文章的时候，那位老司机姆旺尼卡和那位99岁老村长的话也一直在我心头萦绕："我希望中国的专家们能够回来，和我们一起解决现在铁路遇到的问题。毕竟当年，我们一起修建了这条铁路！"

第二部分
大美非洲

小院远离了富贵繁华，却有种洗尽铅华的质朴之美。在这里，我多少次找到了唐诗宋词的意境，忘却了时空和距离。一夜风雨，落花满地，总会让我想起易安居士的"知否？知否？应是绿肥红瘦"。泳池里的水在微风下泛起涟漪，总能让我想起南唐词人的"风乍起，吹皱一池春水"。而"小园香径独徘徊""东篱把酒黄昏后""小楼一夜听春雨"之类的诗句，更是时常在我脑海中萦绕。小时候读的那些诗词，直到来了非洲才鲜活起来。

一　结庐在人境

　　丹麦女作家凯伦在小说《走出非洲》中写道："我的非洲庄园坐落在恩戈山麓。庄园海拔高达六千英尺①。在白天，你会感到自己十分高大，离太阳很近很近，清晨与傍晚那么明净、安谧，而夜来则寒意袭人。在非洲高原，你早晨一睁眼就会感到：呵，我在这里，在我最应该在的地方。"

———————

　　①　1 英尺 ≈ 0.30 千米。

　　这本畅销全球的小说写的是东非肯尼亚的故事。而在南部非洲的津巴布韦首都哈拉雷，同样是小高原，同样阳光充沛，空气清冽。我虽然没有一座非洲庄园，可也有一个小小的非洲花园。花园中姹紫嫣红，四季如画；犬吠房前，鸟鸣檐下；可观星辰，可赏日月；可体验农家之乐，可谈笑古今之情。我也时时会有相似的感受：我原本就该生活在这里！

我的世外桃源

　　我们记者站所在的街道叫"Bath Road"，翻译过来就是洗澡街。洗澡街连接的二街是一条哈拉雷的主干道，从早到晚车水马龙。而记者站仅仅和二街隔了一个街区，就有了"结庐在人境，而无车马喧"的清静。

在哈拉雷的各色民居当中，我们的小院再普通不过。外面是红砖砌的围墙，上有电网。门口的草坪上是前任记者栽下的一排棕榈树，现在已经长到了两人多高。大铁门内，一条青砖砌成的小道一直通到记者站的两层小楼。

这座小楼是典型的英式民居建筑，白墙壁，青瓦顶。因在南半球，房子坐南朝北，一年四季都有阳光洒进房间。每个房间的墙壁上有一排通风孔，两头的房间有两面墙的窗户，空气流动性很好。

一楼的大厅有壁炉和烟囱。哈拉雷的冬天很短，房间日照又好，壁炉常年闲置，倒成了蜜蜂的家。客厅连着餐厅，餐厅的窗户朝东，每天早晨都有明媚的阳光洒向餐桌。津巴布韦人深受英国人影响，喜爱用餐桌布，我们的餐桌上也常年铺着桌布和桌垫，这些布艺作品有时是艳丽的非洲风，有时是素雅的欧洲风。最初，我总觉得桌垫容易被菜汤弄脏，清洗起来甚是麻烦。但不知不觉，渐渐喜爱上了餐桌布的温馨，回国时还带回几套非洲风情的餐桌布。

一楼的西侧是记者们的办公室，我的那间在最西头，也最为安静。窗前有一棵变色茉莉树和一小片薰衣草园。每年中一半的时间里，茉莉树都盛开着紫色和白色的花朵，香味浓郁；而薰衣草则散发着带些淡淡苦味的草香。读书写稿时，总有香味从窗外飘进来。闭了眼，我总能分辨出，哪是茉莉香，哪是薰衣草香。

二层是三间卧室和一个大大的露台。哈拉雷的民居多为一层，我们这个两层小楼是这一片民居区的制高点，从露台上可以看到外面的民居、街道、竹林、商场。由于哈拉雷治安不佳，通往露台的铁门常年是锁上的。有一次，我在回家的路上看到天边的云朵变了色，上方的云彩如墨如黛，下方的则如火烧。我想拍一张全景图，但苦于云彩被商场挡住了一半。我急忙奔回记者站，打开露台的铁门。这时，只见层峦叠嶂般的乌云被镶上了一道金边，只一小会儿，又见万道光芒穿透云层，洒向大地。当地人把这种光芒称作耶稣光，而对于我来说，这就是非洲光芒，是我在中国的大城市无论如何都看不到的自然之光。

记者站的小院不大，但花园景观错落有致：青砖小路的右侧是一排夹竹桃树，开花时，一树淡粉，一树雪白。虽然夹竹桃花有毒性，但津巴布韦人还是很爱在院子里种植，大概是喜它花期长久、花色纯净。小路左侧是一排玫瑰和一排非洲百合。玫瑰枝干高大，花朵艳丽，几乎从草本植物长成了木本植物。非洲百合亭亭玉立，一团团紫色贵气逼人，只可惜总被站里两条大狗玩闹时压倒一片。

小楼门前，一个精心打造的圆形植物景观展示出园艺设计师的高超技艺和非洲人热爱园林艺术的天性。景观里种满了百合、剑兰、滴水观音、杜鹃等花卉。两棵高高的棕榈树直指蓝天，远远望去，成了记者站的地标。

前院大片的地方是绿茵茵的草坪，除了冬季的一个月，其他时节草坪都是翠绿色的，总会吸引各种鸟儿前来捉虫觅食。最常见的是一种黑白相间的大鸟，两条腿鲜红细长，有如小号的丹顶鹤。还有一些红色的小鸟，羽毛泛着七彩的光。冬季过后，草地有些微枯，这时，只需在草上撒一层烟叶灰，不消半个月，就会有绿油油的新草冒出。津巴布韦盛产烟叶，烟叶灰可以用作肥料，还有除虫的功效。

草坪当中有一个精致的游泳池，说它精致，是因为它只有不到20平方米，还是勺子形的。我很好奇为什么不把游泳池挖得大一些，但当地朋友告诉我，哈拉雷几乎每个院子都有游泳池，很多并不是用来游泳的，而是当作景观池。泳池虽小，维护起来也甚是麻烦，不仅每天要用过滤器循环池水，还要定期撒药、捞树叶、清理池底。以前，这个泳池曾经荒芜过很久，里面积攒着下雨时留下的污水，滋生了不少癞蛤蟆和蚊子。后来有一任记者彻底清理了泳池，并在池壁上贴上了蓝色和紫色相间的瓷砖。如今的泳池才真正起到了观赏的作用。

草坪上有一棵高大的蓝花楹。每到春天，树上开满铃铛般的紫花。抬眼望去，草坪上空像飘着一片紫色薄雾。偶尔风起，吹落一树紫花。于是，碧绿的草地上、幽蓝的池水里总有一层紫色的花朵，今日扫去，明日又来。

到了晚间，小院却是另外一番景象。哈拉雷没有街灯，晚上漆黑得如同处于荒野一般。小院里有几盏微弱的夜灯，全部打开，也不足以与月光争辉。草丛里时常传来蛐蛐的啾啾声，偶尔可听到邻居家的狗吠，除此之外，万籁俱寂。

这时，我最爱抬头看天：多云的时候，云朵总被月光染成淡淡的粉色，比白天多了几分柔美与静谧。万里无云时，总能见到满天繁星，星光稠密处，一条宽阔的银河若隐若现。那些星星那么美，那么明亮，我时常望到眼睛花了，脖子酸了，才会想起已经在院中伫立了良久。

采摘水果的趣事

我从小就幻想能有个小院，栽上各种果树，四季都有新鲜水果可以采摘。没想到，这个愿望却在哈拉雷实现了。

在小院靠大门的地方，长着一棵硕大的桑树。平时，那树看起来平平无奇，但每到初夏，桑树的枝叶渐渐繁茂，突然某一天，枝条就会如同变魔术一般，挂上一串串桑葚。随着时间的推移，桑葚的颜色由绿而红，最后变成深紫，成熟的桑葚味甜多汁。

在我驻站的第二年，站长卸任回国，我被提为站长。由于站里长期只有我一个人，先生辞去了国内的工作，到哈拉雷做随任，为我当起了保镖兼司机。三岁的女儿也跟着爸爸到了哈拉雷。女儿刚到哈拉雷时，对桑葚很好奇，等不到桑葚熟透，就央求我帮她摘些来。我支起梯子，爬到高处摘那些刚刚变色的果子，小女儿站在梯子下面，手捧托盘，仰起脸，眼巴巴地望着。那些半生不熟酸不溜丢的桑葚，都被她当作宝贝一扫而光。

渐渐地，树上的桑葚越来越多，个头越长越大，原本伸向空中的枝条都被密密的果子压弯了腰，伸手可摘。很多桑葚来不及采摘，落在草坪上，将一大片青草染成了紫色。记者站的两条大狗因为总喜欢在桑葚树下休息，也都变成了带着紫色花斑的大花狗。

桑葚成熟的时候，总有一小半带果子的枝条垂落在院墙外。隔壁修车厂的工人也爱桑葚，总站在围墙外，揪枝条上的果子吃，一来二去，把围墙上的电网架子都拽倒了。我只好请人来修电网，为防止类似事情再次发生，让人顺带砍去了院外的枝条。有一次，我刚走出院门，正好撞见修车厂的工人在门口聊天，他们理直气壮地质问我："你把那些枝干都砍了，我们都没有桑葚可吃了！"我被他们气乐了："你们把我的电网弄坏了，我还没找你们算账呢！"他们听了，哈哈大笑，说在和我开玩笑，我也只好无奈地笑笑。

桑葚多得吃不过来的时候，我也曾将它们熬制成桑葚酱。我还见过新华社的朋友用桑葚泡酒，或是拿到市场上卖。吕洪阿姨还会把桑树叶子烘焙之后，做成茶叶，说有清热润肺之效。我尝过，茶水有淡淡的甘甜，确实不错。

一月，桑葚季节刚过，杧果树上就开始长出圆圆的小杧果。二三月，这些杧果长得已经有碗口大小，挂满枝头，甚是好看。最初，我待杧果完全变黄以后才将它们摘下，但这时的杧果早已被杧果蝇叮坏了。后来，我有了经验，在杧果微微变色的时候就摘下来，一个个用报纸包上，放在厨房里。要不了半个月，这些杧果就能全部成熟，满厨房都是杧果的甜香味儿。

这些杧果大的有 1 公斤多，小的也有 1 斤左右，核小肉厚，一个杧果就可以顶一顿晚饭。一树的杧果除了坏掉的，少说也有一两百斤。我把朋友们请到家中，用杧果宴招待她们。孔帆和龚娟还教会了我做杧果班戟，将鲜奶油的香和杧果的甜包在刚煎好的薄饼中，咬一口，清香甜糯，真觉得人间美味莫过于此。

杧果还未吃完，番石榴树的果子又悄悄地落了一地。当地人称这种热带水果为 Guava，Guava 汁也是当地人喜爱的饮品。我最初喝不惯这种果汁，觉得有种奇怪的味道。但多喝了几次后，竟然对这种特殊的味道上了瘾。

玛利亚很喜欢摘番石榴吃，她总提醒我注意果肉里的小虫子。因为没有打药，常有白色的虫子寄生在果肉里，这叫我失去了吃的兴致。孔子学院的张老师特别爱番石榴汁，她家院子里的番石榴成熟的时候，她都会细心地削皮去籽，榨成果汁，每年都会给我送来好几桶。

院子里有几棵芭蕉树，一年结两次芭蕉。这些青色的芭蕉高高挂在枝头，要两三个月的时间才能成熟。我总是忘记观察芭蕉成熟的日期，但玛利亚从不会忘，不知哪天，她就会砍下一串刚刚成熟的芭蕉，放在厨房的桌子上，给我一个大大的惊喜。玛利亚说，芭蕉刚一成熟，就要马上砍下。曾经有一次，她砍得晚了，果肉都被鸟吃光了，只剩下芭蕉皮挂在枝头。也难怪鸟儿们惦记，这些芭蕉一旦成熟，又甜又糯，远比我们在超市买的香蕉好吃很多。

院子里还有些植物在国内常见，但到了津巴布韦我才知道，它们原来也是会结果实的。有一次，玛利亚递给我一个状如绿色玉米的水果，说是院子里树上掉下来的，味道很好，每年隔壁的花工都来向她讨这种水果吃。我小心翼翼地剥开，发现这些籽粒外面虽是碧绿，里面却是洁白如玉，口味甜软，和山竹有些像，但吃多了会口舌发麻。我咨询了很多人，才搞清楚这是龟背竹的果实，学名蓬莱蕉，原产墨西哥，有清热解毒的功效。当年殖民者从南美洲移栽来很多树木，龟背竹也是其中一种。想我在国内的家中也种过龟背竹，那枝干能长到天花板就不错了，从不知还能结果。而这里的龟背竹少说也有七八米高，难怪会结出这么大的果实来。

院子里一年四季水果不断，却只差一种津巴布韦最常见的水果——牛油果。牛油果在国内是稀罕物，一个就能卖到十多元，而哈拉雷很多人家的院子里都有这种果树，根本不用去超市购买。我每次去石绍奇伯伯家，他总是给我摘一大袋子牛油果，够我吃上一个月的。我也曾动过在院子里种一棵牛油果树的念头，还积攒了一些牛油果核，和玛利亚商量好种植的位置，将果核两两栽下，可惜都没成功。后来才知道，种植牛油果树需要用一人高的小苗移栽，才容易成活。这项工程只有留待后来人了。

记者站养狗那些事

哈拉雷治安不佳，记者站一直养狗充当保镖，狗狗的陪伴给我的驻站生活增添了不少乐趣。

刚到记者站的时候，站里有一大一小两只狗。大的叫木兰，是一条威风凛凛的黑贝，在记者站已经服役17年有余。历任记者都深爱这条大狗，说它既凶猛又忠诚。小的叫小熊，刚刚1岁。站长说，一年前他刚把这只小狗抱回来的时候，看它长得像只卡通小熊，就起了这个名字。

木兰总是静卧在房檐下的阴凉处，见到我只是微微摇摇尾巴，并不过来迎接；而小熊每次都会欢快地跑过来，一下扑到我的身上。在我看来，这两只狗像是保镖，保护着记者站岁月静好、现世安稳的日子。

可惜，好日子还没过几天，我就发现木兰总是卧在地上一动不动，大腿处开始长疮、溃烂，苍蝇没完没了地围着它的伤口叮咬。站长把它带到宠物医院，医生说，这是因为木兰太老了，大腿肌肉萎缩坏死，只能给它吃点止疼片，减轻痛苦，但这种病是不可逆的，就像人的生老病死一样，是躲不过的自然规律。

当年12月，因为南非国父曼德拉去世，我和站长去南非出了一趟半个月的长差，回来以后，木兰已经不在了。女工玛利亚说，我们走后，木兰的情况越来越糟糕，正好宠物协会的人来家里查看，见木兰已经奄奄一息，就把它带走实施了安乐死。我承认，这也许对木兰来说并不是最坏的结果，但心里总是有些不是滋味。

木兰走了以后，小熊一天天长成了大熊，不，它已经完全没有了熊的样子，看上去更像是拉布拉多和金毛的混血，一身浅黄色的长毛微微卷曲，越来越像个帅小伙。我在院子里走到哪里，它就跟到哪里。我坐在水池边读书，它就温顺地趴在我脚边。它最喜欢我在它的脖子和肚子上挠痒，每次我从外面回来，它一定会先跑过来扑一下表示亲热，再横躺在道路中间，求挠痒。

小熊逐渐担当起了站里的保安角色，只要院外有风吹草动，小熊一定要冲过去狂吠一阵。遇到一些津巴布韦人来我家做客或者来维修东西时，小熊总是凶猛地冲着人家狂吠不止，怎么训斥都不听。后来，只好在有访客到来前，先把小熊关在狗窝里。

不知为什么，小熊对人类的不同肤色有着清晰的判别和选择。它只对黑人狂吠，但对于中国人和白种人，顶多叫两声，闻一闻，就走到一边去了。不仅是小熊，几乎所有中国人养的狗都有这种特点。不知它们分辨的依据是肤色还是味道。

小熊3岁的时候，我决定再抱一条狗回来，给它做伴，也扩充一下记者站的安保力量。正好，朋友汪超家的母狗生了几只小狗崽，我向他讨了一只小公狗。它刚来记者站的时候一点也不认生，圆圆的眼睛东张西望。我看它一身棕黄色的细毛，为它起名叫"Brown"（布朗）。

那时，布朗才五六斤重，我经常像抱孩子似的把它抱在怀里。家里最喜欢它的是女儿，每天女儿一放学回来，就趴在地上装小狗，逗布朗玩。布朗冲她叫，她也汪汪地叫；布朗咬拖鞋，她也咬拖鞋，甚至一人一狗各咬拖鞋的一边，比赛谁的力气大。

布朗刚来的时候，每夜睡觉成了一个难题。放在院子里吧，怕晚上它看不清楚掉进游泳池里；关在笼子里吧，它又会不停地叫，引得邻居打来电话抗议。最后只好把它养在了房间里，我和先生每晚轮流陪它睡。

我陪布朗睡的时候，一开始让它睡在地上，但它总是不停地扒床沿，我看着不忍，只好把它抱上床，和我一起睡。可是布朗不肯老老实实地趴在床上，总是睡一会儿就会跳下床玩耍。第二天早上，屋子里的地毯上处处都是它拉的粑粑，我只好一个一个捡起来。别人是铲屎官，而我是捡屎官。

布朗来了以后，我一开始还担心小熊欺负它，没想到它俩玩得还挺好。布朗把小熊当成爸爸，每天在它身上撒欢，小熊也纵容它在自己怀里又抓又咬。两只狗颜色又接近，不知内情的人真会把它俩当成一家子，直到发生了晚饭惨案。

本来，布朗一直是在房间里吃饭，小熊在院子里吃饭，两只狗各吃各的，相安无事。但有一次，我给小熊端饭的时候被布朗看见了，布朗撒着欢就跑

▲　小熊和布朗

到了小熊的饭盆前，低头就要吃。我当时正要进屋，突然布朗惨叫一声，朝我跑来。它的脑袋和耳朵上出现了两道鲜红的血印，原来是被小熊教训了。我赶紧给布朗擦洗上药。从此布朗学乖了，再也不敢吃小熊的食物。

让布朗又爱又怕的还有站里的蜜蜂。站里客厅的角落里有废弃的壁炉和烟囱，烟囱里常年有蜜蜂做窝，时常会有体弱的蜜蜂掉到地上。布朗好奇，会用爪子拨弄蜜蜂，逗玩一番。有一天早上，我看到布朗的鼻子比平时大了一倍，我很诧异它的鼻子怎么一夜之间就长大了。直到吃完早饭，玛利亚跑过来对我惊呼："夫人，你看到了吗？布朗的鼻子被蜜蜂蛰啦！"我这才知道布朗鼻子变形的原因，随即用芦荟胶在它的鼻子上抹了厚厚的一层。后来布朗见到蜜蜂，总是一副又想招惹又害怕的样子，让人忍俊不禁。

布朗长得飞快，在它 3 个月的时候，我就抱不动它了。它 1 岁的时候，体型已经超过了小熊，身长腿长，膘肥体壮，一身浅棕色的毛泛着光泽，看上去像一头母狮子。布朗的眼睛是黑色的，每当它盯着我看的时候，目光平和深邃，就像一个懂我的朋友。我每次和它絮絮叨叨的时候，它也总是安安静静地听着，像是能听懂似的。客厅里头的长沙发一直是它的固定专座，它从只占用沙发一个角落到整个沙发都盛不下它。尽管后来我们已经不再让它进屋，可它还是一逮到机会就钻进屋子，趴在沙发上享受它独有的待遇。

和小熊比起来，布朗不太喜欢叫，我总在担心它能否承担起安保的重任。不过，玛利亚对此并不担心，她总说，等布朗再大点，自然就叫了。奇怪的是，每次有津巴布韦人进院子，对狂吠不止的小熊并不是特别在意，反而很害怕悄悄尾随在后的布朗。原来，津巴布韦人和中国人对狗抱有同样的看法："咬人的狗不叫"。

到布朗 1 岁多的时候，果然如玛利亚所说，开始会叫了。布朗的叫声比小熊的听起来更低沉浑厚，更有威慑力。此后，一到晚上，院子内外稍有风吹草动，两只狗就一高一低地叫个不停，颇有气势，也让我的安全感增加了不少。

我在非洲办儿童图书馆

在非洲驻站的岁月里，记者站的小院就是我的庇护所，无论外面局势出现什么动荡，无论我在外采访遇到多少挫折，每次回到小院，看到两只大狗热情地扑过来迎接，看到玛利亚温暖的笑脸，就会感到满心踏实。

小院远离了富贵繁华，有种洗尽铅华的质朴之美。在这里，我多少次找到了唐诗宋词的意境，忘却了时空的距离。一夜风雨，落花满地，总会让我想起易安居士的"知否？知否？应是绿肥红瘦"。泳池里的水在微风下泛起涟漪，总能让我想起南唐词人的"风乍起，吹皱一池春水"。而每次圆月时，月亮上的阴影是那么清晰，我才知道为什么古人总说月亮上有桂花树，还写下了"仙人垂两足，桂树何团团"的诗句。

而"小园香径独徘徊""东篱把酒黄昏后""小楼一夜听春雨"之类的词句，更是时常在我脑海中萦绕。小时候读的那些诗词直到我来了非洲才鲜活起来。这是我去非洲之前从未想到过的。

素来喜静不喜闹的我也第一次在非洲办起了派对。哈拉雷的周末总是很无聊，没有几家商场可以逛，没有多少演出可以看。少了现代化娱乐设施，人与人之间的距离反倒近了起来，休闲的方式更多是在朋友之间。于是，周末将朋友约到家中，烧烤炉子在游泳池旁支起，桌椅抬到院子里，肉慢慢烤，酒慢慢斟，话慢慢聊。反正，大家都不着急，派对可以从红日当头一直开到星光满天。

后来，我和"爱心妈妈"组织联合办起了中文儿童图书馆，将哈拉雷华人珍藏的中文童书集中起来，又从国内买了很多童书托朋友带来，统一放在记者站的书架上，由我担任图书管理员。每到周末，总有七八家大人带着孩子来看书、借书。朋友们还会贴心地带来很多美食。于是，孩子们在一起看书、游泳、游戏，大人则聚在一起，品着美食，聊教育，聊时局，聊彼此的生活，有时也会讨论去哪里度假，去哪里看动物。每当这时，我总会忘了自己是一个过客，一个记者。津巴布韦就像是我自己的国家，而这里有我想要的生活。

三载倏忽过，回首已万里。如今，我身处高楼林立的现代化都市中，非洲的田园生活就如同一场梦，已渐行渐远。我每每梦中回到小院，醒来后徒增惆怅。我知道，我的心已经留在了那片土地。

// 津巴布韦瀑布国家公园的长颈鹿在树下悠闲地漫步（上图）//
// 羚羊公园的小狮子在练习捕猎（下图）//

// 狂欢节上的现代热歌劲舞（上图）//
// 传统非洲舞蹈依旧颇受欢迎（中图）//
// 在重大节日时，人们总爱在脸上画上各种图案（下图）//

// 东坡莎娃的云总是变幻无穷（上图）//

// 置身纳米布红沙漠，仿佛能听到远古的呼唤（下左图）//

// 马拉维处处一派田园风光（下右图）//

// Fidelity Building，建于 1984 年，
　是独立之后市中心最重要的建筑工程之一（上图）//

// 英属南非公司建立的第三个宪章屋，1958 年完工（下图）//

二 花树之都——哈拉雷

▲ 春天的哈拉雷满城紫色

　　我从小生活在中国北方，认为花一般是长在公园里或者花盆里的、个头超不过一米的草本植物。自从我去了哈拉雷，对花的认知一下子提高了好几个层次。我惊奇地发现，哈拉雷那些高达四五十米的大树几乎都会开花，而且一旦开花，就遮天蔽日、气势非凡。

　　当年，英国殖民者从阴冷之地来到津巴布韦，发现这个国家四季阳光充足，土壤极其肥沃，随便撒个种子就能长成大树。欣喜之下，他们从南美等地运来几十种花树的种子，通过精心的布局和规划，在大街小巷、庭前屋后广为种植，雄心勃勃地要在离家乡万里之遥的土地上实现他们的园艺梦想。经过一百多年的种植培育，津巴布韦首都哈拉雷已经成为世界闻名的花城和宜居城市。

　　9月到10月是津巴布韦的春天，这时，如果漫步在哈拉雷的街头，我总会被铺天盖地的紫色花树所震撼。它的花朵柔美雅致，一串串紫色的铃铛从

▲ Leopold takawira 大道数次被评为全球最美的十条道路之一

枝头垂落，一花惊艳一世界；它的树干粗壮苍劲，长达几十米的枝干向天空与四方徐徐伸展开来，一树成就一森林。

这种花树叫作蓝花楹，学名杰克兰大，并非津巴布韦的原住民，而是由殖民者从南美洲引入南非的树种。而最初将蓝花楹移栽到津巴布韦的机缘，则是一段美丽的婚姻。

1899 年，一对津巴布韦的新婚夫妇前去南非德班蜜月旅行，因为错过了火车，决定在德班再停留一个星期。他们在德班的植物园闲逛时，恰好看到了一些蓝花楹的幼苗。似乎是前世的缘分，虽然这些幼苗当时并没有开花，但当这对夫妇听了工作人员的介绍后，对这种来自遥远的南美洲的花树产生了浓厚的兴趣。他们买下 6 棵蓝花楹的幼苗，将它们带回哈拉雷，种在 Josiah Chinamano 大道旁的花园中。

▲　Josiah chinamano 大道的蓝花楹

　　20 世纪初，英国人和荷兰人在南非发动的布尔战争刚刚结束，受到布尔战争的影响，哈拉雷的白人也沉浸在一片忧郁的气氛中。为了缓解人们的忧郁情绪，哈拉雷市政厅免费提供蓝花楹的幼苗和铲子，雇用失业人员，在哈拉雷的街道和公园广泛种植蓝花楹。公园监督人约舒亚·比林斯负责看管这些幼苗。

　　到了 20 世纪 20 年代，这些幼苗逐渐长大，许多主要的街道被蓝花楹笼罩。每到春夏之交，哈拉雷就成为一片紫色的海洋。哈拉雷逐渐以"花城"的名号享誉世界。

　　Leopold takawira 大道是最早种植蓝花楹的道路之一，这条道路也因了蓝花楹成为世界最美的道路之一。在这条双向四车道公路两旁，分别种着两排高达六七十米的蓝花楹，树龄超过百岁。高大粗壮的树枝向中间合拢，形成一道壮观的紫色长廊。车行在路中，人丝毫不用担心日晒之苦。而走在公路旁的人行道上，就仿佛走在丛林中的小路一般。抬头是紫色的伞盖，俯首是将草坪盖得严严实实的紫色绒毯。

▲ 蓝花楹小径

　　Josiah chinamano 大道的蓝花楹种植于 20 世纪 40 年代，至今有近 80 年的树龄，正值壮年，是哈拉雷所有路段中花开得最为茂盛的。Leopold takawira 大道的蓝花楹过于高大，人们在仰视中难以看到花树的全貌。而 Josiah chinamano 大道的蓝花楹二三十米的高度正好适合观赏。

　　植物园附近的蓝花楹花龄尚小，花枝摇曳，顾盼生姿，将寂静的小路装扮得情韵悠长。清晨，穿着校服的孩子们走在上学的路上，一路有紫花的陪伴，上学路上该是多么惬意。

　　总统府附近的建筑多为精致的别墅，蓝花楹在这里显得格外雅致。周末，这些街道空无一人，唯有鸟鸣与花荫。仅一个上午的时间，落花纷纷而下，就能将整条街道铺满。停在路边的汽车上总是盖着一层花瓣。我有时在树下发呆，也会有花瓣落在我的头发上、衣袖上。此情此景，总让人想起李煜的那句词：“砌下落梅如雪乱，拂了一身还满。”

　　满城紫色，已是人间仙境，但津巴布韦人并不就此满足，他们还嫌满城

▲ 哈拉雷别墅区的蓝花楹

▲ 哈拉雷联合广场中的蓝花楹和巴西蕨木

的紫色略微沉闷，又时常在蓝花楹的旁边种上巴西蕨木。巴西蕨木是一种高大的蕨类植物，来自巴西。它的叶子呈双羽状，可以长到一米，主干可长到七八十米高，花瓣呈金黄色，多而细密，一棵树洒下的落花总能覆盖几百平方米的土地。

当然，既然号称花城，其他的花树也不会比蓝花楹逊色几分。在哈拉雷的几十种花树中，最能和蓝花楹媲美的当属凤凰木。

▲ 蓝花楹和巴西蕨木相伴而生

在蓝花楹的后半花期，火红的凤凰木悄悄地染红了一条条街道。这是一种原产于马达加斯加的树种，是马达加斯加的国树，由马达加斯加第一任行政官的妻子伊芙莱恩·弥尔顿引入哈拉雷。

凤凰木是先长叶，后开花，它的叶子轻盈如羽，鲜翠欲滴；它的花小巧娇艳，在绿色的衬托下更显绚烂。由于凤凰木枝条修长，一棵棵凤凰木就如同一把把大伞，形成遮天蔽日的阴凉。

▲ 凤凰木的漫天红霞

▲ 火红的凤凰花染红了一条条街道

▲ 百年金蝶木

▲ 金蝶木碎金满地

▲ 火焰花燃烧整个夏季

▲ 洋紫荆繁花似锦

　　10月中下旬，是金蝶木开花的季节。位于国家植物园和华园饭店附近的金蝶木开满了黄色的小碎花。巨大的枝干伸展开来，一棵树的枝叶就能横跨整个道路。一朵朵小花在枝叶的最顶端摇曳，如同一只只翩翩飞舞的黄蝴蝶。金蝶木，名字竟如此贴切。

　　整个夏天和秋天都是火焰花的世界。有些火焰花树一直到第二年的四五月仍在开花，有些树甚至一年中花开两季。火焰花树虽然不是哈拉雷的本地树种，却是地地道道的非洲热带树种。1787年，欧洲人在非洲黄金海岸发现了它，后将它带出了非洲。目前，澳大利亚、南美、印度等地都能看到它的身影。与哈拉雷的大部分花树的花朵细小不同，火焰花的花朵如手掌般大，状如火焰，边缘处有一条金边。一簇簇花朵聚在一起，像是熊熊燃烧的烈火。

　　四五月，黄槐决明的花朵再次将哈拉雷染成金色。一簇簇黄色的小花在枝头冒出，如同一个个小小的宝塔。黄槐决明如同邻家女孩般亲和，房前屋后、公园街边，时不时就会看到一丛丛、一簇簇的黄花，赏心悦目。

　　每年4月到7月，哈拉雷的气温逐渐转凉。进入冬季，大型的花树基本都沉寂下来。这时的哈拉雷是一品红的天下。很多人家的院里院外，总能看见一大片灿烂的一品红。很多小路两边，总会有几棵一品红夺人的眼球。阳

光照耀下，一片一品红就像是一片燃烧的枫树。在来哈拉雷之前，我见到的一品红多是种在花盆中的，而哈拉雷的一品红都长成了三四米高的小树。

每年八九月，洋紫荆在哈拉雷的大街小巷次第开放，向人们报告初春的到来。洋紫荆比美丽异木棉的花瓣略小，也是娇艳无比。更妙的是，通过嫁接，一棵洋紫荆上就有浅粉、深粉、玫红等多种花色。粉妆玉琢，繁花似锦，恰如童话世界。我每次去拍照，都好羡慕住在那里的居民，每天沉浸在粉色的世界中，是否心也会变得柔软呢?

哈拉雷有院落处必有花园，有花园处总有三角梅。这种花在哈拉雷长得极快，往往一年时间就能开成一面花墙。有时，三角梅长得太过茂盛，会越过墙头，倾泻而下，如同花瀑一般。还有的三角梅不以数量取胜，却以花瓣色彩的淡雅或繁复、身姿的曼妙或清疏吸引人的目光。一条街上，各家的院墙外，总有各色各样的三角梅争奇斗艳，好不热闹。

在哈拉雷这个花园般的城市中，你永远不会有"更能消几番风雨，匆匆春又归去"的担心，也无须有"杜宇唤将春去，小桃落尽红香"的伤感，只因一树花刚谢，一树花又开，热热闹闹轮番登场。刚刚有点伤春的情绪，很快又会在更为灿烂的花树中明媚了心情。

三 动物世界的喜与悲

一提起非洲，很多国人首先想到的就是纪录片《动物世界》里的场景。非洲五大兽也经常被用在非洲旅游的广告上，成为吸引中国游客的金字招牌。但其实，很多非洲人不喜欢外国人总把非洲国家和动物联系起来，不止一个非洲人对我说："你们总爱把我们非洲的宣传画画满动物，可我们又不是和动物生活在一起，我们的城市里也有很多高楼大厦的。"

国家公园——野生动物的天堂

在去津巴布韦之前，我也以为看野生动物是件很容易的事情。但到了以后才知道，像哈拉雷这样的大城市，别说大型野生动物，就算是猴子、狒狒也很难看到。哈拉雷郊区有一些私人的动物园，但那些动物往往是人工养殖的，算不上野生动物。要想看野生动物，只有去专门的国家公园。

津巴布韦有大大小小十几个国家公园，占国家总面积的13%。在这些国家公园里，自然环境严格保持着原来的风貌，动物们也都无忧无虑地遵循着原始的生存法则：象群在泥淖中打架，雄狮在草原上散步，羚羊撒开四蹄矫健奔跑，斑马撅着浑圆的屁股低头吃草，长颈鹿劈着叉在河边喝水，豹子悄悄躲在树后守候猎物，懒洋洋的河马在臭气熏天的河水中睡觉，蠢萌的野猪竖着尾巴飞跑……游客可以开车进入国家公园参观，也可以乘坐公园的敞篷车，在导游的引导下观赏自然状态下的野生动物。

津巴布韦最大的国家公园是万基国家公园，占地 14000 平方千米，土地面积相当于英国的威尔士，又相当于北京全市土地面积的 85%。这个公园里栖息着 5 万头大象，还有狮子、羚羊、斑马、长颈鹿、野牛等 90 多种野生动物，以及 400 多种鸟类。很多人都听说过肯尼亚的马赛马拉国家公园，但那个国家公园仅有 1500 平方千米，不及万基国家公园的九分之一，大象数量更是没法与之相比。

我曾和家人去过万基国家公园参观，因为我们持有工作签证，购买门票仅花了 9 美元。公园修建的 Lodge 就在入口处不远的营地区，跟着指示牌很容易就能找到。这种 Lodge 的房顶是非洲特色的三角茅草顶，外墙是墨绿色，和周围的植物融为一体。房屋内一般有两室一厅或三室一厅，还有厨房、卫生间、餐厅，炊具、电炉等生活用具一应俱全，游客可以自己做饭。费用也较为平价，根据房间的大小不同，本地人和有工作签证的外国人仅用支付 40 美元至 100 美元，外国人支付的费用虽然高一些，但也比同地段的私人 lodge 便宜一半以上。

第二天清晨，我们在营地周围散步。营地四周视野开阔，可看到远方的灌木林。东边渐渐亮起来，一轮红日从树林后慢慢升起，将半个天空映成了温暖的橘红色，将下方的一片合欢树也染上了一层光晕。我正陶醉于日出的美景，忽见一群长颈鹿从合欢树丛里钻出来，领头的两只体格高大修长，边走边往四周观望。当看到我们时，它们停下脚步，和我们对视了一阵，确定我们没有威胁，又回头张望了一下，才慢悠悠地从红日前走过。得到了它们发出的安全信号，长颈鹿妈妈和长颈鹿宝宝也从林子里出来，跟着往前走。小鹿走得慢，长颈鹿妈妈走一会儿，就停下来等等它。长颈鹿走路的动作极其优雅，长长的颈部前倾，随着步伐微微晃动，我不由得看入了迷。

回到住所，只见两只小羚羊正在门前玩耍，见我们走来，只稍微跳开几步，并不跑远。羚羊最为胆小，稍有风吹草动就拼命奔跑，而这里的羚羊显

▲ 大象打架

▲ 战败的头象只好率领象群逃离

然已经不怕人了。

正做饭时，一群猴子跑了过来，在门前树上跳跃嬉戏。我扔出一块面包，立即有一只胆大的猴子跳下来，抓起面包，又一跃跳上了树。我又扔出去两块，很快又跳下来两只猴子。附近的猴子很快得到了信息，纷纷赶来。我匆匆扫了一眼，树上树下的猴子大约有二十只，要是群起攻之，我还真不是对手。我急忙把手里的面包掰成小块，扔到地上，赶紧返身进屋关上了门窗。

吃过早饭，我们开车前往公园深处，寻找更多的动物。我们手中只有一份公园提供的简易地图，手机没有任何信号，公园里人迹罕至，很难看到工作人员，如果迷路了，连求助都很难。好在大路上隔不了多远，就会有一个指示牌，可以和地图上的标记相印证。为了不打扰动物，公园里的道路都是土路。主路修得较为平整，开车并不是难事。

车子开出没多远，道路正前方就出现了一群大象。一头高大壮硕的大象领头，慢悠悠走上公路，旁若无人地朝公路对面的丛林走去，紧接着一群大象拖家带口，跟在领头的大象身后过马路。在动物的王国，必然是车让象的。我们将车子停在离象群十几米远的地方，等大象们排着队缓慢地走过，再继续行驶。

没走多远，又见路边两群大象打架，双方领头的两只象摇头摆耳，挥舞长鼻，摆出最凶狠的姿势吓唬对方。见对方没有惧意，又伸出鼻子互相碰撞。几番试探后，左边的大象突然发力，右边的勇敢相迎，象牙交错，长鼻相抵，两不相让。斗至酣处，两只笨重的大象竟然跳起来向前猛扑，战场很快扬起一片烟尘。纠缠一会儿后，两只象大概是有点累了，分开了缠在一起的象鼻，各自后退几步，隔着十来米远对峙起来。两分钟后，体型稍大的那头象突然冲向另一头象，气势汹汹，另一头感觉不敌，掉头就跑。看到头象败了，它身后的一群大象也跟着它逃走了。看来，这是一场争夺地盘的战斗。

观赏了一场大象之间的战斗之后，我们开车继续向前，走了十几千米，又看到路边几十头大象在一个泥水坑里洗澡。当时雨季快要结束，公园里像这样的泥水坑并不多见，大象们一旦遇到，就不愿轻易离开。它们有的跪下，让自己尽可能泡在泥水里，有的在泥水里打着滚，还有的不停地用鼻子吸起泥水，往身上喷洒，看起来很享受的样子。泥水可以给大象披上一层降温、驱虫的隔离层，因此泥水浴也最受大象喜爱。

公园里多是一人多高的灌木，它们可以为象群提供食物和隐藏之所，最适宜大象生活。但对于游客来说，在灌木中想看大象却成了难事，只有在零星的小片草原上，我们才能看到象群的踪迹。大概开出四个小时的车程后，我们抵达了一个常有数千头大象聚会的平地，可惜这时连一头大象都没看到。路过的公园管理员告诉我们，下午三四点，数千头大象才会出现在此处。我们算了算时间，如果等到下午三点再往回赶，必然无法按照国家公园规定的时间，在6点前返回营地。我们只好放弃等待的念头，调转车头，赶往离营地最近的一个动物饮水点。

饮水点是一个天然的小湖泊，湖水面积不算很大，湖面如镜，清澈湛蓝。湖水周围是一大片草原，在以灌木为主的公园里，这么大的空地绝对是观看动物的绝佳场所。距湖边大约100米的地方，修建了一个两层的观景台。我们抵达时已是下午4点多，观景台上等候了不少游客，以白人居多。

一开始，湖边静悄悄的，只有几只白色的水鸟在水边翱翔。令人称奇的是，到了下午5点左右，各种动物不约而同从四面八方前来湖边喝水。最先出现的是角马群和斑马群，它们排着队小跑而来，并不去湖边，而是在离湖

▲ 一个象群赶往湖边喝水

不远的沼泽湿地处饮水。

又过了大约一刻钟，几群大象出现在草原上，从不同方向赶往湖边。它们径直走到湖水清浅处，将小半个身子都泡在了水里，然后不慌不忙地把长鼻子深入湖水中汲水，再送到口中。

观景台的对面湖沿，一时布满了大象。我数了一下，每个象群由二三十头大象组成，四五群大象就几乎占满了湖沿。从喝水的阵势就可以看出，大象才是这个公园里的霸主。象群里有很多小象和出生不久的幼象。幼象紧贴在母亲的身边，它们的身高仅到母象的膝盖，站在湖水里时，才刚刚能把脑袋露出水面。非洲象的寿命有 70 岁左右，14 岁左右才能性成熟，5 岁之前的幼象要时刻跟随母亲，才能避免危险。红日渐渐西沉，大象们灰色的皮肤被染成了红褐色。

▲　长颈鹿高难度的喝水姿势

▲　小象喝水时靠在妈妈身边

　　长颈鹿群最后出现，它们在象群后面踱着步子，并不急着上前。直到大象们喝饱散去，长颈鹿才小心翼翼地走到湖边，两腿叉开，慢慢地俯下身去，小口啜饮。当长颈鹿饮罢离开时，红日正好落在地平线上，湖边又恢复了寂静。

出售大象惹争议

　　如果，我只是在津巴布韦稍作停留的游客，一定会认为，万基国家公园那样的地方就是野生动物的天堂。但待得久了，我渐渐才知道，即使是在国家公园，动物们依然会受到人类的影响。

　　津巴布韦有 8 万多头大象，占到非洲象数量的五分之一。在其他国家为保护大象而努力时，津巴布韦却时常为大象太多而苦恼。大象每天要消耗大量的树木、草皮，不可避免地会对生态环境造成很大的破坏。津巴布韦国家公园和野生动物管理局主席杰里认为，津巴布韦的生态环境只能承受 4.2 万只大象生存，而现在津巴布韦境内的大象数量让津巴布韦难以为继。

　　近些年，中国、美国、肯尼亚等国都纷纷以销毁象牙的方式来表达对象牙贸易的坚决抵制，而津巴布韦的象牙买卖一直是合法的。游客可以很容易地在津巴布韦工艺品店买到各种象牙雕刻品、手链、项链，甚至是全牙。这些象牙店大都承诺，他们所有的象牙都是从自然死亡的大象身上取下的。象牙店还会帮助顾客去国家公园办理象牙购买证书，只需要花 50 美元，游客就可以把 5 件象牙制品合法带出国。

不仅卖象牙在津巴布韦合法，连卖活体大象也是合法的。2014 年年底，津巴布韦向中国、阿联酋、法国等国家出售 62 头大象的消息引起了西方媒体的关注。有环保人士说，被贩卖的小象被迫与母亲分离，会对小象的身心造成很大的伤害。

当我找到津巴布韦国家公园和野生动物管理局采访大象出口一事的时候，公关经理莫约情绪激动地说："你有没有读过《濒危野生动植物种国际贸易公约》？津巴布韦出口大象是符合公约的！卖大象是我们自己的事情，你们媒体凭什么指责？如果是南非出口大象，你们会小题大做吗？"

莫约所言不虚，根据《濒危野生动植物种国际贸易公约》，非洲大部分国家的大象都是被列入公约"附录一"的濒危物种，如果没有特殊情况，不允许进行贸易活动。但津巴布韦、纳米比亚、博茨瓦纳和南非的大象由于数量众多，被列为"附录二"，在符合一定条件的情况下，这几个国家可以进行大象贸易和商业活动。

津巴布韦国家公园和野生动物管理局保护总监乔费里·玛迪帕诺解释说，国家公园卖大象也实属无奈，"没有政府的资助，我们只能依靠出售野生动物来补贴日常营运。一头成年象可以卖 4 万~6 万美元，卖象的收入可以为万基国家公园填补 230 万美元的开支。"

卖往中国的大象主要被送往广东清远长隆国家级世界珍稀野生动植物种源基地。津巴布韦环境、水利和气候部长穆钦古里 2015 年年初访问中国时，特意参观了津巴布韦大象的新家，她对大象在中国的生活环境非常满意，并表示会扩大对中国的大象出口。她说："津巴布韦这么多的大象不利于环境，不如把它们卖给能够很好地照顾它们的人。"

▲ 被毒杀的大象的遗骸

　　津巴布韦政府称，向外国出口大象带来的部分收入将用于打击偷猎，提升反偷猎系统。万基国家公园因为经费不足，长期缺乏有效管理，偌大的国家公园只有50名巡逻员，为满编人数的十分之一，这给了盗猎分子可乘之机。他们为了获取象牙，屡屡向大象饮水的水池内投入氰化物。2013 年，万基国家公园近百头大象被氰化物毒死；2015 年，23 头大象被氰化物毒杀。津巴布韦境内其他的国家公园也时有大象被猎杀的新闻出现。

　　但即使如此，津巴布韦的一些野生动物保护人士还是对出售大象的事情非常不满。一位津巴布韦的野生动植物学家曾经主动和我谈起大象保护的事情，她认为中国政府对津巴布韦政府具有影响力，所以可以督促津巴布韦政府加大对野生动物的保护力度。

　　我对她解释说，卖到中国的大象可以受到很好的照顾。她摇摇头："中

▲ 小象寸步不离妈妈

国再好，也不是这些大象原来生活的地方。大象们脱离了它们熟悉的生活环境与群体，很容易产生不适，甚至生病、死亡。更何况，津巴布韦出售的一般是小象，非洲象成长很慢，14岁左右才性成熟，这些幼象失去了母亲，就无法再学习和模仿成年象的生存技能，很多本领会慢慢蜕化。人们要是喜欢看非洲象，可以来非洲看啊！只有这里才有真正的非洲象。"

她的一番话竟令我无法辩驳。我想起在国内参观过的一些动物园，大象、长颈鹿、犀牛等大型野生动物被关在狭小的空间，甚至是铁笼子里，浑身散发着臭味，连转身都十分困难，完全丧失了雄姿与威严。那种观赏确实没有多少乐趣。而在商业野生动物园里，动物的居住环境确实比动物园强了不少，但人类模拟的野外环境毕竟不是真正的野外，且不说那些野生动物园的面积比起动物原来的家园面积不及万分之一，而且各种设施还是要首先考虑人类的感受。从照片上看，野生动物园中大象饮水池的边沿都是水泥地，体型大的动物们喝水时会不会难受？对于游客来说，能看到野生动物，拍几张照片，就很满足。但对于那些远离家乡的野生动物来说，它们的喜与悲，又有谁会真正在乎呢？

写到这里，我突然想到，津巴布韦四季如春，空调几乎没有市场，而广东那么湿热，那些远道而去的津巴布韦的野生动物们会不会中暑呢？

合法狩猎与非法狩猎

津巴布韦所有的国家公园都禁止狩猎，允许狩猎的只有一些私人的野生动物保护区和狩猎场。但问题是，所有的国家公园都没有围栏，因为围栏会影响动物自由迁徙。万基国家公园与博茨瓦纳的乔贝国家公园相连，大象、狮子等野生动物经常跨越国界，也会进入公园外围的私人动物园，而有些外围的私人动物园是允许狩猎的，这就给了一些不法分子可乘之机。

万基国家公园有一头明星狮王，名叫塞西尔。它威武强壮，有一头蓬松漂亮的黑色鬃毛，深受游客喜爱。它对人类也很友善，允许游客近距离观察它，因此成为科研机构研究的对象。但是，2015 年 7 月，这头明星狮王被来自美国的牙医帕尔默残忍地射杀了。这名牙医在向有关部门支付了 4.5 万美元之后，获得了狩猎许可。他和津巴布韦向导在车后绑上动物尸体，将塞西尔从万基国家公园引诱到周边的私人公园，然后用弓箭射杀塞西尔。塞西尔中箭后忍痛逃走，但狩猎者穷追不舍，在追踪了它 40 个小时后，终于杀死了它，并砍下它的头颅，作为战利品带走。

塞西尔被猎杀的消息在全世界引起了轩然大波，社交网络上声讨帕尔默的声音一浪高过一浪。超过 50 万人在白宫网站上请愿，要求将帕尔默引渡回津巴布韦接受审判。还有愤怒的野生动物保护者在美国举行游行示威，要求禁止合法狩猎这一血淋淋的交易。甚至有人向帕尔默和家人发出死亡威胁。狮王塞西尔的图像和其他濒临灭绝的动物的图像还一度被投影在纽约标志性建筑帝国大厦上，组织者希望这个活动可以激发人们对野生动物濒临灭绝的讨论。

在狮王被杀之后，津巴布韦环境部以及国家公园和野生动物管理局暂停了在万基国家公园外围对狮子、豹子和大象的狩猎活动，对这些地方可能存在的非法狩猎活动进行调查。但仅仅过去 10 天，津巴布韦国家公园和野生动

▲ 一头雄狮在草原漫步

物管理局就解除了这个禁令，只有塞西尔遇害地点以及数个非法捕猎区继续禁止狩猎。

津巴布韦环境部长穆钦古里在接受我的采访时说：津巴布韦法律支持可控制、可持续的合法狩猎，如果一个区域的某种动物数量过多，导致野生环境失衡，是允许合法狩猎的，因为合法狩猎所得的资金会被用于保护野生动物。津巴布韦法律规定，合法狩猎只能用枪支，不能用弓箭，因为弓箭会导致野生动物非常痛苦。而美国医生杀死狮王塞西尔的工具恰恰是弓箭，因此引起津巴布韦人民极大愤慨。而且，在津巴布韦打猎必须有专业向导陪同，还要取得狩猎许可证和狩猎配额。

津巴布韦国家公园和野生动物管理局局长奇吉亚也支持合法狩猎。他说：合法狩猎是津巴布韦政府认可的野生动物保护形式之一，这一行业的收入是津野生动物保护资金的重要来源，一年贡献4000万~6500万美元。

没过多久，津巴布韦环境部以及国家公园和野生动物管理局网站又发布了一条声明：在公园外围捕猎时，必须要得到津巴布韦国家公园和野生动物管理局总干事的书面授权，而且必须有公园的工作人员陪同，严禁用弓箭猎杀狮子的大型狩猎游戏，并在每次狩猎之前，再次评估配额的使用情况。

三个月后，津巴布韦政府对塞西尔一案的调查结果有些让人大跌眼镜：射杀狮王的美国牙医帕尔默因拥有合法的狩猎手续，被认定是合法狩猎，因此，不再对他提起诉讼。而对于之前广为诟病的诱捕、使用弓箭等非法手段，津巴布韦政府却闭口不提了。帕尔默在美国继续当牙医，闹得沸沸扬扬的射杀狮王案最后不了了之。

毕竟，那是全人类的财富

在塞西尔一案中，最愤怒的是西方国家的动物保护组织。津巴布韦政府貌似不太愿意因为处罚过重，而影响狩猎者对津巴布韦的热情。大部分津巴布韦普通人尚在温饱线上挣扎，又哪里有精力关心一只狮子的命运？

而住在万基国家公园周边村子的民众对身边的这些野生动物感情更复杂。由于万基国家公园没有围栏，狮子、大象时常袭击村庄，捕食家畜，捣毁庄稼，甚至伤及人命。还有一些村民因为贫穷和饥饿，被盗猎分子利用，成为他们犯罪的工具。

无论是买卖大象还是合法狩猎，其实背后还是钱的问题。国家经济不好，没有足够的资金给国家公园拨款，国家公园也就疏于维护和管理。国家公园运营不好，知名度打不出去，游客数量稀少，也就无法给国家公园带来效益。国家公园在拨款无望、创收无路的情况下，只能靠出售动物挣钱，实在可悲可叹。

不过，瑕不掩瑜，虽然说了这么多津巴布韦野生动物保护中的问题，但我还是愿意承认，津巴布韦的国家公园至少保护了 8 万只大象和众多的野生动物，万基国家公园是我去过的最好的国家公园之一。津巴布韦政府愿意拿出国土面积的 13% 来修建国家公园，而不是开发成更赚钱的商业项目，这本身就是一件很伟大的事情。

　　个人认为，国家公园到底不同于商业公园，不应不加节制地发展旅游项目，还是应该把保护放在第一位。而那些因为保护动物而承受的代价，也不应由津巴布韦一个国家来承担。毕竟，这些野生动物不只是津巴布韦的资源，更是全人类的财产。或许有一天，我们受够了人世间的纷纷扰扰，只想亲近那些原始的大自然和自由自在的野生动物，蓦然回首，还有非洲，还有那些被精心保护的动物天堂，我们就有了一块可以退守的天地。

四　津巴布韦的美丽校服

作为 80 后，我从小学到高中的学习生涯一直和校服紧密相连。我记得小学的校服是最漂亮的：女生穿及膝的天蓝色的背带裙，清秀甜美；男生穿深蓝色的西服，配黑色的领结，精神十足。但到了初中和高中，校服与裙子、西服就彻底绝缘，代之以统一的运动服。运动款校服穿在身上松松垮垮，袖子长得如同唱戏的水袖，整个人都显得没了精气神。而且学校给学生定做的校服都大几个号，要穿上三年才能基本合身。

那时，我们也悄悄羡慕过日本中学生漂亮的校服，私下讨论过为何校服只能是宽大的运动服，为何就不能让中学生穿得得体一些呢？得出的结论是：学校是为了杜绝学生谈恋爱。穿得那么漂亮，谁还有心思学习啊？只有这种掩盖性别和身材的校服在老师和家长眼里才是安全的校服。好在，学校并不要求天天穿校服，往往只在升国旗或重大活动时才要求穿。在那个甚至不允许女生留长发的严苛的年代，我们对校服也就没有过多的奢求了。

哪里有学生，哪里就是一道风景

看惯了国内的运动款校服，我在津巴布韦看到当地中小学生穿的各种各样的精致合身的校服，总不由得眼前一亮，忍不住多看几眼。这些校服虽然颜色和款式各有特色，但大体上都是制式的，女生穿西服短裙或连衣裙，男生穿西服套装，而领带、白袜子和黑皮鞋是每个学生的标配。校服合身的剪裁、严肃又不失活泼的款式把孩子们青春的朝气与天之骄子的自豪恰如其分地衬托出来。

有一次，我开车被堵在哈拉雷市区的主路上，无意中见到路边几位十几岁的女孩子，她们穿着一身紫色带白边的校服衣裙，戴着紫色的校服圆帽，立在薄雾轻烟中的蓝花楹树下等公交车。虽未看清她们的容貌，但那雅致的校服裙配上身后一树烂漫的紫花，已然是一幅绝美的图画。

还有一次，我去津巴布韦北部的卡里巴采访水电站。车子行至山区，在荒无人烟的盘山路上绕了好久，突然路边出现了两个穿着红色校服裙子的女孩，实是满目苍翠中的一抹亮色。我下车和她们简单聊了几句，得知她们就在附近小镇的公立小学读书，这套裙装校服是学校专门定做的，上面还绣着学校的校徽。两个女孩子极为可爱，她们淳朴的笑脸被鲜红的校服映衬着，红扑扑的。

甚至，我去偏远的农村采访，也会看见一群孩子穿着干净整洁的校服套装出现在玉米地中的乡间土路上，着实被感动了一把。

非洲校服的英伦风

津巴布韦被英国统治长达百年之久，教育系统被深深打上了英国的烙印。学生们不仅用英国的课本，采取英国的考试体系，以说纯正的伦敦音为荣，连校服也继承了英国校服的特色。很多学校的校服款式都浸染着浓浓的英伦风。小男孩穿短裤是英国上流社会的传统，现在英国的普通家庭都未必遵守，但这一传统在津巴布韦传承下来。

小学低年级的男生校服是短裤配白色长筒袜，只有高年级的男生穿长西裤。而女生则一年四季穿短裙和白色长筒袜。天气冷时，学生们会穿上毛衣和西装外套，但腿总是光着的。好在津巴布韦冬天的白天也有近20度，孩子们不会太受罪。

津巴布韦的学校无论是公立还是私立，一般都有自己独特的校服，体现着学校独特的设计风格。这些校服大部分都可以在市场上的校服专卖店买到。每到开学季，这些校服专卖店前就会云集各个学校的学生和家长。学生只要说出自己学校的名字，售货员就会熟练地找到这个学校的校服。这些给指定学校生产的校服价格不菲，一套四季校服为 200 美元至 500 美元。不过，校服店里也会卖一些不戴校徽的普通校服，主要卖给郊区的学校和偏远的农村学校的学生，这种校服价格较为低廉，一套单件短裤和短袖衬衣的价格一般为 40 美元左右，花十几美元就可以买到一条裙子。

和公立学校相比，私立学校的校服用料和剪裁更为讲究。哥特威中学女生粉色的碎花衬衣配天蓝色的西装清秀雅致；爱德华王子中学深红色的西装外套贵族风范十足；海兰尼克中学校服深蓝与白色清爽文气；法欧肯中学的校服透着浓浓的学术气质……即使对一个学校一无所知的人，往往只看一眼学校优雅的校服，就不禁对那所学校悠然神往。

有一次，我去哈拉雷郊区的布鲁克社区拜访朋友，见到两位高中生穿着蓝白相间的西装校服套装，背着书包从学校中走出，那身典雅端庄的校服衬托得两位学生颇有气质。我特意看了一下学校的校牌，上面写着"Heritage School"（遗产学校）。

我对津巴布韦学校校服的设计很感兴趣，为了做一期校服的节目，我特意采访了遗产学校低年级教导主任福琼·马尼央噶。她对我说："在津巴布韦，学生有穿校服的传统。这一方面可以培养学生的自信和对学校的自豪感，因为校服往往是很漂亮的；另一方面，所有的学生统一着装，可以避免学生之间相互攀比，或者从穿衣打扮猜测学生的家庭背景。要知道，学生的家庭总是有富有穷，但他们既然同在一所学校读书，就应该是平等的，统一校服就是要体现出这一点。"

遗产学校的执行校长汤姆·奥斯汀同时也是校服的设计师。他说："在设

▲ 遗产学校的小学生身穿校服参加哈拉雷小学生合唱比赛

计校服时，首先要考虑校服的美观性和唯一性。校服是学校的象征，要体现学校的精神。孩子穿上漂亮的校服，会为自己的学校感到自豪。"

为了设计出独一无二的校服，汤姆·奥斯汀专门调查了哈拉雷现有的学校校服，发现大部分校服是海军蓝和咖啡色。因此，奥斯丁在选色上，用了更为活泼的天蓝色、深蓝色、金色和白色的混合搭配。奥斯汀说："校服设计要美观大方，但又不能赶时髦。因为一套校服设计出来，至少要穿100年，而时尚是不停地循环的，今天时尚的校服可能明天就过时了，所以要按照经典款式来设计。"他设计的校服确实经典大气又不失青春活泼。白色的衬衣搭配灰色的百褶背带裙，外面再套上V字领的深蓝色针织衫。西装外套是深蓝和天蓝色交错的条纹，勾着金色和白色的边。领带是金色打底，镶嵌天蓝的条纹。

我当时就想，如果哪天我的孩子能在这所学校读书，穿上这样的校服上学，该有多好。没想到一年之后，梦想竟然变成了现实。

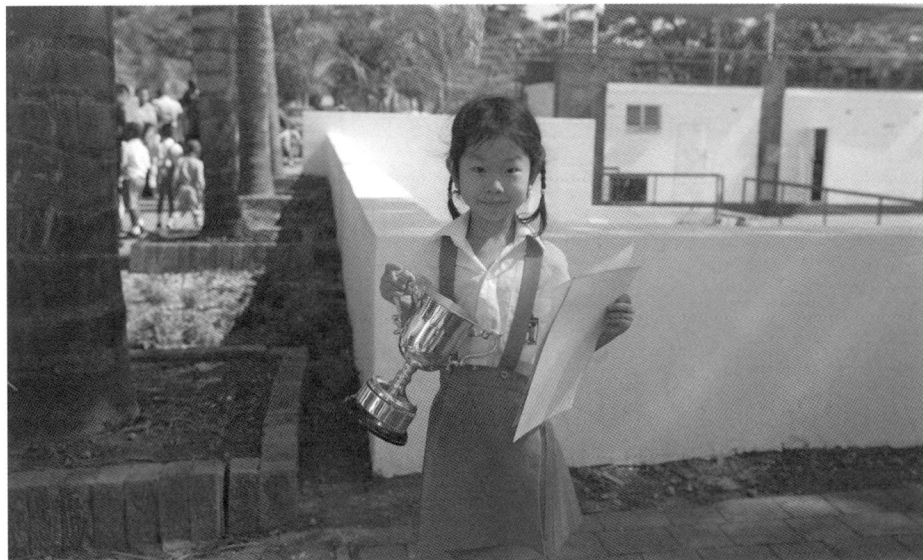

▲ 女儿穿上校服就变成了小淑女

女儿的校服让我爱不释手

在我驻站的后半期，女儿跟着随任的先生到了哈拉雷。我先把女儿送到幼儿园。女儿读到大班后，我发现班上的孩子越来越少。一问之下才知，原来很多家长为了孩子能读一个好小学，在幼儿园中班结束后，就会想方设法让孩子考那所小学的学前班，因此幼儿园的大班往往留不住孩子。

我这才恍然大悟。为了不让孩子掉队，我也开始四处联系有学前班的小学，没想到却屡屡碰壁。以白人学生和印巴学生为主的学校的招生处老师一听说我的女儿已经四岁，要插班读学前班，都直摇头："我们这边都是孩子刚出生就来排队，你怎么现在才来？太晚了。你只能填个表，等等了。"于是，我在交了好几次 30 美元的填表费后，学校连考试的机会都没有给女儿。看来，津巴布韦的家长拼起学校来，一点都不逊于中国的家长。

后来，一位朋友推荐我去遗产学校试试。这所学校原本是津巴布韦最好的私立学校，非常难进。但十年前领导层出现变动，导致几乎所有白人老师和白人学生流失，教育质量从排名前三滑到了前十，生源也就不那么充足了。遗产学校离记者站三十公里，本不在考虑范围，但附近的学校眼看都没有希望，我只好带着女儿前去咨询。幸运的是，班上还有空位，女儿只经过了简单的考试，学校就同意接收她到学前班插班读书。我特意问了校服的事情，答曰遗产学校的校服是自己生产的，不能在市场上买，只能去学校的校服商店里购买。

我带着女儿去学校的校服店购买校服，售货员抱出了厚厚一摞衣服让我选。我选了一件西服、两件短袖衬衣、两件长袖衬衣、两件百褶背带裙、两套短袖短裤的运动衣、一套长袖长裤运动衣、一件毛衣、一件游泳衣、一件游泳袍、一顶太阳帽。学校要求校服必须合身，太大或太小都不允许，我一件件让女儿试穿。校服的作用果然神奇，顽皮的女儿穿上以后，立即有了端庄文静的女学生的模样。这些校服做工精致，价格也高得离谱，让我爱不释手的小西服竟然要130美元一件，其他每件衣服也都不少于30美元。除了校服，学校还要求给孩子买统一的书包，而且一买就是三个：一个装课本，一个装点心水果，一个装运动服、游泳服和运动器材。三个包之间不能混用，食品绝对不允许装到书包里。我算了算，在这个校服店我一共花了600多美元，这比哈拉雷一个普通公务员一个月的薪水都多。

校服礼仪带给我的烦恼与启示

回到家，我拿出学校发的校规仔细阅读，发现关于校服就有专门的一页纸，从校服的意义到校服的穿戴，事无巨细地规定了个遍，连扣扣子、戴头饰的细节都不放过。校规特意强调：如果穿衬衣打领带，衬衣最上面的扣子要扣住，领带要打在衬衣最上面的纽扣上。好在学前班的孩子还不需要打领带，我们暂时还不需要为如何扣扣子、打领带费神。

而关于头饰的规定我们就无法忽视了。校规要求女孩子绑头发的皮筋颜色只能选用校服的颜色。这所学校的校服颜色中只有蓝色、白色、灰色、金色四种颜色，也就是说，我只能从这四种颜色的皮筋里选。但其实，市面上哪里会有灰色和白色的皮筋卖啊？女儿只能一年到头用蓝色和金色两种颜色的皮筋了。我看着从国内带来的一堆五颜六色的皮筋和发卡，不由得暗暗苦笑。

其实，大部分非洲人的头发都不长，发饰这条倒像是给外籍学生的规定。不过，越是缺什么，就越爱什么，非洲女孩子很喜欢戴假发。对于这一现象，校规里也有明确的规定：女生的头发可以接假发，但不能染发，而男生则不能留长发，也不能接假发。

白纸黑字的校服规定有十几条，而约定俗成的规定则更多。在理解和接受关于校服的各项成文或者不成文的规定上，我和女儿几乎花了一个学期的时间。

女儿开学的第一天，我去学校接女儿的时候，就被班主任专门留了下来，说孩子的鞋子有问题。当时天气尚热，我给女儿穿了双带洞洞的黑色塑料鞋。班主任严肃地说："学校要求给孩子穿收口的黑色皮鞋，这种带洞的鞋子是不符合规定的。"我赶紧恳切地解释："孩子的脚容易得脚气，一穿皮鞋脚就会烂。"班主任依然不松口；"这是学校的规定，你要是有特殊情况，就跟教导主任去说吧。"我只好又去向教导主任说明情况。教导主任还算通情达理，特批女儿不用穿收口的黑皮鞋。于是，女儿成了全年级唯一一个穿着洞洞鞋上学的学生。

女儿最常穿的校服是白色的衬衣加灰色的背带裙，如果当天有体育课，则要背上运动包，里面装上运动服，在体育课前换上运动服，课后再换回正装。

四岁多的孩子自己在学校换衣服，很快就出了问题，没多久，我就发现女儿换回来的运动裤大了一号。我请老师帮忙寻找，老师问我："你女儿的裤子上写名字了吗？"我愣住了："没有啊，裤子上怎么写名字呢？"老师见我什么都不懂，只好耐心解释："孩子是很容易拿错衣服的，你要去校服店买名签，缝在衣服上，再写上孩子的名字，这样丢了才好找。"我这时才知道名签这种东西，到校服店一问，小小的一个名签就要2美元。算了，我还是自己缝块布，用防水笔写名字吧。

上学没多久，天气转凉，我将女儿的短袖衬衣换成了长袖衬衣，结果又被老师找去谈话。原来，哈拉雷深秋的温差极大，早晚温度十几度，中午的温度约为二十五六度，女儿玩热了，就会把长袖挽起来。老师善意地提醒我："孩子如果热了，就请换成短袖衬衣，长袖衬衣是不能挽起来穿的。"我听了难免汗颜，看来平日在正装穿戴上真是知之甚少啊。

进入六月，哈拉雷已是深秋，温度只有十几度，我给女儿的短袜换成了长筒袜。无奈这长筒袜也不够长，我就算把袜子顶端的毛边使劲往上拉，也仅能刚刚盖住女儿的膝盖。我送她上学尚且穿着羽绒衣，而她只能穿着裙子和长筒袜，实在让人心疼。可是，在穿了几天长筒袜之后，我发现女儿总将长筒袜的袜边整整齐齐地卷在膝盖以下。我想帮她拉起来遮住膝盖，女儿却不让："老师说的，袜子只能在膝盖以下，我要是拉到膝盖以上，老师会批评我的。"我无奈地叹了口气，只好由她去了。

七月是哈拉雷的冬季，夜晚最冷会达到零度，有时能在学校操场的草坪上看到一层白霜。学校为了照顾年幼的学生，特许幼儿园和三年级以下的学生可以穿长袖长裤的运动装上学。可是，学校没有发长袖的T恤衫，我只好给她贴身穿长袖的衬衣，外面套上毛衣和运动装。没想过了几天，又被助教指出了不妥："穿运动装的时候，里面只能穿T恤，是不能穿衬衣的。"

有时，我也会被这些琐碎的校服规定搞得很烦，但平心静气地想想，这些对于校服穿戴的要求不也是对于正装的基本要求吗？从小穿运动款校服长大的我缺了这堂正装课，如今在津巴布韦补回来了。

女儿穿校服的好处是显而易见的，每天早晨，她再也不用为哪件衣服搭配哪条裙子而

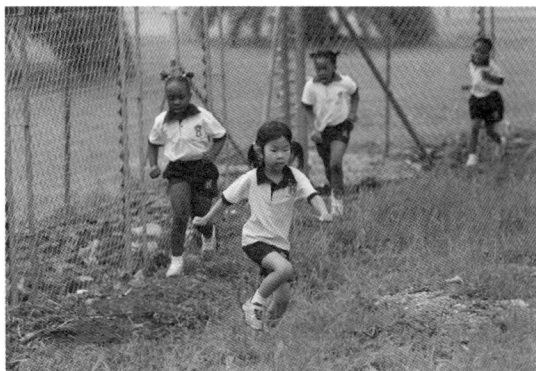

挑来选去，爱臭美的毛病改了不少。600多美元的校服虽然价格昂贵，但校服天天穿，省了买其他衣服的钱，也很划算。更重要的是，她通过校服了解了正装的搭配，培养了审美，不会再像她妈妈那样，活到三十多岁，依然对正装没有驾驭能力。

津巴布韦人讲究仪表，每逢正式活动必然正装出席。即使是在经济不景气的时候，在街上闲晃的失业者大都是西装革履。哪怕是几十美元的廉价西服，也必是熨烫得平平整整。夏天再热的时候也见不到袒胸露怀的大老爷们，甚至连穿背心的人都没有。只要上街，男人多是穿西服、打领带，女人则穿着套装丝袜、涂着口红、描着眼线。你可以吐槽他们正装的质量有多差，但绝对挑不出他们礼仪上的失态。而他们处困境而不失礼仪的习惯也许正是长期穿正装校服培养出来的。

五　非洲女人头发的秘密

刚到津巴布韦的时候，我就对非洲女人常换常新的发型产生了兴趣，一位女性朋友两周前还是短短的齐耳直发，两周后就是长长的卷发了。我不禁心中疑惑，就算非洲的太阳好，头发也不能长得这么快吧？后来我渐渐发现，非洲女人的真头发往往只有一两厘米长，而且是毛茸茸的小卷发，而那些造型各异的漂亮头发几乎都是假发。

理发店里的飞针走线

津巴布韦女人的假发为何可以乱真？为了揭开她们假发的秘密，2015 年新年之前，几经周折，我打探到了哈拉雷最大的理发店。一进大门，我着实被眼前的情景震撼了：这个两三百平方米的仓储式的房间几乎容纳了两百多名理发师和顾客，大部分理发师都拿着明晃晃的钢针和粗粗的黑线，在顾客头上飞舞。原来，津巴布韦理发店最常用的工具不是剪刀，而是针线。

我侧着身子，小心翼翼地挤进理发店，生怕被理发师飞龙走蛇一般的钢针戳到。我仔细观察着众多理发师，想找一位面善的进行采访。这时，我看到了正在和顾客微笑聊天的露西。露西穿着无袖的黑色 T 恤衫和一条橙色的短裙，头顶着颇为时尚的黑色长卷，正在给一位年轻姑娘做头发。她见到我，热情地招呼我坐下等会儿。我说我不是来理发的，而是来采访的。她有些惊讶，但也欣然应允。

▲ 露西将假发剪成小块，粘在顾客的真发上

露西深深地看了一眼我的头发，赞叹道："你的头发真漂亮！"我也礼貌地回赞她："谢谢，你的头发也很漂亮。"露西咯咯地笑了起来："你的是真头发，而我这头发虽然漂亮，但是假发。"我由衷地称赞道："我可一点看不出是假发，和真发一样美！"露西笑得更开心了。我接着问她："那你给客人做的都是假发吗？""对，来这里做头发的十有八九都戴假发，这位就是。"露西一边工作，一边回答我。

露西正在服务的是一位二十多岁的姑娘。她给露西翻看手机里保存的一张类似埃及艳后的照片，一再叮嘱："我就要这个发型，最好做成一模一样的。""没问题！"露西爽快地答应着，然后从墙上挂的一排假发中抽了一个短款的直发。

我此前一直以为，把假发直接戴到头上就行了。来到津巴布韦的理发店，才知道戴假发也有那么多讲究。只见露西把假发剪成一缕一缕，再一片一片地仔细粘在顾客的真头发上。全部粘好后，又像对待真头发一样，用夹板夹平，再剪出带有层次感的发型。前前后后忙活了一个小时。假发让她这么一做，让人难辨真假。露西拿着镜子给顾客左照右照，顾客比对着镜子里的自己和手机里的照片，满意地笑了。

接下来，露西做的是个披肩的卷发发型。她说，这是时下津巴布韦白领女性最青睐的发型。这种假发做起来更为繁复，因为是长发，光用胶水粘不结实，要用针线固定。露西先把一个网状的头套套在女孩的头上，把假发拆成一缕一缕，然后用针线一圈一圈地缝在顾客的真头发上。露西缝起这种繁杂的假发十分娴熟，5厘米左右长的钢针贴着顾客的头皮上下飞舞，丝毫不会伤及顾客。做好后的假发自然服帖又有弹性，就像是顾客自己的头发一般。一个复杂的卷发发型，露西只用了50分钟就完成了。

露西20岁时从美发学院毕业，如今已经做了10年的理发师。由于技艺高超，露西有很多固定的客人，她在给一个顾客做头发的时候，身后等了两个顾客。她说，她每天的工作时间根据顾客的多少来定，顾客少的时候可能三四个小时就够了，但像现在的新年期间，往往要工作七八个小时。

露西说，一个假发的加工费大概10美元，她每个月给理发店的老板交100美元的租金，剩下的钱都归自己所有。算下来，她一个月的收入大概有1000美元，超过了当地大多数的白领。她对自己的工作状态很满意，觉得又自由又开心。

假发如新装，常换常新

在理发店，我还遇到了正在做发型的顾客苏菲。麻花辫也是津巴布韦女

▲ 编一头的小辫要花费 3 个多小时

人很喜欢的发型，她们管这种发型叫接发，就是把一缕缕假发和她们的真发拼接起来，然后一点一点编成细细的麻花辫。等到一根一根细细的麻花辫编好之后，还要在头上盘出各种造型。

编辫子较费时、费力，两个理发师一起工作，也要花上 3 个多小时。为了节约时间，苏菲就在做头发的同时要了份盒饭，把午饭解决了。苏菲看上去年纪已经不小，但她对美发的热情丝毫不亚于年轻姑娘。她说："长头发让我更有自信。新的一年来了，我要让自己更漂亮。"

苏菲说，只要有钱，她每两个星期就来一次理发店，如果没有钱，她就两个月换一次发型。她不能忍受自己不做头发就出门见人，那种感觉就像没穿衣服一样。如今正值津巴布韦的夏季，我问她戴着厚厚的假发是否难受，她说："是不太舒服，但为了漂亮，这点苦又算什么？"

她还告诉我，由于做一次头发费时又费钱，而且在换发型之前，头发是不能洗的，所以她很注意保护自己的假发，睡觉时会带上头套，以防假发乱掉。

假发并不是成年女性的专利，小女孩也一样有这样的需求。我看见一位理发师给一个 5 岁左右的小女孩接假发，这种假发是红黑相间的卷发，看起来非常喜庆。小女孩已经坐了很久，但一点也不着急，显然是习惯了被理发师这样摆弄。她的妈妈在一旁安静地陪伴着，她着装优雅，有一头齐耳的红色短发。她告诉我："从孩子 3 岁起，我就经常带孩子来这里做假发，这次过新年要去姥姥家，更要好好打扮一下。"

女人最舍得花银子的地方

在和店里的客人交流之后，我对她们做头发的规格大概有了了解：只要经济能力允许，哈拉雷的女性一般每隔两个星期到一个月就会换一次发型。成人每做一个头发花费 20 美元左右，复杂的发型要 30 美元，这对于普通的工薪阶层是一笔不小的开销，甚至有时会引起家庭矛盾。虽然男人对女人在头发上的花费颇有怨言，但女人们依然乐此不疲，她们不停地更新着自己的发型，和同伴比较谁的发型更时尚。

津巴布韦女人对假发的大量需求也催生了这里的假发市场，几乎每个理发店都有卖假发的摊位。这些假发从 1 美元到几十美元，大部分来自南非、中国、韩国。

津巴布韦的理发店总是热闹非凡，顾客除了理发，还可以美容、美甲、浴足……几乎你能想到的所有和美有关的事情都可以在这里完成。由于人气旺，小商小贩也喜欢光顾此地，推销洗发水、电话卡、手机膜甚至香蕉等水果。还有些人提着细软走亲访友，趁着对方做头发的时间，聊上半个小时，也是常有的事情。

　　也许是缺什么，就想拥有什么，津巴布韦女性对假发的追求从来没有停止过。哪怕在经济不景气的时候，她们依然会花大把银子在头发上。虽然津巴布韦 2014 年关闭了 5000 家企业，但这个国家的理发店永远都门庭若市，永远都是最不担心缺少客源的地方。

六　寻访最古老的非洲桑人

　　自从来到南部非洲驻站，我就一直想拜访一下这片土地上最早的人类——桑人。在这片黑皮肤的土地上，原住民中只有桑人是黄皮肤，高颧骨，小眼睛，身材较为矮小，和中国人有几分相似，他们因此又被称为非洲的中国人。公元前 1.5 万年前后，桑人的足迹曾遍布南部非洲，但随着 15 世纪西方殖民者的入侵和杀戮，桑人数量骤减，少部分人逃到了博茨瓦纳、纳米比亚等较为偏僻的丛林与荒漠之中居住。

　　如今，生活在津巴布韦、南非等南部非洲的科萨、祖鲁、绍纳等民族都属于班图人。13 世纪，他们从尼罗河南迁而来，在随后长达 5 个世纪的殖民统治中，他们被迫接受了西方文明，本土文化不断流逝。津巴布韦、南非的很多城市都与西方城市并无两样，以至于我虽是生活在非洲，却时常有身在欧洲的错觉。要想了解原汁原味的南部非洲文明，我必须得找到非洲最初的原住民。

孤身闯卡拉哈里沙漠

　　经过多方调查，我将目标锁定在了津巴布韦西南面的博茨瓦纳。博茨瓦纳目前有 5 万多桑人，大部分生活在卡拉哈里沙漠——一片 90 万平方公里的自然保护区。

　　桑人以狩猎为生，即使在沙漠里生活也依旧保持着这个传统。在博茨瓦纳政府下达禁猎令后，大部分居住在卡拉哈里沙漠腹地的桑人因失去生活来源而被迫搬到了沙漠边缘地带。而根据一些西方媒体的报道，博茨瓦纳的桑人被赶出沙漠的真正原因，是西方钻石商在卡拉哈里沙漠发现钻石矿，而这些钻石矿的位置正是桑人活动的区域，因此上演了官商勾结、驱赶土著的一幕。

出于对非洲文化的热爱，我想亲身体验一下桑人的生活；而出于记者的好奇心，我想知道这些桑人被迁出沙漠的原因究竟是什么。更何况，他们和中国人这么像，说不定是中国人的远亲呢？我筹划了好久，但苦于博茨瓦纳签证异常难办，如果说要去采访桑人，更会被拒之门外。直到 2015 年 7 月，中国"光明行活动"的眼科医生要去博茨瓦纳实施白内障手术，给了我一个千载难逢的机会。我以此为理由申请签证，博茨瓦纳使馆竟然痛快地给了我三个月的两次往返签。

我联系了博茨瓦纳的华人朋友，他热情地答应帮我申请博茨瓦纳新闻部的采访函，并主动提出带我去沙漠里寻找桑人，一应住宿外联事宜由他搞定。我喜出望外，就一门心思地做"光明行活动"的采访准备。

但我过于乐观了，当我抵达博茨瓦纳，做完了"光明行活动"的采访后，这位朋友告诉我，新闻部的采访函短时间内无法申请下来，他也临时有事无法陪同。其他的朋友看到这个情形，都劝我不要去，一个女孩子跑到沙漠里找原始部族，是件多么危险的事情。此前，还从未有中国记者涉足过相关报道。

但是，正因为没有中国记者报道过桑人，我才更要去一探究竟。我在哈博罗内的长途汽车站找了一辆前往卡拉哈里沙漠边缘的小城杭济的大巴车，挤在一群黑人中，晃晃悠悠地踏上了寻访桑人之路。朋友告诉我，杭济的一些酒店提供与桑人散步的服务，但他给我介绍的两个酒店都已经客满。我一边上网查询，一边不停地打电话、发信息，终于在大巴车上订到杭济一家家庭旅馆。

确定不会在沙漠中无家可归，我这才有心情观看车窗外的风景。

从东南部的首都哈博罗内去往西北部的卡拉哈里沙漠，几乎要穿过大半个国家。刚离开首都时还是热带干旱草原气候，往西走不了多久就变成了热带干旱沙漠气候，公路两旁出现了半沙漠化的戈壁和低矮的灌木。越往西走，天气越干旱炎热，植被越低矮稀疏。大巴车大约开了8个小时，终于抵达了沙漠边缘的小城杭济。

大巴车在沙漠中绝尘而去，把我一个人留在荒凉炎热的车站。我举目四望，周围一无房屋，二无行人，只有两辆出租车停在路边。司机坐在车上，并不下来迎接。我走过去，端详了一下两位司机，从中选了一个看起来和善一点的，把家庭旅馆的名称和地址告诉了他。他并不像津巴布韦的司机那样热情，只冷冷地说了句："走吧。"

我坐在车上，感觉不太踏实，保险起见，我给博茨瓦纳的华人朋友发了条语音微信。为了让司机听懂，我故意用英语说已经到了杭济，出租车司机正带我去家庭旅馆。那位朋友明白我的意思，也用英语回复，让我注意安全。

还好这家家庭旅馆离车站也就十几公里的路程，很快就到了。我看司机还算老实，留下了他的电话，约好第二天再带我寻找其他的桑人。

这家家庭旅馆建在沙漠和丛林之间的戈壁上，每间客房都是一个独立的非洲特色的小房子。由于地质松散，房子并未直接建在戈壁上，而是先在地上垫起半米高的石板，在石板上打上木桩，再将房屋建于木桩之上。于是，一座座小房子就如同悬在空中一般，别有一番味道。

我在家庭旅馆的接待处看到，与桑人散步是他们的一个盈利项目，一次40美元。我问店老板："我能听懂桑人讲话吗？"他说："别担心，我会给你配一个翻译，下午4点，他过来接你。"

沙漠里的植物学家与神猎手

很快，我见到了这位导游。他说，他叫道格拉斯，3 年前就从津巴布韦来这家旅馆工作了。我听说他是津巴布韦人，感觉像遇见娘家人一样亲切。我告诉他，我在津巴布韦当中文老师，这次是来做调研的。由于桑人在博茨瓦纳已经成为一个敏感话题，我不敢暴露自己的记者身份，怕对方交谈起来有所顾忌。果然，他听说我是津巴布韦的老师，非常高兴，一下子打开了话匣子。

道格拉斯告诉我，我们将见到的一家桑人平时居无定所，只在旱季的时候才会迁徙到酒店附近，为的是从酒店的水源处取水。他因为经常和这些桑人相处，已经学会了他们的语言。

道格拉斯带我穿过一段灌木丛，来到一片满是白沙的平地。他指着沙地上两座简陋得无法称作房子的茅草房告诉我，这就是那家桑人的临时住所。

▲　这家桑人在用鸵鸟蛋壳制作项链

茅草房旁边，一家三口正蹲在沙地上忙活着。

道格拉斯一见到他们，就用桑人的语言和他们打招呼。男主人也热情地回应着。我站在一旁，只听他们嘴里发出很多唇齿摩擦音，和其他非洲方言迥异。

道格拉斯将这一家三口介绍给我，丈夫叫埃克萨茨奥（NXATSHAU），妻子叫珂艾特郝拉（KEAITHAOLA），他们只有三十多岁，但生活环境的艰苦使他们看起来比实际年龄苍老许多。夫妻俩都是 164 厘米的身高，皮肤发黄，和其他非洲人差别很大，倒是和中国人有几分相似。他们身上披着红棕色的兽皮，脚蹬皮质的凉鞋，丈夫身后背着一个皮囊，妻子腰间围着破旧的皮裙，每个人脖颈间都挂一串洁白的用鸵鸟蛋壳制成的项链。

我和他们打了个招呼。丈夫冲我腼腆地微笑，看得出是个性情温和的人；妻子表情有些木讷。他们 10 岁的孩子则乖巧懂事，他拿出一个类似竹蜻蜓的木制玩具，给我端详了一会儿，然后不停地扔向天空，随即接住，玩得不亦乐乎。道格拉斯说，当父亲外出捕猎、母亲外出采集食物的时候，为了避免孩子遇到野兽，一般将孩子留在家里。所以，大人不在身边的时候，游戏就是孩子的全部。

我问他们，刚才在干什么？道格拉斯翻译给他们听，他们立即蹲到地上，拿起竹签做的锥子和一些白色的小圆片忙碌起来。原来，他们是在做鸵鸟蛋壳的项链。他们先把鸵鸟蛋壳敲碎，用石头磨成光滑的小圆片，用细细的锥子在上面旋磨钻孔，再用草绳将小小的圆片串成项链或手链。鸵鸟蛋壳洁白莹润，是天然的饰品，他们脖子上戴的项链就是用这种方法制作的。道格拉斯说，桑人还会将鸵鸟蛋壳串成腰带，系在腰间，并根据腰带的松紧了解自己的身材变化。

道格拉斯看我听得津津有味，又接着介绍说："鸵鸟蛋壳对于桑人，既是天然的装饰品，也是储水的器皿。沙漠干旱少雨，如何保存饮用水是一大学

▲ 块茎汁液可以解渴

▲ 汁液还可以用来洗脸

问。聪明的桑人知道如何将蛋壳中的蛋清、蛋黄清理干净，并祛除蛋壳的腥味。他们在雨季的时候将蛋壳装满水，埋在树下，等旱季取出时，蛋壳里的水还是新鲜如初。"

当然，当蛋壳里的水不够的时候，桑人也会挖掘树的块茎解渴。埃克萨茨奥从土里挖出一块根茎，用刀片刮下一层层薄片，一些递给儿子，一些攥在手中，挤出白色的汁液，滴进嘴里。他又递给我一片块茎，示意我也尝尝。我学着他们的样子喝了几滴，只觉得苦涩不堪。但在沙漠里，这也算是生命的甘泉了。

埃克萨茨奥接下来的举动更让我惊奇，他又往儿子掌心挤了些白色的汁液，儿子把汁液抹到脸上，用手揉搓起来。道格拉斯说，沙漠缺水，他们经常用块茎的汁液洗脸，这种白色的汁液还有防晒的功效。

展示完全套的洗脸程序之后，埃克萨茨奥将剩下的块茎重新埋回土里。他解释说："这些块茎在土里会重新发芽、生长。等我们下次需要的时候，可以再次挖出食用。"

当西方殖民者发现桑人时，把他们称作布须曼人（Bushman），也就是生活在丛林里的人。这个称呼有歧视他们是野蛮人的意思，但也从一个侧面道出了他们和丛林密不可分的关系。

埃克萨茨奥对丛林里的每一种植物都如数家珍，哪些植物的果实可以吃，哪些植物可以入药，他都一清二楚。他指着一种地蔓植物对我说，这个叫"魔鬼之爪"（Devil's Claw），我们用它治疗关节疼痛。我当时对他的话将信将疑，

▲ "婆婆的舌头"有多种妙用

但后来查阅资料，确实查到了欧洲殖民者对这种药材的记载。当时他们发现桑人用这种植物治疗关节疼痛，和我现在一样难以置信，于是，他们将这种植物带回欧洲的实验室进行化验，发现它含有的钩果草秆果然有抗炎镇痛的作用，而且副作用极低。此后英国、德国等欧洲国家便从博茨瓦纳大量进口"魔鬼之爪"，主要用于关节炎的治疗。

埃克萨茨奥还为我演示了一种名叫"婆婆的舌头"（Mother-in-law's tongue）的植物的妙用。这种植物的树枝修长坚韧，埃克萨茨奥从树上取下一根枝条，剥去皮，果然如一条洁白细长的舌头，桑人为植物取名不乏幽默与智慧。当然，既然被叫作"婆婆的舌头"，应该也十分凌厉。果然，这种树枝因为韧性极佳，穿上蜗牛后，可以诱捕鸟和小型动物。艾克萨茨奥将白色的枝条放在火上一烤，树枝上立即渗出一滴滴透明的汁液。他说，将这种汁液滴进耳朵里，可以治疗耳疾。

这时，在一旁一直默默无语的妻子珂艾特郝拉从地下挖出了一块红色的块茎，对我说："这种植物叫'大羚羊豆'（Eland bean），因为羚羊很爱吃它。这种植物的根块可以做避孕药。我们一般一生只生两个孩子，当我生完第二个孩子以后，就可以吃这个块茎，每天吃一小点，连吃五天，就再也不会生孩子了。"道格拉斯在为我翻译后，笑着说："你看，即使生活在野外，他们也是有生育计划的。"

这种大羚羊豆的块茎还有为兽皮上色的作用。桑人以兽皮为衣，丈夫埃克萨茨奥穿一件兽皮做的披风，妻子珂艾特郝拉除了披风外，还围了一条兽皮做的裙子。这些兽皮都呈棕红色。道格拉斯介绍说，他们将红色的块茎切碎、晒干、砸成粉末，装在鸵鸟蛋壳中，在雨季来临的时候，将粉末和雨水混合，均匀涂抹在晒干的兽皮上面，这样颜色就会永远地留在兽皮上，而且可以使兽皮更加柔软。未经上色的兽皮不仅颜色发白，不耐脏，而且干了以后会变硬。

埃克萨茨奥指挥儿子从地下挖出一种草根，一边咀嚼，一边对我解释说："这种草叫'杂交伞棘'（Bastard umbrella thorn），吃后浑身充满力量。我们在打猎之前吃下这种草，就会很有力气，可以整整一天追击野兽，直到野兽筋疲力尽，被我们杀死。"说完，他把剩下的草扔进背着的口袋里，留着以后使用。

道格拉斯在一旁感慨道："你看，父亲在生活中很注意把这些知识教给孩子，并指导他们挖掘和采集。桑人没有自己的文字，这些宝贵的知识就是靠一代代口口相传。"

说到捕猎，桑人的捕猎技术天下一流。几千年来，他们从不饲养牲畜，不种植庄稼，只靠狩猎和采集为生，因此对捕杀野生动物有一套世世代代传下来的绝招。

▲　埃克萨茨奥演示捕猎的方法

　　道格拉斯说："桑人擅用弓箭，他们用动物的骨头或树枝造弓，打磨兽骨和石头为箭，并在箭头上抹上特质的麻药。这种麻药从植物汁液、毒蛇和类似甲壳虫的幼虫中提取。他们对麻药的剂量掌握得非常精准，既能把动物麻倒，又不会让麻药过多残留在动物体内，影响他们食用。"

　　说话间，埃克萨茨奥从口袋里取出一根长鞭，为我演示桑人打猎时的战术。为了生存，桑人除了会打一些羚羊之类的小型动物外，还会从狮口夺食。当桑人发现狮子捕猎的踪迹，就拿着鞭子悄悄跟随其后，接近狮子，然后出其不意地在空中打响长鞭。这时，狮子往往被吓一大跳，跑出十几米远。趁着狮子受惊、跑开的几十秒钟，桑人迅速跑到狮子的猎物跟前，取走一部分后转身就逃。如果狮子追击他们，他们会继续挥动长鞭，发出巨大声响，将狮子吓退。之后，他们就可以美美享用狮子为他们捕来的美餐了。

▲ 钻木取火

▲ 一天中最惬意的时光

如今，这些神奇的捕猎绝技已经成为历史，随着政府禁猎令的下达，桑人已经不能再以捕猎为生，埃克萨茨奥也只能为我表演一下他年少时随父辈捕猎的技艺了。

虽然生活在沙漠与丛林，但桑人并非茹毛饮血，他们会用火烹饪食物，个个都是钻木取火的高手。埃克萨茨奥从皮囊中取出随身携带的一根软木，上面预先钻好了一些小洞，他将一根细细的硬木条插在软木的小洞中，使劲旋转，五分钟左右，黑烟冒出。

妻子珂艾特郝拉捡来一些干草，放在烟上，父子俩对着烟使劲吹上几口气，很快燃起熊熊火焰。埃克萨茨奥取出一根自制的卷烟，在火上点燃，再喝点自己酿的小酒，这是一天中他最享受的时光。

埃克萨茨奥用来酿酒的材料来自一种被他称作"水牛角"的植物果实，这种植物的叶子可以治疗皮肤脓疮，而果实则被用来酿酒。他说："将采下的果实放在鸵鸟蛋中，加入一些水，密闭一夜，就能酿成甜酒，如果放置时间更长，酒精会更浓。"

当我还沉浸在桑人神奇的沙漠技艺中时，已是夕阳西下，到了该与这一家桑人说再见的时候。得到了如此珍贵的第一手资料，我无以为报，给了那家桑人20美元的小费聊表心意。他们跟随我们回到家庭旅馆，从前台那里领取了价值不足1美元的酬劳，然后默默离去。在家庭旅馆40美元的项目中，他们付出的最多，得到的却最少。

埃克萨茨奥说："桑人对钱财并没有多少概念。埃克萨茨奥一家迁移到酒店附近居住，只是为了在给游客展示才艺后，从酒店得到一些免费的饮用水和一点微薄的酬劳。"

桑人没有财产，没有积蓄，他们全部的家当就是背后的一个皮囊。他们以家庭为单位，逐食物而居，居无定所，了无牵挂。不过，随着政府将桑人从沙漠和丛林中迁移出来，桑人再也回不到以前的简单生活。

道格拉斯对这些失去家园的桑人无比同情，他说："他们被从沙漠中赶到城市边缘，无法适应城市的生活，又无法回到过去的家园，就如同夹心人一样，无助而茫然。在城市中，他们不适应烈酒，因此很容易喝醉，但同时又嗜酒成瘾；他们在和其他族群的人发生性关系时不知道使用安全措施，因而易感染艾滋病；当他们生病时，又害怕去医院，因为他们不明白为什么会有那么多年轻人在医院里死亡，在他们以前的生活中，只有老人才会死亡；他们不习惯朝九晚五地为别人打工，时常是挣点小钱，能够买到食物就离开，因此很难有长久固定的工作，总是贫困潦倒。"

看着埃克萨茨奥一家单薄的背影消失在丛林之中，我不禁担心，这些昔日的沙漠神猎手是否会在高楼林立的城市中迷失方向呢？

城市边缘人的无奈与希望

第二天清早，出租车司机如约来旅馆接我。我对他说要去寻找定居点的桑人。他露出轻蔑的眼神："那些桑人啊，我见过。他们浑身脏兮兮的，还总是在超市门口的垃圾桶里捡垃圾吃。不信我带你去看。"

他把车开到了杭济城的一家超市门口，果然有三个衣衫褴褛的桑人在翻垃圾桶。我看着有些心酸，对司机挥挥手说："咱们走吧，去他们的家看看。"

桑人的定居点并不是很好找，我们一路拜访了几个村庄，沿途打听，终

▲　乔恩和他的画作

于在离杭济 50 公里处找到了一个名叫"库鲁"的桑人艺术公社。公社里的墙壁上挂满了桑人的画作。老板说："这些都是住在附近的桑人画的，我为他们提供场地、颜料，他们为我画画挣钱。"

在画室里，一位桑人画家正在作画。他穿着 T 恤衫和背心，皮肤比一般黑人略黄。他的画色彩艳丽，构图抽象，颇有毕加索的风格。

我们攀谈起来。他告诉我，他叫乔恩，出生在附近的村庄，因为喜欢绘画，就在艺术公社找了这份工作，靠卖画和微薄的工资生活。我提出想去他的家看看，他热情地答应了，坐上我的车，带我们去了他的村庄德卡村。

德卡村坐落在一片红色的沙漠上，稀稀落落几十户人家，百分之八十的村民都是桑人。乔恩的家是两座四四方方的砖房，房子十分破旧，一面墙皮已经脱落，露出里面的树枝。屋子里除了一张铁床、一张桌子和一些瓶瓶罐罐，再无他物。砖房外还有个茅草搭成的小窝棚，大小仅够一个成年人蹲在里面，这个窝棚和我前一天在沙漠里看到的那家桑人的草房几乎一模一样。

乔恩说："这两个砖房是我和父亲住的，而那个草窝棚是父亲按照桑人的习俗盖起来的。他有时会蹲在里面发呆。自从我的父亲从沙漠迁到这个政府划定的聚居区，我们一家已经在这里生活了四十年了。"

在谈到自己的境遇时，原本开朗的乔恩叹了口气，语气低沉下来："我们都太穷了，属于社会的最底层，其他民族的人都瞧不起桑人，不愿意和桑人通婚。我还算情况比较好的，还有一些桑人在做政府扶贫项目提供的工作，比如捡拾街道的垃圾、除草、砍树，每个月能够从政府那里领到 500 普拉（约合 340 元）的工资，还有些人在工厂和农场打工，但大部分人都找不到工作，整天无所事事。"

乔恩家的四周都是寸草不生的沙地，只有门前的沙地上种着几棵小苗，小苗周围用绿色的网子小心地罩起来，看起来有些不同寻常。我问他这是什么，他说："这几棵小苗是政府给的土豆苗，让我们自己培育。但这里的土质并不适合种蔬菜，要小心照料才行。"

告别了乔恩，我们又在杭济城发现了一所桑人的小学。这里的孩子大部分是黄皮肤、小眼睛，一看就和其他的非洲人截然不同。

我找到小学校长穆勒，说我是中国来的老师，想做一些桑人情况的调研。穆勒略带戒备地将我从头打量到脚，可能是我一脸的书生气和老师比较接近，也可能他想借此机会澄清点什么，在考虑了一分钟后，他表示同意接受我的采访。

穆勒介绍说："这些孩子很多是附近安置点的桑人的后代，你也看到了，他们的学习条件还是非常好的，而且我们并不收取他们的学费。他们的父母在安置点定居下来，不再迁徙，因此他们也可以接受系统的教育。"

我追问他："他们的父母从沙漠被迫搬到这些定居点居住，是和沙漠中发

现钻石矿有关吗？"

　　穆勒警觉地看了我一眼，说："有些西方媒体这样造谣，但事实上，政府迁移这些桑人的目的只是保护动物与自然环境。如果桑人捕猎只是为了自己食用，那不成问题，问题是很多城市里的人利用桑人捕猎，再从他们手中买走猎物，这样下去，野生动物迟早会被他们杀完的。"

　　我又问他："那学校会教桑人的语言吗？"

　　穆勒稍作沉吟："我们不教。不仅我们不教，博茨瓦纳所有的中小学都只教英语和茨瓦纳两种官方语言，并不教少数族群的语言。学习英语和茨瓦纳语有助于这些桑人后代和外界交流。"

　　在我离开这所小学的时候，已是中午。孩子们从教室里出来，拿着饭盒去打饭，见到我这个陌生的面孔，都好奇地涌了过来。和其他的非洲孩子一样，这些孩子看到镜头就笑个不停，只是这笑容中，多了几分羞涩。

古老文化的失传

从杭济回到哈博罗内，我专程去拜访了博茨瓦纳大学人类学家安迪·车班尼教授。在过去的 15 年间，他每年都会和桑人生活一段时间，研究他们的语言和文化。车班尼教授说，他吃过桑人发现的消除饥饿的草根，也用过桑人发现的草药治病，这些都确实有效。但可惜的是，很多生活在城镇的桑人的孩子已经不再懂得父辈的丛林技艺，因为脱离了野外的生活环境，桑人拥有的关于大自然的渊博知识正在失传。

在谈到桑人独有的语言时，车班尼教授说，桑人的语言属于唇齿音的一种，说话的同时可以自由呼吸。一般的语言都是在说话的时候呼气，吸气时需停顿下来，但桑人可以一边吸气一边发声，因此，他们可以毫不停顿地说上很久。这种发声方法产生于人类的发音器官还没有完全形成之时，也可以说，桑人的语言是世界上最早产生的语言之一。

车班尼教授不无忧虑地指出，桑人大约有 26 种语言分支，但其中一些已经面临消失的危险，因为没有年轻的桑人再使用他们本民族的语言，等使用本族语言的老人去世，这个语言支系也就永远地消失了。而且，大部分桑人的语言是通过口口相传的方式传给后人，由于桑人没有自己的文字，这种语言很容易改变。特别是现在他们到了新的环境，会遇到新的情况，学习新的语言，也就会在自己的语言中加入一些新的词汇。语言的改变会影响文化的改变，而当文化改变了，语言也很难保持原样。

对于西方媒体报道的迁徙桑人是为了开采钻石矿的新闻，车班尼教授并不认可。他说："在奥若伯地区一样发现了钻石矿，政府只是让当地村民往矿区周边移动了一些，而并没有将他们驱逐到地区之外。政府将桑人迁出沙漠，主要是考虑到为沙漠中分散的桑人提供生活物资的成本太过昂贵，而将桑人集中在一个区域，便于修建学校、医院，提供饮用水等生活设施。"

因为大量桑人被迫迁出卡拉哈里沙漠，在城市边缘徘徊，西方媒体一直为此批评政府，希望桑人能回到传统的生活环境中。而车班尼教授并不认为政府将桑人从沙漠迁到城市的举动是错误的，只是方式不应该是强迫，而应该是引导。他举了一个纳米比亚保护桑人的例子："如果你去纳米比亚的祖母奎地区，你会看到政府划了一块很大的地方给当地的桑人，政府为当地人建了定居点、手工艺商店、学校，并把整个区域交给他们管理。游客可以去拍照，参观他们的生活，和他们在丛林中散步。博茨瓦纳政府也可以学习这种方式，让桑人管理一些指定的区域。"

我对于将桑人驱赶到现代社会的做法还是有些耿耿于怀，我问道："现代文明能给予桑人的只是物质上的富足，但其实他们几万年以来认为吃饱喝足就是富有，钱财对他们来说是身外之物。现代文明带给他们的营养其实有限，却让他们丧失了本民族的优秀传统，成为城市的边缘人。您不觉得这是件很残酷的事情吗？"

车班尼教授淡淡一笑："不管你愿不愿意，这些桑人再也回不到原来的生存状态中去了，没有人能够剥夺桑人追求现代文明的权利，对于手机、衣服、车子等现代化的设施，桑人一样渴望拥有。桑人的独特的传统文化固然应该受到保护，但他们更应该像世界其他国家的人一样，有权利去学校接受教育，了解外面的世界，学习新的发展技能。"

车班尼教授认为，当两种文化相遇，不应该一味躲避，最好的方式是拿走对方好的东西，同时保留自己的传统。之前，桑人在遇到现代文明时，远远地躲开了，看似要保护自己的传统，但其实他们对自身传统丢掉得更快，因为他们总是被统治、被驱使，没有力量抵御外来文化，坚持自己的传统。只有足够强大，才能保护自己的传统。

在西方对非洲殖民的过程中，大部分非洲的原始部落走上了现代文明之路，而桑人作为为数不多的古老族群，一直坚守着自己独特的生活方式。如今，这种坚守却让他们处在一种尴尬的境地。

在我看来，桑人虽然生活在沙漠丛林中，但他们自身的文明已经达到很高的程度。他们在医学、生物学中的发现为人类留下了丰厚的遗产，而他们在精神上追求的平等、互助、与世无争，更是现代人追求与缺失的东西。如今，他们在被迫适应外部环境的同时，必定会丢弃很多自身的传统。遍观英语、法语、葡萄牙语等欧洲原殖民地国家语言普及率高的非洲国家，都是传统文化丧失最严重的国家，倒是欧洲语言说得不好的地区，还保留了很多自己文化的精粹。所以，走进学校，学习外面的知识，从而保护自己的文化，其实很多时候只是一种安慰。但也许，这就是桑人必须面对的现实。

七 "非洲温暖之心"马拉维的渔民生活

对于马拉维，很多国人并不熟悉。它只是南部非洲的一个小国，面积仅有 11.8 万平方公里，1997 年才与中国建交。你若上网去搜，可以找到关于它的两个关键词："世界最不发达国家""非洲温暖之心"。

说它是世界最不发达国家，很好理解，据世界银行统计，它的人均国民生产总值仅有 381 美元，大部分工人的最低工资一个月仅有 30 美元，而同为最不发达国家的津巴布韦的最低工资则为 200 美元。而说它是"非洲温暖之心"，则让我有些好奇。从地理上看，马拉维虽然是内陆国家，但并不处于非洲的中心位置，赞比亚、刚果（金）从地缘上看更接近中心；何况，南部非洲人普遍性情温和，待人温暖，为何马拉维独有此雅号？我很想一探究竟。

以湖命名的国家

马拉维的首都利隆圭是我去过的非洲国家中最为安静的一个首都。马拉维的首都原本是松巴，1975 年利隆圭重新改造后方才迁都于此。城市里处处是花园和草坪，利隆圭原有的建筑较为低矮，中国与之建交后援建的总统府、议会大厦、国际会议中心、宾古国家体育馆等项目都成为地标建筑。

2014 年马拉维的大选是我采访过的大选中最为寒酸的。选民们填写选票的投票桌竟然是由硬纸壳做成，而投票箱也干脆用透明的塑料储物盒代替。

尽管条件简陋，却丝毫没有影响选民们的热情，人们从清晨开始，就在各个选票点排队投票，秩序井然。看到一位背着小孩的妇女在纸盒做的投票箱上虔诚地按着手印，我竟有些感动。这个国家目前虽然贫穷，但有这么多关心国家发展的人民，它的明天会更好。

大选过后，站长和我去了趟马拉维湖。那是我第一次见到像大海一样无边无垠的湖水，湛蓝的湖水深不见底，白色的浪花翻卷着涌向沙滩，若不是事先知晓，我一定会以为到了海边。马拉维湖面积为3万平方公里，有6个鄱阳湖那么大，是非洲第三大淡水湖，世界第四深水湖，整个湖水占了马拉维国土面积的三分之一，甚至连马拉维这个国家的名字都以此湖命名，此湖的地位可见一斑。

当时，湖边停了一艘白色的木船，一群光着屁股的小孩子在船上玩耍。不一会儿，一位妇女头顶着一盆衣服来到湖边，在湖水里洗洗涮涮。一位渔夫提着一条1米多长的大鱼向我们兜售。我从小在内陆城市长大，看着湖边人们的生活，无一不觉得有趣。当地人告诉我，再往前走50公里，有一个叫作辛嘎湾的小渔村，很多渔民在那里织网打鱼，还有一个很大的水产品市场。我听着悠然神往，只可惜我们当时没有更多的时间探访，在湖边稍作逗留，就打道回府了。

探访小渔村

对马拉维湖的惊鸿一瞥让我对它一直念念不忘，此后一直在寻找机会再次探访。终于，在2015年2月，我借着"欢乐春节·四海同春"在马拉维举行的机会再次来到马拉维。这一次，马拉维湖小渔村成为我一个重要的采访选题。

安全起见，我请中国使馆推荐了一家租车公司，租了一辆带司机的小轿车。司机叫摩根，170厘米左右，穿着仿制的花花公子的 T 恤衫，看上去斯斯文文，老实本分。

摩根为我制定了行程：从利隆圭出发，向东到萨利马镇的辛嘎湾采访渔村，再沿湖向南行驶，到猴子湾采访马拉维国家公园和那里的村民，最后抵达马拉维和莫桑比克的边境重镇曼戈切，从另一条路返回利隆圭。这条路线斜穿了半个国家，三天之内人文与自然景观皆可得见。

车子一开出首都，浓浓的非洲乡土气息便扑面而来。公路两旁是绿油油的田野，妇女们腰间系着艳丽的大花布，头顶着玉米、柴火等各式物件，背上用布兜着孩子，慢悠悠地走在乡间小路上，她们色彩斑斓的布裙在稻田的映衬下，分外养眼。

在通往乡村的公路上，自行车改造的出租车随处可见。说是改造，其实只是在自行车后座上铺一块海绵垫子，就可以拉客了，价格每5公里20美分到40美分不等。大部分马拉维村民坐不起出租车，这种自行车改造的出租车颇受欢迎。在人们聚集的小镇上，或是公路边，每隔不远都会有一个"自行车出租车"的据点，自行车司机三五成群躲在大树的树荫下，等待客人。因为这种出租车非常流行，马拉维的艺人们还以此为题材雕刻工艺品。

途经一个露天的农贸市场，赤裸的红土地上摆满了蔬菜水果，熙熙攘攘，煞是热闹。红灿灿的西红柿有的用硕大的篮子装着，有的则三个一摆整整齐齐摆在地上，像工艺品一般精致。有人用大卡车来拉农贸市场的蔬菜，转手运到城里卖个高价。

我喜欢这种富有生活气息的场面，想用照相机记录下来，但苦于不懂当地人的语言，只好请摩根帮我和摆摊的小贩解释。摩根和小贩们讲了半天，走过来冲我摇摇头："他们认为你拍照是拿去做 DVD 卖钱的，除非你给钱，否则不让拍。"我有点尴尬："请你去和他们讲讲，我是记者，拍照不是为了卖钱，而是为了给他们写报道、做宣传的，以后外国游客多了，他们赚的钱就更多了。"摩根又翻译给他们听，他们还是不同意免费照相，拍一张要1美元。

仔细想来，他们的要求其实可以理解。从他们的角度讲，未来那么远，谁知道这个陌生的外国人的报道能招来几个客人，又能给他们带来多少效益，还是抓住眼前的美元最实惠。我通过摩根和他们讨价还价，最后协商好，一个人给1美元，照片数量不限。他们大概是很少拍照，对着镜头略显紧张和局促。

下午2点，我们终于抵达马拉维湖的辛嘎湾，但住宿又成了问题。几家好一点儿的酒店离湖边太远，价格都在200美元左右，远远超出了我的预算。在湖边兜兜转转，我终于发现了网上背包客推荐的一家小旅馆。这家旅馆就建在沙滩上，面朝马拉维湖，出门即见成片的渔船，背后则是小渔村，正是我想要的环境。

旅馆的老板是一位印巴裔的马拉维人，膀大腰圆，粗壮的胳膊上还文着花纹。他慵懒地坐在吧台后的椅子上，喝着可乐。我问他有没有带卫生间的标间，他点点头，带我穿过昏暗的走廊，打开了朝湖的一间屋子："这是最好的一间，30美元一晚。"

这个标间有七八平方米，小小的窗户上挂着皱巴巴的一块暗红色的布，房间里仅有一张破旧的没有床头的双人床和一个茶几，床上方的墙顶上挽着一个蚊帐。当时是马拉维最热的时候，但房间里没有电扇，更没有空调。厕所的马桶一直哗哗流着水。更糟糕的是，房间的门锁就像个摆设，一推就开。

当时已经是下午3点半，我不想把有限的时间浪费在寻找住宿上，但一个人住在这简陋的小旅馆，我又有点害怕。我转身看到摩根，他是我在这个小渔村唯一认识的人了。我和他商量："我来出房费，你能陪我住在这里吗？"摩根毫不犹豫地说："好啊！"摩根很实在，他只要了一间最便宜的房子，15美元一晚，没有卫生间，房间里连茶几都没有，只有张单人床。

▲ 老渔夫维德森

为了表达我的感谢，我请摩根在小旅馆吃午餐，或者说是午晚餐。Chambo 是当地出产的最有名的湖鱼，我们每人点了一个 Chambo 套餐，包括一条烤鱼，一份辣椒、胡萝卜、包菜混搭的炖菜，两份 Nsima，也就是玉米糊糊。撒哈拉以南的非洲人民大多以玉米糊糊作为主食，只是名称不同。这条烤 Chambo 鲜则鲜矣，却没有想象中的那么美味，厨师烤得太硬，而且除了盐和面粉，并没有放其他的配料，腥味较重。但这一点没有影响我兴奋的心情，因为我终于坐在了马拉维湖边，见到了我心心念念的小渔村！

夜晚捕鱼的秘密

在离小旅馆不远的沙滩上，停满了各式各样的木制渔船，大的有十几米长，而小的则只有 2 米多长，半米宽，顶部还是向内收拢，只留 30 多厘米的缝隙。我有些纳闷：这么小的渔船怎么坐人？难道是给小孩子坐的？

我见一艘大船上坐着两位无所事事的渔夫，就拉着摩根前去攀谈。年长的渔夫 60 多岁，名叫维德森，脸上都是风霜刻下的痕迹，满脸戒备地看着我，一言不发。年轻的渔夫大约 20 岁，名叫萨姆巴尼，他虽不会说英语，我和他的对话全靠摩根翻译，但是个热心肠，有问必答。

我指着岸边停泊的一只小船，问萨姆巴尼："那么小的船，你们怎么用呢？"

萨姆巴尼说："这种船叫作独木舟，只容一个人坐在里面。"

"船上面那么窄，怎么坐得进去？"

萨姆巴尼见我不太相信的样子，从大船上一跃而下，跨坐在独木舟上，再把两条小腿并紧了，塞进独木舟内部。除了小腿之外，全身都在独木舟外。

我惊讶地问："这么坐稳当吗？多容易掉进水里啊！而且这么小的船怎么打鱼呢？打上来的鱼放在哪里呢？"

听了我这一连串的问题，萨姆巴尼笑了起来："我们在湖边长大，从小就在湖里游泳、捕鱼。徒手游个十几公里都没有问题，驾驶这样的独木舟不在话下。"我望着那些在湖里嬉戏的五六岁的孩子，不由点点头。

萨姆巴尼热情地为我介绍他们捕鱼的方法：我们每次捕鱼时，七八个人为一组，将三只独木舟放进一艘大船。等大船开到捕鱼的地点，我们将独木舟推到水中，每只独木舟上坐一个人。独木舟的船头放几盏应急灯或是强光手电，利用灯光将鱼群吸引过来。哪只独木舟吸引的鱼群多，那只独木舟上的人就会招呼另外两只独木舟的人下网，两边一起拉网，形成一个弧形，将鱼儿网住。当网子网住了足够的鱼，大船上留守的人会帮忙将渔网收回。

▲　独木舟只容一人把双腿放入

　　萨姆巴尼讲得十分带劲，在讲到两边拉网的时候，怕我不明白，还把两条胳膊围拢起来，给我做示范。我对这种用灯光做诱饵、集体作战的捕鱼战术佩服不已："用这种办法捕鱼，是不是每次都能收获颇丰？"萨姆巴尼答道："基本上每网都能打到不少鱼。除非遇到水下的暗流，暗流的方向会影响鱼群游动的方向，很多人因此打不到鱼。不过，我的师傅可以根据渔网在水下被冲刷的方向判断暗流的方向，所以我只要跟他出湖，每次都能满载而归。"

　　我悄悄看了一眼维德森，他严肃的脸上露出些许骄傲的神情。我又问萨姆巴尼："你们什么时候下湖捕鱼？"

　　他说："我们一般在晚上八九点的时候出发，清晨回家。白天，湖边人太多，水比较浑浊，只有远离岸边的湖水才比较清澈，鱼儿喜欢清澈的湖水，所以白天打鱼，就要去很远的地方。而夜里，没有人为干扰，近处的水也很清，不需要去太远的地方就能打到很多鱼。"

萨姆巴尼顿了顿，又说："夜间捕鱼虽然比较容易，但因为是用灯光吸引鱼儿入网，这就要求天空不能有月亮。如果月亮太亮，会对船头的灯光造成很大干扰。所以每个月满月前后，我们就不在晚上出动了。"

我算了算日期，那晚是正月十六。我有点着急地问："今晚月圆，你们是不是就不能出湖捕鱼了？"

萨姆巴尼答道："这几天都是阴天，晚上应该没有月亮。但是，这两天风太大，恐怕没有什么人敢出去。"

一直在听我们对话的维德森这时开口了："打鱼不怕下雨，只怕刮风，风大的时候，出湖捕鱼是很危险的事情。有时候，一个大浪打过来，整个船身都会沉到大浪下面，湖水涌入船舱，如果不能迅速把水舀出去，船就沉了。"

我追问他："您有没有遇到过翻船的时候？"

维德森沉默半晌，缓缓地说："我年轻的时候，胆子很大，不听老人劝阻，执意要在大风的时候出去捕鱼。有一次遇到大船倾覆，我们只好抢过独木舟逃生。还有一次，浪太大，划不了船，我在风浪中游了一夜，回来后大病一场。从那以后，我再也不在大风天出去了。"

说话间，去湖里玩耍的孩子越来越多，还有不少孩子带着小网子，在浅水区网鱼。我问他们："这些孩子上学吗？"萨姆巴尼说："村子里的孩子基本都不上学，反正以后长大了，还是像我一样做渔民，上学有什么用啊？"

"那你喜欢做渔民吗？"

萨姆巴尼咧开嘴，笑了："喜欢啊，做渔民可以养活自己，生意好的时候，一个月可以卖 18000 多夸查（合 30 多美元）呢。不过，最近一段时间风太大了，鱼打得少了，生意也不太好。"

告别了师徒俩，摩根说开了一天的车，有点累了，想先回去休息。于是，我一个人前往小渔村闲逛。

这个渔村面积很大，据萨姆巴尼说，村子里有3000多户人家。虽然靠近马拉维湖，但村子的经济状况并不好，大部分家庭的房子是低矮的砖房，有茅草做的房顶。村子里没见什么男人，只有妇女和儿童。在一户人家的房屋前，一位年轻的妈妈和一位老年女性正在摘菜，七八个孩子在门前玩耍，最大的十一二岁，最小的刚会走路，光着身子。没有摩根陪伴，我说的英语没有一个人能够听懂。无奈之下，我只能冲她们笑笑，她们也报以温暖的微笑。

天色渐晚，我回到小旅馆，屋子里面也是一片漆黑。马拉维百分之九十的地方没有电，不用问，这个小旅馆也不例外。我向旅店老板求助，老板给了我一个应急灯。我问有没有矮凳，老板给了我一个棉垫。我前一天采访的"欢乐春节·四海同春"的稿子还未动笔，今晚无论如何也得写出来。于是，我以茶几为桌，以棉垫为椅，借着应急灯的光，开始在笔记本上写我的稿子。

没写一会儿，寂静的房间热闹起来，空中各种飞虫嗡嗡作响，不停地攻击面前的应急灯，还不时有蚂蚁和小虫子爬到腿上、脚上。我虽然不怕昆虫，但架不住虫子咬，一会儿工夫就浑身奇痒。我去找店老板要了一板蚊香，回屋子里点上，又找出从国内卫生防疫站买的驱蚊膏，将所有暴露在外面的皮肤涂了个遍。可是，这些蚊虫一点也不惧怕蚊香和驱蚊膏，照咬不误。我放弃了桌子，关掉应急灯，抱着电脑爬上床，放下蚊帐，继续写我的稿子。可是，没多久，还是有虫子钻进了帐子里，打不尽，赶不完。

8点多的时候，我惦记着捕鱼的事情，又跑到沙滩上张望。湖面上黑漆漆一片，除了呼呼的风声和哗哗的波浪声，再没有其他的动静，看来我真的和夜间捕鱼失之交臂了。我失落地回到屋子，继续埋头写稿，一直写到凌晨才写完。旅馆没有宽带，我打开手机热点，用微弱的信号将稿件、音响、图片传回国内，传了一个小时，终于发送成功。

安静下来，更能感觉到各种昆虫在空中盘旋。我和衣而卧，用单子蒙住头，在又闷热又潮湿的床上怎么也睡不着。半夜 2 点左右，外面一阵喧哗，像是又来了些客人，大声说着英式英语。我一夜迷迷糊糊，时睡时醒。清晨起来查看皮肤瘙痒之处，竟然数出了一百多个大包，而且每个包都又肿又硬，看来牛仔裤和长袖衬衫根本抵挡不住蚊虫的叮咬，蚊香和驱蚊膏也集体失效。

我向旅馆老板展示我那被咬得惨不忍睹的胳膊，向他抱怨旅馆的蚊虫太多。他惊讶地说："你不是点了蚊香吗？怎么还被咬得这么惨？可能是因为你是外国人，所以对蚊子的吸引力比较大吧。"他亮起文满花纹的胳膊："你看，都没有蚊子咬我。"

我有点哭笑不得："这里有疟疾吗？""有啊！"旅馆老板轻描淡写地说："疟疾在这里很常见，就跟感冒似的，大部分村民都得过。"我听了暗暗心惊，以小渔村的人口密度和卫生条件来看，的确是疟疾的重灾区。我此前只顾着做采访，忽略了这一点。事到如今，只能既来之，则安之了。

热闹的鱼市

早上 6 点，天已大亮，昨日干净的沙滩上突然铺满了褐色和灰色的渔网，一些渔夫们坐在沙滩上，手拿鱼骨针，认真缝补渔网上的窟窿。看着这些健壮的汉子们缝缝补补，一下子竟然很不习惯。我问一位渔夫，昨天晚上有没有出湖？他说，风浪太大，没人敢出去。不过，等他补好了渔网，马上就要出去捕鱼了。

上午 8 点多，风浪明显小了很多，渔夫们把独木舟和渔网拖到大船上面，一起使力将大船推进湖里，出发了。因为是白天，不需要灯光吸引鱼群，也

▲ 渔夫在岸边缝补渔网

▲ 湖岸遍布渔网

就没有必要用那么多独木舟布局，一艘渔船配一只独木舟足已。

下午两三点，捕鱼的船开始返航，寂静的岸边顿时喧闹起来。早有从四面八方赶来的人们，端着盆子，提着水桶，等候着渔民们拍卖他们的战利品。还有些人骑着自行车，从远方的村镇赶来。

不巧的是，这天每艘渔船的收获都不多，所有的鱼加起来还盖不住舱底。即使这样，买鱼的人还是一拥而上，将渔船团团围住，有些人甚至爬到了船舱上，自己用桶往外装鱼，还有些人为了抢鱼大打出手。因为鱼少人多，拍卖的价格不低，有些人不愿出高价购买，继续观望。抢到鱼的村民喜笑颜开。一位妇女抢到了一盆手指长短的小鱼，她说，这是一家人的晚餐，她花了50美分买来的。

有些渔民不愿把鱼卖给当地人，他们把冰块放在新鲜的鱼上，密封起来，等着鱼贩子前来收购，卖到利隆圭、布兰太尔等大城市。还有些鱼要晒成鱼干，可以卖到周边国家。在离岸边大约100米的地方，有很大一片晒鱼场，渔民打捞上来的鱼就在架子上晾干。但如今，偌大一片晒鱼场几乎都空着，只有很小的一片晒着些小鱼。

大半天的时间，我都在湖边拍照、观察、采访、录音，忙得不亦乐乎。下午3点，摩根在一群鱼贩子当中找到了我："夫人，我们该上路啦！这里离猴子湾还有3个小时的路程呢。"

▲ 渔夫们把独木舟搬到大船上

▲ 顾客们蜂拥抢鱼

这天晚上，摩根在猴子湾附近的湖边为我找了家小旅馆，虽然条件比较简陋，但至少有保安、前台工作人员，房间也比较宽敞。有了第一天的经历，我觉得这里简直就像天堂一般。

最可怕的野兽

第三天一早，我们去了马拉维湖国家公园。公园导游说，要带着我看马拉维湖最美的风景。我们翻过一座小山，绕过一段巨石叠起的屏障，在最后一个转弯前，导游说："最美的风景马上就要到了，你一定会'哇'地欢呼出来。"

我随导游走了出来，眼前是一大片宽阔的沙滩，一望无垠的湖水清波荡漾。导游见我反应平静，唯恐我不太满意："夫人，你怎么不欢呼呢？是觉得这里不够美吗？现在是雨季，所以水不那么蓝，要是在旱季，每个游客来了以后都会大声赞叹的。"我在旅游杂志上见过旱季的猴子湾，那时的水呈玻璃色，独木舟在水面上映出倒影来，景色美得令人窒息。现在虽然是雨季，但湖水依然清可见底，一些彩色的热带鱼成群结队地游来游去。不过，我来马拉维湖并不是为了风景，和猴子湾的静谧秀气相比，我更爱辛嘎湾的生活气息。我不愿扫导游的兴，点头附和他说："确实很美啊！雨季依然很美。"

导游指着湖对面的小岛说，那上面有酒店，可以过夜，还可以观看各种野生动物。公园每天有几班船可以接送游客往返。湖心岛的住宿价格不菲，愿意花钱享受湖光山色的一般以欧美游客居多。

我问导游，国家公园还有什么值得一看。导游将我带到了公园博物馆。这座博物馆主要讲的是人应该如何与自然和谐相处。在一处关闭的门前，讲解员故作惊恐地说："门后面关着非常凶猛的野兽，请你们做好准备，然后把门打开。"

我虽然知道他在故弄玄虚，但也不敢贸然开门。正犹豫中，导游狡黠地一笑，自己打开了那扇门。原来门里面是一面镜子，镜子里映出的是我们自己的身影。导游趁机说："其实，人类才是最可怕的野兽，毁坏大自然、猎杀野生动物的都是人类。"一个小小的游戏，发人深省。

最后一个采访任务是采访马拉维湖国家公园的负责人。我们在公园管理处见到了负责人艾勒克斯，在说明来意之后，他非常爽快地同意了，并热情地为我介绍了一番马拉维湖的生态环境和保护情况。我追问他："我所到的湖边村落的村民都说现在湖里的鱼难打了，他们认为是天气原因，您同意吗？"

艾勒克斯摇摇头，说："那是过度捕捞造成的。马拉维自从1979年到现在，人口翻了一番，而增加的70%的人口都靠捕鱼为生。快速增长的人口给渔业带来了巨大的压力。人们捕鱼过多，导致鱼儿们没有时间长大。马拉维渔业部门为此颁布了一些法规，比如要求渔民用大网捕鱼，因为小网眼的渔网会把大大小小的鱼都一网打尽，法规还规定每年十月到第二年一月为休渔期，鱼儿在这个阶段会繁殖下一代，这个时候不能捕鱼。但是，马拉维湖很大，很难管理，渔民们又需要钱，所以这些法规执行得并不好。"

被讨要的少年围攻

这天早上，在从湖边旅馆去往马拉维湖国家公园的路上，我还遇到了一件不太令人愉快的事情。当时，我们一直在湖边公路上行驶，湖边湿地众多，村民们在低洼处种了不少水稻。远处群山如黛，近处稻田丰美，牛羊点点，白鹭翩翩，好一片田园风光。我忍不住让摩根停下车，我下车寻找角度，想将这片美景收入相机。正在拍照间，远处的房子里跑出一群孩子，让静止的画面增加了不少灵动的色彩，我激动地一直按着快门。拍了几张之后，我觉得有些不对劲，那群孩子并不是出来玩耍的，分明是冲着我跑过来的。离得

▲ 牧童驱赶着羊群

▲ 学生们穿着天蓝色的校服裙子穿过田地

近了，他们一边跑，一边喊着："夸查！夸查！"

我明白过来，那群孩子看我是外国人，跑来向我要钱。我看他们领头的是个十五六岁的大孩子，就给了他 1000 夸查，让他给其他人分。谁知他拿到钱，一转身跑掉了。我只好把仅存的几张零钱拿出来给其余的孩子。可是孩子多，钱少，两个孩子竟然为了挣钱打了起来，还有几个气势汹汹地围住我，甚至要来翻我的包。摩根看情形不太对，快步走过来，用当地话将孩子们呵斥了一顿，护我上了车。

摩根有些不好意思地说："这里是景区，来的外国游客多，总爱给小孩子钱，小孩子被惯坏了，看到外国人就伸手要钱。"

我沉思半晌："给钱确实不好，但他们也的确需要帮助，我有办法了。"摩根略带惊讶地看看我，没有再追问。

当我们从马拉维湖国家公园出来之后，再次路过了那片村镇。我让摩根在村口等我，我沿着小路走进了村子。这个村子比湖边的渔村小得多，除了镇上一条主路之外，其余的房子都分散在稻田里。村民住的房子大都由没有烧制过的土砖修葺，好一些的房子会用泥巴涂一遍外墙，差点儿的就直接裸露泥砖。从房子的外观来看，这个村子的境况比湖边的渔村还要贫困一些。

不过，虽然贫穷，这个村庄却有世外桃源的美丽。村子里有好几棵几个人都抱不住的猴面包树，为简陋的土屋挡风遮阳。巨大的树荫之下，也是孩子们嬉戏的好地方。猴面包树是马拉维人民的好伙伴，果实可以吃，树根可以储水，巨大的树干凿空了可以住人。据当地居民介绍，远古时候的马拉维人就有住在猴面包树里的习惯。村子离湖不远，周边是广袤的湿地。有湖水的滋润，青草极为茂盛，为牛羊提供了丰厚的美味。小小牧童一边驱赶着牛羊，一边与远处的同伴高声交谈。一群学生走在回家的路上，他们穿着蓝色的校服，一路说说笑笑。

我在村子里找到了一个小卖部，小卖部的窗户上挂着许多小袋子装的食用油，一袋50毫升，卖10美分。很多村民买不起桶装的油，只能偶尔买一小袋解解馋。

我在小卖部里买了50个本子、100根铅笔，沿途见到小孩子就发一些，鼓励他们好好学习。在一个小商店门口，我遇到了一个八九岁的男孩子，他有一双大大的眼睛，挺懂事的模样。我将本子和笔递给他，没想他转身从商店里拿出一个本子来，对我说："夫人，你能够给我一些钱吗？我会把你的名字和你的国家写到这个本子上。"我笑着问他："你要钱来干什么呢？""我们学校要修建校舍，让我们出来筹款。"他怕我不信，给我看本子上的那些捐赠金额和签名。

本子上面的签名多是来自美国、英国、法国等欧美国家。这个小村庄因为离猴子湾不远，不少游客会路过停留。"为什么需要资助人签名呢？"我问他。

"因为我们要记住你们的帮助。"他认真地看着我，又有点害羞地转过头去。

我虽然不知孩子说的是真是假，但他认真的眼神让我有些感动。马拉维的村民这么穷，学校条件想必更差，捐资助学理所应当。我递给了他10美元，他让我在留言本上签名。我走的时候，小男孩挥着手说："夫人，上帝会保佑你。"

此前，马拉维经济发展严重依赖西方援助长达半个世纪之久，独立性差，

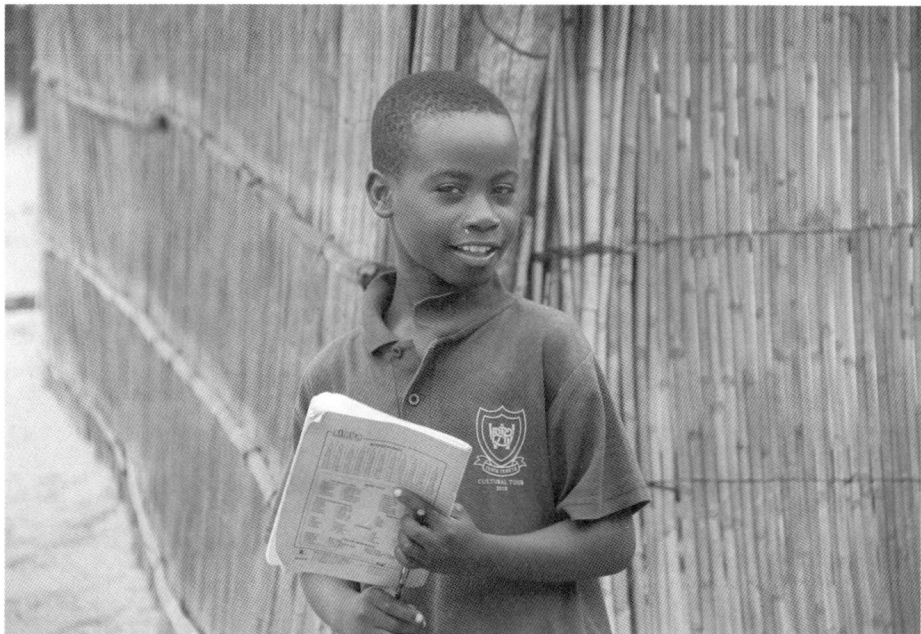

▲ 募捐的小学生

老百姓也习惯了被资助。如今，马拉维政府意识到要发展经济，就要改变以往的依赖政策，从消费型国家向生产型国家转变，改善民生、发展经济。但毕竟国弱民穷，讨要文化一时难以改变。

我走到村口，发现摩根正在等我。他看我拿着本子一路发给小孩子，也主动去买了一些，和我一起散发。他说："这些孩子只有上学读书，未来才会有希望改变命运。我从小父母双亡，是我叔父把我抚养长大，还供我读了大学，我特别感激他。"

第三天晚上，我回到了首都利隆圭。这三天，我见到了在津巴布韦无法看见的最原始的渔民生活，体会到了他们的快乐与无奈，也感受到了许多温暖。比如年轻的渔夫萨姆巴尼、马拉维湖国家公园的负责人和导游、为学校筹集资金的小男孩，都带给我不少感动。特别是摩根，他一路小心开车，帮

▲ 我的司机兼保镖摩根

我对付警察，摆脱纠缠，做我的翻译兼保镖，还主动带我参观马拉维有特色的风景和博物馆，这些并不在开始的合约之内。他为国家的贫弱而忧心，对弱势群体充满了同情。他对我的报道寄予厚望，希望我能让更多的中国人了解马拉维，了解他的家乡。我想，马拉维之所以有"非洲温暖之心"的称号，正是因为有像摩根这样的热心人吧。

再见，马拉维的小渔村，希望再见时，你会更美丽。

八　明代瓷器的第二故乡——莫桑比克岛

我第一次去莫桑比克出差，就听说莫桑比克有个著名的小岛，叫莫桑比克岛，那里有白色的沙滩、碧蓝的海水、古老的葡萄牙城堡、印度的寺庙、阿拉伯人建的清真寺……但最吸引我的，还是打捞起的上千件美轮美奂的明代瓷器。据说，在小岛的海滩上走一走，随随便便就可以捡到很多瓷器碎片。是什么人、出于什么原因将那些价值连城的明代瓷器带到万里之外的非洲小岛？那些瓷器在岛上还遗留了多少？种种疑问与猜想凝成一种无法摆脱的惦念，终于引领我踏上了这个神奇的岛屿。

一座小岛，半部东西方海上贸易史

莫桑比克岛位于莫桑比克海峡的莫苏里尔海湾北口，因为交通不便，鲜有中国人到达。我先乘飞机从津巴布韦飞到首都马普托，又从马普托向北飞了两个多小时，抵达楠普拉省。楠普拉省距离莫桑比克岛还有 200 多公里的距离，当地的公共交通一天只有两班，要开四五个小时才能到达岛上。为了节约时间，我提前从莫桑比克岛的酒店订了一辆出租车，来楠普拉机场接我。

出租车狂奔了两个小时之后，我终于抵达了莫桑比克岛。小岛离大陆只有 3.8 公里，由一座公路桥相连。一旦走过这 3.8 公里的大桥，就如同穿越了几个世纪、几个大洲一般。大桥这边是 21 世纪的莫桑比克，而大桥那边则是一片混合着 15 世纪至 20 世纪的葡萄牙、意大利、阿拉伯、印度、非洲乃至古代中国色彩的土地。

　　莫桑比克岛其实很小，长约 3 公里，宽不过 200 米至 500 米，抬脚只要走上几个小时，就能逛遍全岛。但别看它小，它在东西方的海上贸易通道上却占有重要的位置，上千件明代瓷器流落于此，也正得益于莫桑比克岛得天独厚的地理资源。

　　从公元 10 世纪开始，阿拉伯人顺印度洋南下，将莫桑比克岛作为阿拉伯商人的海上贸易中心，由苏丹穆萨·比克（Moussa Mbiki）统治。1497 年，葡萄牙航海家达·伽马从里斯本出发，寻找通往东方的海上航线。他率领船队绕过好望角，次年登陆莫桑比克岛。他们惊奇地发现岛上有石头建筑和熙熙攘攘的市场，人们从来黄金和象牙贸易，这些和当时欧洲想象的蕴藏财富的地方特别接近，而且莫桑比克岛位于莫桑比克海峡最窄的区域，对内连接广大的非洲腹地，对外连接印度洋的海上通道，地理位置极其优越和重要。因此，达·伽马打起了这个小岛的算盘。他问当地人这个岛叫什么名字，当地人回答了苏丹的名字穆萨·比克，达·伽马听成了莫桑比克，并记录在册。后来，莫桑比克岛的名字成了整个国家的名字。

　　1507 年，葡萄牙人再次来到莫桑比克岛，他们用坚船利炮打败了在此统治的苏丹首领，占领岛屿，将其作为莫桑比克以及葡属东非的首都。1510 年，通过达·伽马开通的绕过好望角到达印度的新航线，葡萄牙人夺取了印度的商业中心果阿，并设立总督府，代为行使莫桑比克岛的行政管理权。莫桑比克岛从此成为葡萄牙通往东方海上航线的重要中转枢纽。

　　为了更好地守护莫桑比克岛这个重要的海上贸易要塞，1558 年，葡萄牙人按照意大利文艺复兴时期的风格，开始修建著名的圣塞巴斯蒂安要塞城堡。

　　这座城堡雄踞岛屿北部高地，城墙高十余米，内部极其宽敞，可容纳2000 名士兵居住。城楼顶上东、北、西三个方向安有几十台大炮，从三面守

▲ 圣塞巴斯蒂安要塞城堡

护着这个重要的港口。城堡下方就是深达 50 米的天然良港，葡萄牙往来贸易船只停靠于此。这座撒哈拉以南非洲最古老的西方城堡直至 1620 年才完全竣工，其间抵挡住了荷兰人的猛烈进攻。

　　圣塞巴斯蒂安要塞城堡最著名的当属它设计巧妙的房顶储水设施。由于岛上淡水缺乏，葡萄牙人在修建城堡时，就在房顶上设置了盛接雨水的水池，并有多条水槽引向城堡内部的蓄水池。蓄水池共有 3 个，分别用于做饭、洗衣和饮用。其中最大的蓄水池有 22 米长、15 米宽、6 米深。当年蓄水池的水可供 2000 名士兵支撑 6 个月。如今，蓄水池仍被岛上居民使用。

　　在圣塞巴斯蒂安要塞城堡前面，是守护圣母礼拜堂。这座曼努埃尔式风格的圆拱形的教堂建于 1522 年，被认为是现存的欧洲人在南半球建造的最古老的建筑。

　　圣塞巴斯蒂安要塞城堡完工之后，有效防卫了北部海域，入侵者们又试

▲　陈列明代瓷器的海事博物馆

图从岛屿南部海域入侵。1699 年，葡萄牙人又在岛屿的最南端修建了一座要塞堡垒，与圣塞巴斯蒂安要塞城堡一南一北遥相呼应。从此，小岛的防卫固若金汤，几百年间再没有人能够侵入。

千件瓷器四百多年后重见天日

　　在莫桑比克岛北部的印度洋边上，矗立着一座基督教建筑的海事博物馆。这座博物馆修建于 1610 年，最初是基督徒建的学校，1763 年改为葡萄牙总督住的行宫。在莫桑比克首都迁到今天的马普托后，这里又成为莫桑比克地方政府官员和葡萄牙总统以及部长来此访问的海外豪华住所。1975 年，莫桑比克国父萨莫拉·莫伊塞斯·马谢尔下榻这里后，将其改成了博物馆。

　　虽然我早已知道这里展览着中国瓷器，但在研究员阿卜杜勒为我打开博物馆大门的那一刻，我还是不敢相信自己的眼睛：这么多精美的明代瓷器竟然完好无缺地陈列于此，几百年后依然散发着温润清亮的光泽，其中不乏大量艺术价值极高的明代瓷器精品，就是放在故宫博物院中也毫不逊色。

这些瓷器主要分瓷碗和瓷瓶两种。瓷碗主要为青花瓷，在白色的底子上描绘着明亮的钴蓝色的图案。瓷瓶的种类则更为丰富，有青花图案，也有色泽艳丽的彩釉。

图案有写实和写意图案两种，写实的图案主要有老虎、水牛、大象和仙鹤，写意的图案有传说中的龙、飞马、麒麟，还有八仙过海、福禄寿三星、灵芝等主题的瓷瓶图案。每一个都栩栩如生，熠熠生辉。莫桑比克考古学家研究认为，这些图案代表着中国皇帝信仰的道教的审美情趣。

让当地的考古学家称奇的是，很多白色的茶杯上有"釉下彩"的"暗花设计"，还有很少一部分有珐琅釉的装饰。从瓷器底部的落款可以推断出，它们制造于明代嘉靖年间的景德镇。

从16世纪开始，欧洲掀起了购买中国瓷器的风潮，而葡萄牙正是第一个从中国直接进口瓷器的欧洲国家。在中国瓷器传入欧洲之前，欧洲人日常使用的器皿以陶器、木器和金银器皿为主。相比瓷器，陶器和木器更为笨重、粗糙。当一些中国瓷器通过西亚、北非商人传入欧洲之后，欧洲人对这种既美观又洁净的器皿非常痴迷。由于瓷器数量稀少，价格比黄金还要昂贵，只有国王和贵族才可使用。

在葡萄牙人打通通向印度的航线之后，又于1557年获得了进驻中国澳门和与中国进行贸易的许可，从此开启了从中国大批采购瓷器的时代。1514年，葡萄牙航海家科尔沙利等人从中国沿海买回10万件景德镇五彩瓷器，在葡萄牙引起了巨大的轰动，这是继马可·波罗后第一次有文字记载的欧洲人对中国的访问。此后，葡萄牙的商船源源不断地开到澳门，购买中国瓷器。1522年，葡萄牙国王下令，所有从东印度回来的商船上，至少有三分之一的货物必须是中国瓷器。

由于莫桑比克岛处于葡萄牙商船海上路线的必经之地，很多载满中国瓷器的商船都要在城堡下面的港口停靠，补充物资，等待好天气再次启程。但是，由于港口周边礁石众多，厄加勒斯洋流又由此经过，遇到风暴天气，总有一些商船不幸触礁沉没。

据阿卜杜勒介绍，2001年，莫桑比克岛先后发现了三艘沉没的满载瓷器的葡萄牙商船，沉没时间分别是1558年、1608年和1622年。1558年的沉船上共打捞起约1500件瓷器，其中约500件完好无损。博物馆中陈列的瓷器大部分来自这艘沉船，所有安放瓷器的装饰板上都印有印章，上面的时间都对应着公历1553年，这证明它们是同一批装船的商品。这是在莫桑比克发现的历史最悠久、批量最大的欧洲沉船上的中国瓷器，在整个非洲都属罕见。

博物馆的墙壁上贴着商船Nau Sao Jorge号的研究资料。我仔细读来，原来这是一个战争故事，讲述了一艘满载瓷器的商船如何毁于荷兰人与葡萄牙人之间的战火。

1607年至1608年，荷兰人几度攻打莫桑比克岛，其间，荷兰人得知，一艘停靠在城堡下的商船来自东方，对它产生了浓厚的兴趣。在几次抢夺失败后，荷兰人想出了新的计策。他们乘着三只小船，利用退潮的时机，从南边的水道进入炮台底部的水域，令大炮一时无法射中他们。随即，他们切断了商船的缆绳，打算将它劫走。但正在这时，葡萄牙炮兵发现了这些荷兰船只，他们重新调整了大炮的方向，开始向三艘小船开火，荷兰人被迫弃船逃走。但是，这只被割断了缆绳的葡萄牙商船被南风吹到了北边水域，并被困在了那里。在荷兰人攻城的压力下，葡萄牙人没有余力救回这艘商船，于是，城堡的统帅艾斯塔沃·阿泰德在夜间派出一只八人小船，趁着夜色放火烧了这只商船，以防它落入荷兰人之手。后来，这艘沉船上的大部分物资和钱币被打捞上来，用作加强要塞的防御系统。而那些明代瓷器则一直沉睡在海底，

▲ 沉在海底的明代瓷器碎片被海浪打到沙滩上

▲ 贴满明代青花瓷碎片的岛上吧台

直到 21 世纪才重见天日。

根据记载，在三艘被打捞起的沉船中，仅在一艘沉船上就发现了 1500 件瓷器。但我仔细观察，博物馆里珍藏的完整瓷器一共不超过 100 件。我追问起其余瓷器的下落，阿卜杜勒表示并不知晓，但他同时表示，由多国人员组成的打捞船队因为违规操作，被莫桑比克政府解除合同，而那上千件珍贵的瓷器也随之不知踪影了。

我在网上查到了这样一则新闻：2004 年 5 月 19 日，在荷兰首都阿姆斯特丹，世界著名的克里斯蒂拍卖行拍卖了从一艘 16 世纪的葡萄牙沉船残骸中发现的 125 件中国明代珍贵瓷器和 21 枚金币，成交价格达到了此前预期的两倍，为 11.73 万欧元。而这批明代瓷器正是 2001 年在莫桑比克岛上的圣塞巴斯蒂安堡垒附近水域水下 3 米深的沉船残骸中发现的。这 125 件明代瓷器似乎也为其他瓷器的去处做了注解。

虽然大批完整的瓷器已经被打捞上来，但港口下的海底依然残留着大量的瓷器碎片。每日潮涨潮落，沙滩上都会留下些许瓷器碎片。这些瓷器碎片虽然已被海浪磨平了棱角，冲刷掉了釉彩，但仍然一眼就能看出来自中国的印迹。

可惜，我去沙滩上寻找了两天，只找到几片瓷器碎片。当地人告诉我，两三年前，每次退潮，沙滩上都会铺满瓷器碎片。但后来，岛上的人们逐渐了解了这些瓷器碎片的价值，将它们捡了去，装饰吧台、镜子，还镶上银边，摆在柜台里出售。如今，在大街小巷的餐厅和商店，都能见到古代或者现代的青花瓷。小岛居民对青花瓷的喜爱可见一斑。

一座活着的博物馆

因为丰富的历史文化特质，1991年，莫桑比克岛被联合国列入世界遗产名录。在我看来，岛上每一座房子都是一个博物馆，每一块石头都是一块纪念碑。最珍贵的是，这些历史遗迹并未被冷冰冰地束之高阁，仅被游客参观，而是在人们的朝夕陪伴中依旧保持着它的温度。

圣塞巴斯蒂安要塞城堡除了为小岛居民提供饮用水，还是每逢节日居民们跳舞聚会的场所。在城墙包围的广场上，人们点燃篝火，伴着非洲民谣与海风起舞。每到这时，这座撒哈拉以南非洲最古老的欧洲城堡就又焕发出迷人的活力。

修建于1877年的葡萄牙风格的医院至今还在使用。这座医院是莫桑比克第一家现代化医院，建筑雄伟大气，墙壁斑驳，但不掩昔日风采。虽然已经是有一百多年历史的建筑，但目前的莫桑比克政府并不想将之废弃，医院一半维修，一半照常运营。

莫桑比克岛以医院为分界线分为两个城市。北部为石头城，清一色的葡萄牙式建筑，规划整齐，色彩艳丽。有的房屋虽然只剩颓垣断壁，但房屋内墙壁上残留的彩色瓷片、掉漆的大门上精致的铜把手，都在诉说着昔日葡萄牙人在此精致、惬意的时光。而南部的稻草城地势低洼，是当地原住民居住的区域。一座座小草房拥挤在一起，一个房子里甚至能住上五六户人家。

岛上居民大多以捕鱼为生，也有一部分从事旅游业。每到日落之前，渔船满载而归，总会有鱼贩子前来收购，卖到周边的市镇。还有些小船将游客带到周边的小岛玩耍，那里水清沙白，也是一个个精巧的人间天堂。

▲　岛上的文化受阿拉伯国家影响很深

　　莫桑比克岛因为曾被阿拉伯人占领，至今城内还有清真寺，岛上三分之二居民为穆斯林，男人们穿着白袍长裤，戴着小帽，女人们头上裹着彩色的头巾，阿拉伯风情中又混合着非洲元素，成为一道亮丽的风景。

　　随着葡萄牙人在莫桑比克殖民地的扩大，莫桑比克岛的承载量有限，迁都势在必行。1898 年，莫桑比克的首都迁到今天的马普托，莫桑比克岛转为楠普拉省的首府。1935 年，楠普拉省的首府改为楠普拉巾，莫桑比克岛失去了重要行政地位，日渐衰落。1975 年，莫桑比克独立，大批葡萄牙人后裔离开莫桑比克岛，很多房屋人去楼空。

　　如今，一些美国、意大利等西方人士看中了岛上优美的风光和悠久的历史，买下这些废弃的房屋，重新装修改造，建成旅店和酒吧。

　　受西方金融危机影响，莫桑比克岛的游客数量也不及往昔。阿卜杜勒说，此前，莫桑比克岛一年游客有 12000 人，现在一年只有七八千人。许多店铺门庭冷落，甚至关门休业，倒是成全了岛上宁静清幽的氛围。

莫桑比克岛既有如此悠久的历史，又清净温暖，在这块神奇的土地上，来自遥远东方的精美瓷器无意中在此落地安家，它们的到来给莫桑比克岛的多元文化增添了光彩的一笔，莫桑比克岛的美丽也给东方的典雅含蓄增添了不少异域风情，小岛与瓷器相得益彰。

而这些几百年前景德镇艺人烧制出的外销瓷器，不仅代表着中国瓷器的顶尖水平，更隐含着大量值得探寻的真相：它的到来起源于西方世界对东方文明的倾慕，它的停靠源自西方殖民者对非洲的占领，它的沉没则祸起西方殖民者之间的争抢，它的遗失更暗藏着西方至今对非洲资源的巧取豪夺。这里有写不尽的传奇血泪、唱不尽的慷慨悲歌，值得后人追忆与思索。

九　纳米比亚的红沙漠和红泥人

撒哈拉沙漠之南是广袤而肥沃的非洲大陆，遍布着山川河流、草原丛林，处处是适合人类生存的沃土。而在纳米比亚境内，还存有一块古老的纳米布沙漠，因沙漠色泽泛红，又被人称作红沙漠。红沙漠沙质之柔软细腻，景色之苍凉雄浑，堪与撒哈拉沙漠相媲美，而沙漠中的古老部族，也有摄人心魄的美丽。

我第一次见到纳米布红沙漠，就深深地爱上了她。以至于后来朋友问我最爱非洲哪个国家，我都会毫不犹豫地说是纳米比亚。纳米布沙漠约 5 万平方公里，有 5500 万年的历史，被地质学家鉴定为世界上最古老的沙漠之一，仅次于南美的阿塔卡马沙漠。

虽然纳米比亚以红沙漠闻名于世，但实际上，纳米布沙漠的颜色并不仅仅是红色。纳米比亚矿产丰富，沙漠中也富含大量的氧化铁等其他矿物质。根据氧化铁和其他矿物质的不同含量，不同地区的沙漠呈现出深红、浅红、黄色、灰色等多种颜色。据说，纳米布沙漠铁矿含量之多，以至于扔一块吸铁石在沙漠里打个滚，再拿起时，吸铁石就变成了刺猬。

都说沙漠是荒凉的，但不知为何，我觉得沙漠极致的荒凉中孕育着极致的美。当我置身广袤无垠的沙漠之中，仿佛天地之间只剩下了我自己，顿觉大自然的力量无穷，人类的渺小和软弱。更何况，那沙漠还是红褐色的，更添几分壮丽的色彩。夕阳西下，沙漠赤红如血，沙漠中的岩石便如同古代的城堡一般，那一刻，我仿佛听到了远古的呼唤。

而到了夜间，置身沙漠之巅，但见满天繁星璀璨，深蓝色的夜幕仿佛将沙漠笼罩起来，银河是那么清晰明亮，甚至于耀眼。这个沙漠中的制高点只建有几栋简易的小木屋供游客过夜，我的邻居是一位德国来的老师，他并不睡在屋里，而是将一条睡袋置于沙漠之上。他前半夜躺在沙漠上看星星，看得累了，就钻到睡袋里睡去。他说，这种方式让他感觉和沙漠星空融为了一体。

沙漠里的生命

如果你以为沙漠就意味着死亡，那么你错了。纳米布沙漠确实有一个名叫死亡谷的地方，然而死亡谷也意味着它曾经孕育过生命。地下河流干涸之后，谷底的几十棵大树枯而不倒，千年来一直保持着生前的姿态，如同一个个随风起舞的精灵，让人可以想见它们富于勃勃生机时的样子。

在广袤的纳米布沙漠中，其实生活着大量耐旱的动物和植物。在一些降雨量稍大的地区，沙漠上会覆盖一层毛茸茸的枯草，只要一次降雨，这些枯草就能焕发生机，甚至开出娇艳的小花。而有地下水源的地方，沿着水源会长出一排树木，虽然树的叶子如同针尖一般，但那毕竟是沙漠中的绿色，还会吸引来沙漠里的鸟儿在树上休憩。

沙漠中的鸟儿虽然喜爱树木，却很少在树上做窝。我在沙漠里看到的鸟窝多建在沙子里。聪明的鸟儿在沙漠中刨出一个浅坑，再衔来干草，在坑底铺上厚厚的一层。沙漠里温差巨大，时有狂风肆虐，相比起来，把家安在沙子里倒是比安在树上还安全、舒适一些。

我所住的沙漠旅馆的向导是一位出色的动物学家，对沙漠里每一种动物都了如指掌。她可以模仿沙漠里雄鸟的叫声，引来雌鸟相和；她可以从沙漠表层细小的脚印判断出哪种动物刚刚爬过；她还可以命令沙漠中的大蚂蚁直立和坐下。

▲ 死亡谷的枯木屹立千年不倒

　　我见她变戏法似的调教蚂蚁，惊讶不已。她笑着解释，蚂蚁并不是听懂了她的语言，而是在模仿她手指头的动作。她再次为我示范，只见她的手指先对着蚂蚁的头停留一会儿，转两个圈，然后慢慢往上提，蚂蚁就跟着站了起来。接着她弯曲手指，同时果断地喊一声"sit"，蚂蚁也学着弯曲上身，就如同坐下了一般。

　　我学着她的样子和蚂蚁对话，可蚂蚁最多在我手指头旁停留一两秒，就漠然爬走了。见我沮丧的样子，她安慰我："我已经研究了十年的动物，给蚂蚁发指令也是试了无数次的结果，你怎能在片刻之间掌握？"

　　她还教我辨别沙漠上小动物的脚印："这排整齐的细小的脚印是蚂蚁留下的；这排大一些又不太规律的脚印是蟋蟀留下的；再看这一排脚印，中间是

▲ 沙漠中的鸟窝

▲ 沙漠中的足迹

一条粗线，两边的脚印如同一朵朵长着刺的郁金香，这是蜥蜴的脚印，中间的粗线正是它的尾巴留下的印记；这排梅花爪印是沙漠之狐留下的。"

在她的指引下，一幅沙漠生物图在我眼前徐徐展开，我第一次知道，沙漠原来也是这么多小动物的家园。跟着小动物的足迹，很容易就能找到它们的巢穴。我们在一排纤细脚印的终点看到了一个拇指粗细的洞，她说，这应该是一只甲壳虫的家。说着，顺着洞向下挖去，但挖到了洞的底部，却空空如也。她似乎早有预料，说道："甲壳虫的家一般不只一个入口，也许它顺着另一条通道逃走了。"我们在四周寻找，果然在 2 米之外，又看到了一个隐蔽的洞口。

一旦留心起来，我发现沙漠里处处是细小的脚印。没走几步，我们又看到一排脚印消失在一个洞口边。她说："这次得动作快点，省得它又逃走了。"说着迅速向下挖去。突然，她两眼放光，喊道："逮住了！"只见她伸进洞中的右手慢慢地抽出来，一只浑身乌黑的甲壳虫夹在她两指之间。她让我仔细地欣赏了一会儿，又把甲壳虫放在了沙子上，喊一声"去吧！"，甲壳虫迅速逃走了。

在这位导游的陪伴下，沙漠里原本艰苦的徒步变得趣味横生。她告诉我，她大学时学的是动物专业，毕业后开设了自己的动物研究网站。每年夏天，她都会来纳米布沙漠，一边在旅馆打工挣钱，一边研究沙漠里的动物。虽然在沙漠里每日风吹日晒，她却连一顶帽子都不戴，年轻的脸上颇有风霜之色。但她活泼开朗，笑容明媚，讲起动物来激情四射，显然是很享受当下的生活。

正在消失的红泥人部落

在这个国家西北省库内内地区，还生活着一个名叫辛巴族的原始部落。这个部落的女人至今保持着原始的生活习惯，她们袒露上身，浑身涂满红泥，俗称红泥人。

辛巴族人 17 世纪从安哥拉高原迁徙至纳米比亚，一度成为非洲大草原上最为富庶和强大的游牧民族之一。后来，他们遭到南方部落的骚扰和劫掠，又被南非殖民者圈定在一定的区域内，禁止做生意和自由放牧，族群逐渐衰落，只剩下 2 万人左右。1990 年，纳米比亚独立之后，辛巴人获得了自由，他们被重新允许在自己管辖的土地上狩猎、放牧，保持原始的生存方式。

为了了解辛巴人的生活，我特意拜访了库内内地区的一座辛巴人的村落。和所有的非洲原始村落一样，这个村子就地取材，搭建得十分简陋。村子外围是树枝围成的栅栏，中间养着牛羊，周围一圈是一座座由树枝和掺有牛粪的泥巴搭建而成的低矮房屋。

村子里的男人都外出打猎了，只剩下妇女和孩子。无缘得见彪悍的辛巴族男人，我只能细细领略辛巴族女人特有的美丽。只见她们全都赤裸上身，身上的红泥显出釉彩的光泽，唯一的衣服是腰间的一块兽皮或是布做的短裙。她们喜爱佩戴装饰品，脖颈上套着红泥做的项圈，腰上配着风格各异的腰带，脚踝上箍着几十个金属的装饰圈，粗犷的装饰品将女人们衬托得英气勃勃。

辛巴人生活的地区属于半沙漠化气候，干旱少雨，女人们不能经常洗澡，于是，爱美的辛巴族女人想出一个主意：在身上抹上一种特质的红泥。这种红泥可不是普通的泥巴，它是一种混合了赭石粉、羊脂和香料的高级护肤品。男人们从山上将赭石采回来，女人们将石头碾成粉，混合从羊奶中提取的羊脂，加上当地特殊的香料，制成宝贵的红泥。

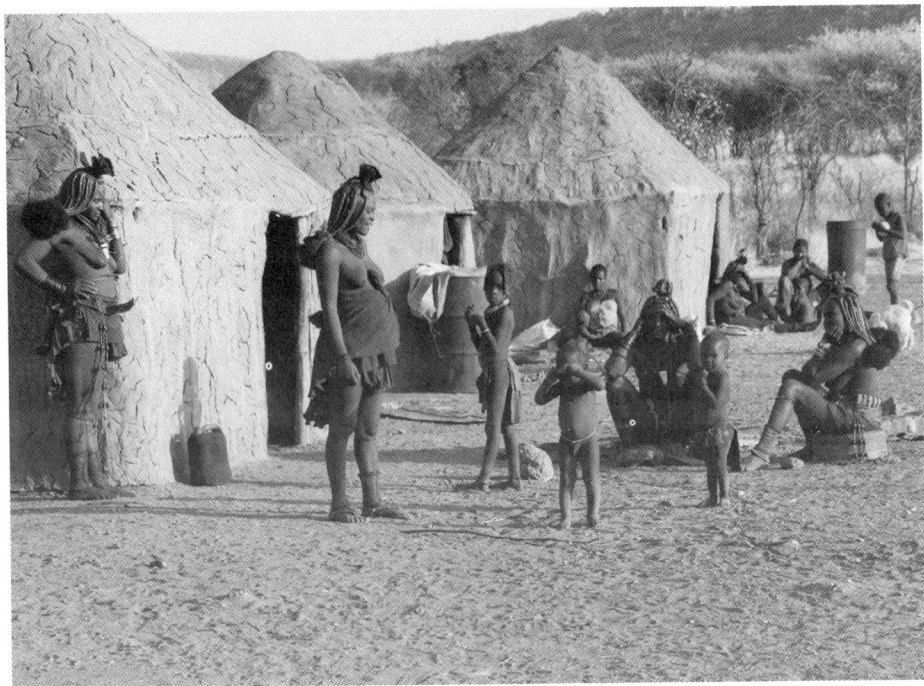

▲ 红泥人村落

　　这些红泥涂在皮肤上，可使皮肤细腻光滑，闻上去还有淡淡的酥油香。沙漠里昼夜温差极大，辛巴族女人又不穿衣服，红泥将皮肤上的毛孔封住，可以帮她们抵御寒冷，还能防止蚊虫叮咬，真是一举多得。

　　听说涂上红泥的女人除了结婚前夜，一般不轻易洗澡，那么她们如何清洁身体呢？我悄悄向一位懂一些英语的辛巴女人询问，她笑了起来，和另外一名同伴耳语几句，然后向我招招手，转身走进一间土质的房屋。我急忙跟了进去，原来这是她的闺房。我猜这大概是世界上最简约的闺房，房间里几乎空无一物，墙上挂着几块旧布，地上放着一张皮垫。她坐在皮垫上，拿出一个草编的香炉，在里面放上香料和木柴，点燃后，香炉中很快冒出一股带着香味的白烟。

　　我被白烟呛得连连咳嗽，而她显然是习以为常，神情自若。待烟雾浓烈时，她的同伴将香炉放在她的两腿之间进行熏蒸，又从墙上摘下一大块布，帮她盖在香炉和腿上。她告诉我，这就是辛巴族女人洗澡的方式，这种方式不仅可以清洁身体，还可以增加体香，使她们更有魅力。

辛巴人以一个家族为一个部落，头领一般由年长的女性担任。白天，男人外出打猎，女人在家放羊、做饭，操持家务。她们的饮食极其简单，基本就是玉米糊糊，只有重要的节日或赶上婚丧嫁娶，他们才杀牛宰羊。

辛巴人男女比例极其失衡，一直保留着一夫多妻的方式，一般三头牛

▲ 清洁身体的熏蒸法

就可以娶到一位妻子。在结婚前，辛巴族女人也可以拥有情人和孩子，孩子多由女方的家族抚养。

随着旅游业的冲击，不少辛巴人的村落成为旅游景点，一些辛巴人靠出售工艺品为生。当我表示想买一些工艺品以示感谢时，早就在一旁准备好了的妇女和孩子呼啦一下围成了一个圆圈，将他们自制的木雕、项圈、手链摆了出来。这些小玩意价格不菲，是城里的好几倍。年长的辛巴人只能用手势比画，一根指头代表一美元。而年轻的小姑娘已经可以说一些简单的英文了。

从导游那里得知，很多年轻的辛巴人已经离开了村庄，去大城市谋生。在殖民者打击之下顽强保留下来的传统生活方式却在现代经济的冲击下悄然发生改变。和所有非洲的原始部落一样，辛巴人也面临着如何融入现代社会的难题。

一边是大海，一边是沙漠

写了这么多纳米比亚的原始自然风貌和原始部落，但这并不代表纳米比亚是一个原始落后的国家。相反，纳米比亚是非洲最发达的国家之一。

在非洲似乎有一个定律，独立越早越贫困，独立后不如独立前。大部分非洲国家在摆脱殖民统治之后，因为不适应现代民主社会的制度，政治动荡、经济倒退的不在少数。而纳米比亚在1990年独立之后，新政权清明民主，历任总统到期就卸任，政权过渡顺利。政府采取吸引外资的开放姿态，依靠矿业、渔业、畜牧业迅速发展起来。纳米比亚人均GDP一跃超过南非，成为非洲少数几个中等发达国家。

作为一个在沙漠和戈壁上建立起来的国家，纳米比亚的气候条件其实相当恶劣，大部分城市都集中在海边，人们依赖海洋带来的湿润空气繁衍生息。只有首都温得和克位于纳米比亚中部，由于每年夏天有两个月的降水，还算较为宜居。即便如此，城里家家户户的庭院少有植被覆盖，仙人掌就算绿色植物了。

历史上，纳米比亚曾经是荷兰、英国、德国、南非的殖民地，其中，德国在纳米比亚的殖民影响力最大，纳米比亚的白人中相当一部分是德国后裔。在温得和克、斯瓦科普蒙德、鲸湾等城市，随处可见德式的教堂、餐厅、咖啡厅。城市居民区的房子多是德式小楼，线条简约利落，色彩也以白色、土黄、浅褐为主，似乎要和沙漠的色彩融为一体。温得和克市中心高楼林立，商业极为发达，商业购物中心面积之大、品种之丰，不亚于北京最好的商场。

我曾陪先生参观过斯瓦科普蒙德以东6公里处的罗斯蒙德高尔夫球场。这个球场竟然建设在沙漠之中，除了发球台，球道上几乎没有草坪，都是土黄色的沙子。如果不是门口高尔夫球场的牌子，我根本不会认为这是个球场。

▲ 沙海相接

我们看了一会儿，发现球员的任务就是把球从一个沙坑打到另一个沙坑。每打一球，都会扬起一片沙尘。我笑着说，在这里打球除了吃沙子，还有什么乐趣？先生却摇摇头说："在沙漠里打球的体验可不常有，这个球场还是世界五大沙漠球场之一呢。"

　　纳米比亚的基础设施也是极好的，除了开往沙漠里的道路是砂石路之外，其他城市之间的道路异常平整。一次，我和先生跟随习近平特使的车队，从首都温得和克开到斯瓦科普蒙德去采访。在纳米比亚警车的护送下，特使车队开得飞快，我们也只好把一辆手动 polo 轿车的潜能发挥到极致，车速一直保持在 180 迈左右，甚至一度飙到过 200 迈。当时因为怕掉队只顾拼命踩油门，事后想起来才感到害怕，若是道路上有一个小坑，估计我们的小 polo 就飞到天上去了。

头一天只顾赶路，我们根本无暇理会其他。待第二天采访完毕，从斯瓦科普蒙德开往鲸湾机场时，我才有机会仔细观察道路两边的风景。这条公路离大西洋只有几百米之遥，道路两侧是纳米布沙漠的边缘，靠近大西洋的沙漠一直延伸到海里，而靠近内陆的沙漠则是绵延的沙丘。

按说海边雨水充沛，理应植被茂盛，但纳米比亚的大西洋海岸有一股强大的被称为"本格拉寒流"的低气压洋流经过，导致海水蒸发缓慢，水分不易达到高空，难以形成降雨条件。因此，大西洋的海边不是沙滩，而是一望无际的沙丘和沙漠。沙海相接的壮美景象令人心旷神怡。

而更令我惊奇的是，沙漠与大海之间，有人在沙子上修建了成片的简易别墅和公寓，甚至还有规模不小的儿童游乐园和卡丁车俱乐部。看来，和我一样喜爱沙漠，愿以沙漠为家的人不在少数。

真希望有一天，我能在纳米比亚的纳米布沙漠里建一座小房子，背靠沙漠，面朝大海，此生足矣。

十　带你走进非洲高尔夫*

2015 年年初，我辞去国内的工作，随妻子来到津巴布韦驻站。两年多时间里，我除了为记者站当好保镖，做好后勤工作，闲暇的时间几乎都待在高尔夫球场里。高尔夫成为我了解哈拉雷这座非洲城市最主要的窗口。

十个面包一场球

皇家哈拉雷高尔夫球场（Royal Harare Golf Club）位于城市的绝对中心，相当于复兴门在北京城的落座方位。这个几乎和哈拉雷城同岁的高尔夫球场见证了这座城市的兴衰更替、云卷云舒，也是我洒下汗水最多的球场。我之所以会选择高尔夫球场作为在哈拉雷生活内容的重心之一，是因为我在国内有数年的高尔夫行业的工作经验，对这样的环境感觉亲切，能够驾轻就熟地处理各种关系，便于放松地融入当地环境。

目前，国内高尔夫产业可谓风声鹤唳，动辄关停高尔夫球场的新闻屡见报端，名曰高尔夫滋生腐败，破坏生态。我把这事说给哈拉雷当地高尔夫从业者听，大部分人都一脸愕然，也有恭维者说，你们中国人真有创意啊！其实，津巴布韦的高尔夫业也比较有创意。按理说，在全球大部分国家，高尔夫运动应该属于中高价格消费，与恩格尔系数里涵盖的生活必备品会拉开价

---

　　*　本篇作者为刘畅的先生王帆。

差。不过津巴布韦却是例外，十个面包的价格基本就够支付一场球的费用了。

如果申请成为某家高尔夫俱乐部的会员，价格则更为优惠。通过两名会员的推荐后，申请任何球场的会员一般会水到渠成。哈拉雷最好的几家球场中，每个月的会员费用平均下来在500元左右，只相当于国内半场高尔夫球的消费。所以，像我这样的哈拉雷低薪阶层，也完全能够咬牙承受高尔夫消费。

更重要的是，成为球场的会员后，打球频次是不受限制的，你可以一个月打一场球，也可以一天打两场球，这取决于会员自己的意愿。自助打高尔夫球，是南部非洲最流行的高尔夫消遣方式——自己推着球包车步行18洞，不请球童，既成全了挥杆的乐趣，又达到了4个小时快走10公里的锻炼目的，何乐不为？

其实，高尔夫产业的变迁，就像是整个津巴布韦经济变迁的缩影。皇家哈拉雷高尔夫球场从1898年开始对外营业，仅仅比非洲第一个高尔夫球场——南非皇家开普敦球场（Royal Cape Town）晚营业十几年。修建这座球场时，哈拉雷正处于建设初期，很多政府功能的建筑和教堂建造得都比这座球场还早。英国人经营哈拉雷这座高原城市近百年，也把源自不列颠高地的高尔夫传统移植到了这片赞比西河以南的沃土。

在津巴布韦的经济位居非洲前列的时代，花园城市哈拉雷有着"非洲小巴黎"的美誉，高尔夫这项运动也在这座城市孕育了最好的芳华。根据当地文献统计，在巅峰时期，津巴布韦这个39万平方公里、人口千万的经济体拥有130多个高尔夫球场，高尔夫产业规模在非洲仅次于南非。在当时的津巴布韦，不仅像哈拉雷这样的大都市有着近10个正常运营的高尔夫球场，就连比较偏僻的、人口只有几万的小城镇，高尔夫球场也是必选的城市配套。

正因有深厚的历史积淀和群众基础，20世纪90年代，津巴布韦才诞生了曾经在高尔夫世界排名第一的尼克·普莱斯（Nick Price）等优秀球员，以尼克·普莱斯为核心的"津巴布韦三剑客"在世界高尔夫有着重要的历史地位。

但是，那也是津巴布韦高尔夫最后的辉煌。在世纪之交，尤其是津巴布韦过激的土地改革之后，该国不仅流失了大量的优质高尔夫人才，整体的经济困顿更使得全国的高尔夫消费减少。如今，整个津巴布韦几乎只有哈拉雷和布拉瓦约两个大城市还有零星的球场在正常运行，小城镇的球场几乎都成为荒草地。首都的皇家哈拉雷球场算得上是运营最健康、维护最到位的球场了。每年津巴布韦的国家高尔夫公开赛均在此举行，这也是津巴布韦举办的为数不多的国际体育赛事。

球童——城市的幸运儿

在失业率居高不下、物价畸高的哈拉雷，找到一份稳定的城区工作是哈拉雷男人养家糊口最朴实的追求。与在高档住宅区的花工或勤杂工等职业相比，哈拉雷高尔夫球童的待遇更好，工作时间也更灵活。

哈拉雷有三个运营基本健康的高尔夫球场，分别是皇家哈拉雷球场、查普曼球场（Chapman）和布鲁克球场（Brook），其他几个球场基本处于垂死挣扎的状态，有的基本完成了从球场到庄稼地的蜕变。在这个自助打球盛行的高尔夫城市，球友对球童的需求并非刚需。所以，按照每个球场可以养活100位球童计算，全城只有300个球童职位缺口，他们也算是这个城市的幸运儿了。

我是哈拉雷自助打高尔夫球的忠实拥趸，主要原因自然是我属于经济较拮据的消费人群，每月的体育支出比较有限。不过，本人比较珍惜球场每个月举办的会员例赛，几乎没有缺勤过。只有在参加球场比赛的时候，我才会偶尔奢侈一把，请一位球童替我背包、协助我遵守好赛事的当地规则，顺利而不失礼貌地完成整场比赛。参加这种赛事，一来是利用宝贵的沟通平台，通过与同组球友的沟通增进对津巴布韦各行业人士的了解，更深刻地理解这个城市；二来可以借这个机会，支持一下球会球童的生意。一场比赛下来，一般会支付给球童约 20 美元小费，对球童来说，能够解决不少的日常开支。

辛巴和托马斯是我最常合作的两位球童。我了解到，像辛巴和托马斯这样的球童，每周平均下来能够接到两场 18 洞的工作（当地人很多时候只打半场球，9 个洞的工作，球童小费自然也只有一半），每周能赚到 50 美元算是比较幸运了。当球童的好处是往往还能挤出不少空闲的工作日时间，可以找些兼职补贴家用。也有运气好的球童在服务客人的过程中遇到贵人，获得了更好的职业机会。

在和辛巴、托马斯这些球童有了更多接触后，我们有时候也会在球场内外拉些家常，询问他们家里的情况等。有时候，他们也会提些小请求，大部分是诸如忘带零钱了，能不能借他一美元坐公交车之类的。后来和当地华人聊起这事，原来他们也都经常碰到此类情况，不仅球童会如此，他们身边的很多当地人都有这个习惯。

人如果不是真的困难，谁都不会轻易张口求人帮忙吧？这件事告诉我，在哈拉雷，球童这种 200 美元左右月薪的工资水平很难维持一个大家庭的正常开销。如果偶尔奢侈一把——买点小酒、小可乐（啤酒和可乐在非洲是绝对的畅销饮品），很可能第二天的口粮都要告急，甚至连上班的康比（当地的一种中巴，车况不堪，异常拥挤)钱都拿不出来。所谓的"讨要文化"也是被逼出来的。

每周一是哈拉雷球童的节日。球会规定，每位球童在周一都有权免费享受一轮高尔夫。于是在这一天，球童会拿出自己东拼西凑的套杆，在这座一百多年历史的球场上，一杆一杆丈量这片给他们带来生计的绿地，过着只属于他们自己的节日。这一天球童往往最为轻松，很容易打开话夹子，和你聊聊自己满意或不满意的生活点滴，甚至发泄一下对当下状况的不满和抱怨。在这个不用考虑生计的欢乐时刻，他们甚至会彼此下点小赌注，找点大刺激。

2016 年，我曾经有幸和 73 岁的球童克里斯蒂安同组好几次，他对这项运动的痴迷令人印象深刻。老克从 14 岁开始就在皇家哈拉雷球场谋生，此后就再也没有离开过这片绿地。如果一切顺利，2018 年的今天，他应该会好好庆祝自己的第 60 个球童周年吧。据克里斯蒂安说，他是该球场从业年限最长的球童，但并不是最年长的球童。我想，一个人在古稀之年还坚守在自己的岗位上，那应该是发自肺腑的热爱吧！

拜访高尔夫的传奇人物老刘易斯

克里斯蒂安们的老而弥坚让我不得不想起哈拉雷高尔夫的另一位长者——老刘易斯（Lewis Chitengwa Snr）。老刘易斯一生都住在哈拉雷东北郊的冠军门球场附近，是哈拉雷高尔夫界著名的刘易斯家族的灵魂人物。在老刘易斯近半个世纪的教练生涯中，培养出了目前哈拉雷最优秀的职业球员德琼（Brandon De Jonge，美巡赛职业生涯奖金千万级别球星）等代表人物。不过，他最杰出的作品是他的四个孩子。

老刘易斯的大儿子 Elias 曾经是津巴布韦十分出众的一位业余选手。小儿子 Farai 出生于 1986 年，也是津巴布韦一名著名的职业高尔夫球员，曾经赢得过津巴布韦诸多职业赛事的桂冠，现在征战在南非阳光巡回赛。女儿 Rhoda 也走上了高尔夫的道路，虽然最后没有走上职业巡回赛的赛场，但是目前在哈拉雷警察俱乐部驻场执教，在圈内已经小有名气，女承父业，让老刘易斯十分欣慰。

老刘易斯一生的骄傲和遗憾都系在他的衣钵传承者——二儿子小刘易斯（Lewis Chitengwa Jnr）身上。津巴布韦人的家族传承深受英国人的影响，很多父亲将延续家族传统的期望寄托在最有天分的儿子身上，这个孩子往往会在父亲的名字前加上"Junior"的前缀，小刘易斯显然是被父亲寄予厚望的家族传人。

▲ 数十年来老刘易斯一直坚守在他简陋的学院，从不放弃希望

    遗憾的是，小刘易斯英年早逝。在老刘易斯不到 50 平方米的简陋办公室里，依然还保留着不少儿子的遗物，包括 20 世纪 90 年代他在世界青少年锦标赛击败业余时期的球王老虎伍兹（Tiger Woods）的计分卡。小刘易斯是弗吉尼亚大学的优秀毕业生，本该开启辉煌的人生，却不幸在加拿大埃德蒙顿的一场职业巡回赛期间突然感染奇怪的病毒，殒命在了通往美国职业高尔夫的最高级别巡回赛的途中。看得出来，这个打击直到现在依然让老刘易斯耿耿于怀——他坚持认为，儿子本应该有一个辉煌的职业高尔夫生涯。

    我曾经特意登门拜访冠军门球场，只为亲眼看到这位津巴布韦高尔夫传奇人物的现状。早过了退休年纪的老刘易斯，依然精神矍铄地在教授球场附近的孩子学习高尔夫。这些孩子大多不到 10 岁，都是他从附近的公立学校物色来的，毫无例外都来自贫苦家庭。老刘易斯告诉我，过去三十多年来，那个曾经繁荣的津巴布韦变得面目全非，他感到十分难过。他说，哈拉雷的高尔夫业一直在经历阵痛，他目睹了太多的球场从步履蹒跚到不得不关门歇业，有些已经变成了庄稼地。用他的话说就是"The golf is crying"（高尔夫在哭泣）。

现在，老刘易斯除了偶尔调教一下慕名而来的球员外，大部分精力都花在这些孩子们身上。他担忧地表示："以前，高尔夫运动是津巴布韦的优势体育项目，这里走出了世界第一的普莱斯，输送过世界上最好的高尔夫教练大卫·利百特（David Leadbetter，利百特甚至将他在佛罗里达的教学中心也命名为冠军门）等。但是现在，因为国家某些领导人和国家政策，哈拉雷的高尔夫业非常艰难。它正在凋零！我希望在有生之年，再培养几个好苗子，希望其中将来有人扛起津巴布韦高尔夫运动的旗子。我知道，我们不能拒绝希望。"

老刘易斯还告诉我，热爱高尔夫的孩子不会学坏。他不无担心地说：现在因为经济不景气，社会风气也每况愈下，希望自己带的这些孩子，不要沾染上坏的社会风气。现在在津巴布韦，孩子们结束学业后基本就进入了失业通道，如果有了高尔夫这一技之长，他们即便不能靠打职业高尔夫挣钱，至少也能多一门求生技能。

与老刘易斯从事相同事业的是津巴布韦的骄傲——普莱斯。作为这个国家最有国际影响力的体育明星，普莱斯就是津巴布韦高尔夫业的图腾。因为与津巴布韦政府关系不睦，普莱斯已经鲜少回国，但他的影响力在哈拉雷无处不在。

目前定居佛罗里达的普莱斯有一个重要的高尔夫基金会在祖国运作。基金会最大的项目，就是与皇家哈拉雷等全国运作良好的高尔夫球场合作，为哈拉雷、布拉瓦约等城市的适龄学生定期安排集体高尔夫课程，对于涌现的优秀青少年，球会还会提供免费的打球时段。此外，基金会还给津巴布韦高尔夫代表队的青年球员提供出国比赛交流的机会。

我听老刘易斯说，他的二儿子小刘易斯在弗吉尼亚大学求学期间，就得到了当时在美国打职业高尔夫的普莱斯的慷慨资助。虽然津巴布韦大环境不佳，高尔夫产业不断萎缩，但是津巴布韦高尔夫人从没想过放弃。

▲ 在普莱斯基金的支持下，哈拉雷不少高尔夫教练坚持从事高尔夫教学

哈拉雷的华人高尔夫

高尔夫运动自诞生以来，就是个传统的组群项目——一般主张四人一组下场竞技；国内的高尔夫球会一般也不会给一个人开放 Tee Time（出发时间，高尔夫消费的度量标的），不过这可能更多的是出于经济考虑——一个 Tee Time 销售给四个人，经济效率当然最佳。

我以每月 80 美元的价格购买高尔夫会籍后，往往独自奋战在皇家哈拉雷球场。虽说有球技过于粗糙羞于见人的苦衷，但一个人打球有时也难免冷清，到了一定阶段也颇觉乏味。于是也想在哈拉雷当地找个高尔夫球组织，借此多交些朋友，也更有动力提升球技。在朋友的推荐下，我加入了哈拉雷华人高尔夫球协会。当然，我的终极目标，还是希望借助这个渠道多了解一些当地华人的生活状态。

据不完全统计，津巴布韦的华人有一万人左右，大部分居住在首都哈拉雷和前首都布拉瓦约，人数随着这里经济年景的好坏时有波动。在华人圈，除了各种商会众多之外，也不乏各种体育项目的组织，高尔夫球、篮球、足球、羽毛球、网球都是华人喜欢的项目，也各有各的买卖。在各种体育微信群里，约球也十分活跃。我逐渐发现，这里的华人除了肤色稍微黑点之外，普遍比国内的人身体素质更棒、身材更匀称。除了偶有风寒，还真没听说谁在哈拉雷生过大病。

生活在津巴布韦的华人，工作节奏和国内自然不可同日而语，很多人在工作日挤出两小时的半场高尔夫球的时间也不在话下，实打实地进入了休闲社会。与哈拉雷的作息时间匹配的是，这里的球场也衍生出一个奇怪的现象。

我所在的皇家哈拉雷俱乐部，虽说会员不下千人，但在工作日上午的 Tee Time 是呈完全开放状态，随到随订，一般不会让你失望。不过，每天下午 3 点以后的 Tee Time，如果不提前预订的话，一般就不会有随到随有的待遇了。究其原因，就是一般下午 3 点后，球友们就基本把自己当天的工作处理完毕，可以愉快地打高尔夫了。

大部分的哈拉雷华人高尔夫球友都过着这种朝八午三的休闲生活。这种健康的生活节奏，估计也是一些在这里工作了一段时间的华人回国后难以适应又再度回津的原因吧。

加入华人高尔夫球会后，高尔夫球聚会当然是多了不少，不用再自己孤零零地走完十八洞，累计十公里的业绩了。有球友相伴，打球自然也更加上心，成绩也有些起色。于是，我按照皇家哈拉雷球会会员部经理的指导，将自己还保留着的成绩卡输入了差点系统（属于南非主导的高尔夫球差点系统，得到全国球会的承认），得出了 24 的差点。心想，我终于是有身份的人了。和球友聊起此事，球友大笑，告知 24 点是津巴布韦高尔夫最高的男子差点，没有比这个更高的了。这让我十分惶恐，原来我学球多年，居然还睡在起跑线呢！

打一轮四个小时的高尔夫球，过一个愉快的周末。在离国万里的他乡，大家借助高尔夫这个平台拉拉家常，沟通商机，叙叙友谊，甚好！

误闯总统府，为高尔夫差点进监狱

那天是周末，天气晴好，虽然没有预定当天的 Tee Time，但是抱着侥幸的心理，我还是在天蒙蒙亮就驱车前往五分钟车程的皇家哈拉雷球场，企图碰碰运气。不是有人说过吗？彩票还是要买的，万一中了呢！

按理说，以我的谨慎性格，这种事情不会发生，但它就是发生了！几乎天天走的路，鬼使神差地在这天早上错过了球场的路口。这倒是不要紧，可我在瞬间脑子短路的茫然中，竟然在斜对面的一片空地掉转车头。还没等我回过神来，一位严肃的兵哥哥将正在掉头的我拦下。我如临大敌，赶紧摇下车窗，兵哥哥用口音极重的英语跟我支吾了一番，大概是要我停车到院内解释什么。我意料到事情的严重性，赶紧锁上车跟上他。他指着院门上"总统府"字样的牌匾告诉我：我刚才在总统府前的空地调转了车头，他们要例行公事对我进行调查。

我顿时傻眼，难道我这一时的头脑发热竟会惹出一起外交事件？脑海里顿时浮现出我被关进铁栅栏、中国驻津巴布韦大使馆的官员拿着一纸公文到监狱里来提人的场景。这下闯大祸、丢大人了！我这时候才回过神来，想起之前听说过的有华人误闯了穆加贝总统的车队而不幸被关进监狱的悲剧。难道今天我也会经历这样的悲剧？

进了总统府正门，我们在警卫处的监视机房停了下来，两位警卫早已在此等待我的解释。我赶紧拿出我的皇家哈拉雷的会员卡，解释说我是因为错过路口而误闯了总统府禁地，十分抱歉，绝不会有下一次。他们听后苦笑着摇头，并说必须走完程序，会员卡不管用，需要提交护照原件方能核实。我只能解释，这么重要的证件，我不可能每天随身携带，而且对面的皇家哈拉雷的会员部留有我所有的证明文件的复印件，他们要是一定坚持走这个程序，我可以带他们过去一一核实。

僵持之下，他们说要请示一下警卫室的主管来解决此事。我的心情当时只能用"拔凉拔凉"来形容。在这个国家，等人可是件不靠谱的事情，刚来那会儿，我在移民局办理工作签证，可是连续去了四天才办理妥当，其中两天等出纳员缴费（最后这哥们还把我的发票弄丢了），两天等工作人员核实档案。

我数十年积攒的人品，在这一刻派上了用场。仅仅五分钟过后，警卫主管居然就从总统府里出来了。人品更加爆发的是，这位主管居然穿着一件阿森纳的红色外套。我悬着的心顿时完全释然，心想，这下可以进入哥的节奏了！我马上上前问候，诚恳地解释了事情的原委；然后话锋马上一转，说原来您是阿森纳球迷啊，今年阿森纳一如既往踢得漂亮，虽然成绩不佳，但是他们秉承了华丽的足球风格，让人尊敬，而且桑切斯等外援引进很是成功。

我也不忘表明自己的曼联拥趸身份，并附和说本赛季我们两家可能都没什么机会，但是来年英超一定还是我们的天下，明年肯定可以把曼城和切尔西拉下马。我稀里糊涂地说了老半天，这位阿森纳籍主管就是不为所动，迟迟不表态。我心想，是我的英语太烂了，词不达意，还是这哥们在酝酿怎么处置我呢？

情急之下，我迅速打开了车子的后备厢，将球车和球包呈现在他们面前。奇迹在这一刻出现了，警卫主管突然朝我竖起了大拇指（本地人喜欢用竖大拇指的方式，褒扬对方的善举或者表达善意），面带微笑地和我握手，并马上下令警卫放行。他从始至终没说一句话，但这哥们突然的举动让人莫名惊诧，不，是惊喜。我连声说"谢谢"，赶紧上车发动引擎，溜了！

事后，我依然没在皇家哈拉雷捡到开球空隙，于是直接转战20分钟之外的沃伦山球场，因为亟须一场高尔夫球压压惊。不过有一件事一直让我耿耿于怀，我当时为什么不与主管和警卫们合张影呢？算了，没关进局子几天，算是万幸了！

那一天，是2015年年初；那一次经历，也是我离监狱最近的一次。

第三部分
生活在那片热土上的人们

我左倒右倒，终于把车从车库里倒出来，打正方向盘，准备上路。这时，玛利亚突然打开车门，坐进了副驾驶。我惊讶地问她："你怎么来了？我的车技不好，你还是下去吧。"她一边系安全带，一边淡定地说："没关系，我来帮你看路，你一定能开好的。"我心中涌上一股暖意，有玛利亚坐在身边，我顿时感觉有了底气。

一　玛利亚——亦师亦友亦亲人

在我驻站的时光中，交往最多、感情最深的津巴布韦人当属记者站的女工玛利亚。到 2016 年为止，玛利亚已经为中央广播电视总台国广的驻津记者站勤勤恳恳地工作了 30 年。铁打的营盘流水的兵，记者们来了又去，只有玛利亚一直驻守在站里，悉心照料着记者站的宅院，忠诚地守护着一个个远离家乡的记者。我总觉得，从某种意义上来说，玛利亚才是记者站的主人。

▲　玛利亚在东坡莎娃山上

异国他乡的亲人

初见玛利亚时，只觉得她言语温柔，低调守礼。和我说话时，一口一个 Madam（夫人），叫得我颇为不好意思。我对她说："你直接叫我的名字 Liu Chang 吧！"可她学了很多遍，却总也发不好"Chang"的音，只好接着喊我夫人。

我刚去那年，玛利亚已经 58 岁了。她皮肤细腻光滑，身材匀称，不像其他的非洲妇女生完孩子就膀大腰圆，看起来只有 40 多岁的样子。我求教她年轻的秘籍，她说："是因为不在田间干活，没有那么辛苦，所以看起来年轻。"我又问她为何能保持那么好的身材。她开心地笑了起来："因为我一天只吃两顿饭，而且从来不睡午觉，睡午觉会让人长胖的。我要是困了就会去干活，干着干着就不困了。"

站里的床垫太软，我的腰有些伤病，在床上睡了三天后，腰越来越疼。我问玛利亚：站里有没有可以垫在床上的木板。玛利亚想了想，说："木板没有，但我有个办法，你跟我来。"我满腹狐疑地跟她走进卧室，却见她搬起床垫，露出下面的床板："夫人，我们可以把床垫搬开，床架要硬一些。你直接睡床架会舒服点。不过，这间屋子的床架太旧了，坑洼不平，客房的床架要平整些，我们把两间屋子的床架换一换吧。"玛利亚的提议让我大吃一惊。这些床垫和床架这么重，哪里是我们两个女流之辈能搬动的呢？更何况，玛利亚是位老人啊。

我刚要反对，玛利亚已经自己干了起来。别看她已年近花甲，力气却比我大得多，一下就把床垫掀了起来。我赶紧过来帮忙。我腰疼，不敢太使劲，整个搬家的过程中都是以玛利亚为主，我只能在旁协助。我们一个推，一个拉，喊着"one，two，three"的口号，竟然真的把两间屋子的床换了过来！

我从国内为玛利亚带的睡衣一直没有机会给她，趁她在卧房，便拿出来送给了她。这是一套华丽的两件套真丝睡衣，里面是一件吊带，外面是件长衫。玛利亚看见后，竟然跪下向我道谢。我吓了一跳，赶紧把她拉起来。

玛利亚疑惑地问我："为什么要送我睡衣？是因为我帮你搬床吗？"

我赶紧解释："不是的，这是我专程从中国带来给你的，只是一直没机会送给你。"

玛利亚认真地对我说："夫人，你需要帮助，我很乐意为你提供帮助，但你千万不要为这件事情谢我。你和我，我们是一起的。"

我感激地点点头。在异国他乡得到如家人般的信任和照顾，已经不是温暖两字可以形容的了。

驻站记者的守护神

　　玛利亚的勤劳能干是为历任记者所公认的。原本她只负责房屋内的工作，院子里的活由一位花工负责。但那个花工因为干活偷懒，被站长炒了鱿鱼。我们想再找个花工，玛利亚却来主动请缨："把花工的活也交给我吧，我年轻的时候就是既做女工，又做花工，现在一样做得了。"站长见她一再坚持，就将花工的活也交给了她，并将花工的工资也发给了她。

　　每天，玛利亚就像一个陀螺一样在记者站转个不停。清早天不亮，她就开始收拾屋子，容易沾染油烟的厨房在她的擦拭下几乎一尘不染。等我们起床后，她往往正在游泳池边捞池底的枯叶。等我进入书房开始工作，她又搬着吸尘器，清理整座房子的地毯。等我开始做午饭的时候，她才刚刚吃完早饭。下午，她又要修剪花枝，整理草坪，种菜浇水。在她的打理下，记者站的院子里总是鲜花不断，绿草茵茵，蔬果繁盛。

　　哈拉雷的蔬菜种类实在太少，无非是土豆、西蓝花、胡萝卜、西红柿等，十个手指头就数得过来。许多记者从国内来的时候都会偷偷带些蔬菜种子，把它们交给玛利亚种植。久而久之，玛利亚练成了种菜的一把好手。她知道哪些蔬菜适合旱季种植，哪些适合雨季种植，知道哪些要多施肥，哪些要多浇水。她在种小白菜、小油菜等绿叶菜时总是会将许多种子撒在一起，等到长出密密麻麻的一片小苗，再将它们分开移栽，她说这种种法成活率高。院子里的韭菜涨势喜人，总有朋友来挖走一些，她会把剩下的韭菜从根部分开，重新种下，所以总有人来挖，却永远也不见少。

　　站里的菜园子其实只是沿着院墙的一小排土地，面积加起来不过二三十平方米，但在玛利亚的打理之下，基本可以满足我们一半的蔬菜需求。小白菜、苋菜、莜麦菜、小油菜、生菜、莴笋总是轮番上场，一排竹竿搭起的架

子高处是丝瓜和豆角，低矮处总有几根嫩嫩的小黄瓜，蔬菜种类多到我总是看不清它们的全貌。有一次，女儿感冒了，久咳不愈，我想找根白萝卜，给她泡蜂蜜止咳，可是跑了好几个超市都没买到。玛利亚听说我买不到白萝卜，二话不说冲到菜园子，竟然从地里挖出了两根国内才有的白萝卜。那一刻，我觉得玛利亚就像神仙，什么都变得出来。

有时，我忙起来就忘记摘菜，而非洲的阳光强烈，蔬菜如果不及时摘掉就会长成小树。玛利亚总是悄悄地帮我将成熟的蔬菜瓜果摘下，放进厨房，将小红辣椒晒在菜筐中备用。我见墙头的丝瓜长得又肥又大，想留两个做刷锅用的刷子，因此一直没有摘，等着它们在枝头自然风干。可是，当我出了一趟长差回来，发现那两根丝瓜不见了。我着急地问玛利亚是不是把丝瓜扔了，玛利亚却不慌不忙地取出了两根剥掉皮的丝瓜瓤，说："我猜到你想用这个刷锅，所以特意给你留着呢。"

玛利亚还是我女儿的好朋友，她教我女儿说英文，让女儿教她说中文，一老一小经常笑做一团。女儿的涂鸦之作，她会贴在床头欣赏；女儿叫一声GoGo（绍纳语意为"奶奶"），她的脸上就乐开了花。有一次，我和先生晚上都必须出去工作，又不能带上女儿，我只好找玛利亚商量，问她能不能照顾一下女儿。玛利亚一口答应："夫人，把孩子交给我，放心吧。"那天，回到家时已经是午夜11点多，我奔回卧室，看女儿早已在床上甜甜地睡着了，玛利亚守在一旁，手里还拿着本故事书。至今想起那一幕，仍觉得温馨。

玛利亚的生日是6月11日，而女儿生日是6月上旬，我的生日是6月下旬。于是，在玛利亚60岁生日那天，我们过了一个集体生日。我们在蛋糕上插上代表60岁的数字蜡烛，大家一起唱生日歌，一起吃蛋糕，一起分享彼此的喜悦。我觉得，玛利亚就是我们家的一员，是我们远在异国他乡的亲人。

不同肤色的忘年交

玛利亚是我在津巴布韦交到的第一个当地朋友，而且在三年多的朝夕相处中，我们慢慢成了无话不谈的知己，分享彼此的快乐，分担彼此的忧愁。

玛利亚是恩德贝莱族人，家在奎鲁的乡下。她的远房堂叔是村里的酋长，她家在当地也算是一个望族。但是，津巴布韦农村重男轻女的思想十分严重，她刚上完小学就被迫辍学，只能在家帮着母亲种地、做家务。

玛利亚年轻的时候是当地远近闻名的美女，追求者数不胜数，但她却被一个同班的男孩子打动。和他交往没多久，16岁的她就怀孕了。我问她喜欢那个男生什么，她想了想说："他很温柔，会说很多好听的话，我那时太年轻，不懂得什么叫爱情，糊里糊涂就和他好上了，又糊里糊涂地有了他的孩子。"

那个男孩子得知玛利亚怀孕后，还算负责任，按当地习俗迎娶了玛利亚。男孩子的父亲是津巴布韦的参议员，家境殷实，玛利亚嫁过去以后，每日相夫教女，日子过得温馨甜蜜。但好景不长，她嫁过去一年之后，丈夫就开始对她日渐冷落，在外面有了新的女人，回家次数越来越少，最后干脆另筑爱巢。

玛利亚说，虽然当时前夫对她不好，但他父母待她如同女儿，全家上下都很喜欢她，她也对公婆非常孝顺，勤勤恳恳地操持家务。但是，玛利亚并不是津巴布韦传统的可以逆来顺受的小女人，在守了三年的活寡之后，她毅然决然地提出了离婚。她将女儿留给了丈夫，自己净身出户，来到哈拉雷独自打拼。那一年，她年仅20岁。

一个乡下女孩子来到大城市，举目无亲，又没有一技之长，只能靠给人打点零工维持生计，生活之难可想而知。但玛利亚做事勤勉诚实，逐渐得到了一位白人雇主的信任，成为长期的住家女工。玛利亚说，她的白人雇主对她十分严苛，只要做错一点事情就会把她骂得狗血喷头，远不如后来的中国人对她友好和善；她当时的工作也比现在繁重得多，但她都忍了下来。后来那个白人雇主把房子卖给了中国的记者站，她就开始为中国人工作，这一做就是三十年，再没有想过另换工作。

我担心地问她："你刚来哈拉雷的时候那么年轻，又孤身一人，别人欺负你怎么办？"玛利亚温柔的脸上露出些许倔强的神情："以前确实有些小混混来骚扰我，我会非常凶狠地告诉他们，你只要敢碰我，我就会杀死你。然后他们就不敢动我了。"

我惊讶得张大了嘴巴，怎么也想不到平时这么温文尔雅的玛利亚会有如此彪悍的一面。玛利亚解释说："我从来不欺负人，但是也不能被别人欺负。遇到那些坏人，我必须要对他们更狠才行。"听闻此言，我对玛利亚又多了几分钦佩和理解，要在这个弱肉强食的社会立足，光凭善良和勤劳是远远不够的。玛利亚的做法和中国儒家"以直报怨，以德报德"的思想不谋而合。

玛利亚总对我说，她年轻时候换过很多雇主，只有中国人对她最尊重，待她最宽厚。她只要听到有人说中国人的坏话，就会忍不住反驳。历任记者中，有的开车接送过她，有的给她买漂亮的中国衣裙，有的在她生病的时候嘘寒问暖，有的在采访的时候带她参加大型的活动，她都记得清清楚楚，至今说起依然动情。她说现在最大的心愿，就是退休以后去中国看一看。为中国人工作了一辈子，她很想看看万里之外的中国是什么样的，见一见她曾经陪伴过的历任记者。她甚至打听过北京的房租，知道租金很贵，让我给她租一间小小的屋子就行。我嗔怪她："你到北京，哪能住外面，肯定是住我家里啊！到时候我陪你逛北京！"她听了十分开心。

　　十年前，玛利亚再婚了。丈夫艾利克斯是一位退休的老兵，在乡下有政府分的田地要耕种，所以并不住在哈拉雷，但他经常来记者站看望玛利亚，帮她干些粗活。玛利亚说，艾利克斯每个月都会给她生活费，她自己的工资自己保管，但也搞不清楚丈夫每个月究竟能挣多少钱。我笑她婚姻内分得这么清楚，这观念未免太过前卫了，她笑而不答。

　　艾利克斯老实敦厚，勤劳质朴，每次一来就爬高上低地忙个不停，我总是夸她这次找了个好丈夫。玛利亚却抱怨道："勤快是勤快，就是太内向，和我在一起总是没话说。"她转而又夸我的先生好，说她见了好多随任的丈夫，我的先生是最爱干活的。我说："他干活还行，就是也不爱说话。"没想到她却说："男人那么多甜言蜜语干吗？爱做事才是最重要的。"我笑她双重标准，她也明白过来，随之哈哈大笑起来。

　　玛利亚给我看过她的相册，几乎都是她的女儿和外孙女的照片，她的照片寥寥无几。我主动提出给她和她丈夫照相，玛利亚听了，很惊喜，但又有些犹豫。我问她在犹豫什么，她说，能不能给她和丈夫一些时间准备，他们要打扮一下。我笑着说："当然可以啊，那就等你们准备好了告诉我。"

　　第二天下午，玛利亚慢吞吞地走进我的办公室，说准备好了。我上下打

▲ 玛利亚与她的丈夫

▲ 玛利亚特意戴上我送她的围巾

量她，只见她穿了一身白底粉花的百褶套裙，头戴一顶挑染的假发，肩上还围着我送她的彩色大丝巾。她有点不好意思地问我："怎么样？"我其实很想告诉她，这个丝巾不是用来配裙子的，配大衣才好看。但见她如此重视我送她的礼物，专门在照相的时候戴上，心中感动，忍住没说。我冲她竖起了大拇指："真漂亮！咱们走吧，到院子里去照。"

我挽着玛利亚走出房间，见艾利克斯穿着一身浅灰色的西装，打着领带，早已在院子里等候了。我情不自禁地夸赞道："太帅了！"艾利克斯听了，又露出了他标志性的憨厚笑容。

一开始，两个人略显紧张，拍照时站得笔直，两人中间隔着一段距离。我让玛利亚往艾利克斯身边靠一靠，头往他的肩膀歪一歪，玛利亚虽然照做，但不太自然。在拍了几十张之后，玛利亚在我的鼓励下渐渐放开了，小鸟依人般依偎在丈夫身旁，很是甜蜜。又拍了几十张之后，她彻底放下了羞涩，主动亲吻了艾利克斯，艾利克斯一副受宠若惊的样子，我赶紧狂按快门。

接着，我又给玛利亚单独拍了一些照片。这时，玛利亚放松多了，她一会儿和狗玩闹，一会儿低头轻嗅玫瑰，一会儿又跳起了舞蹈，那神态简直像一个年轻活泼的少女。

拍完照，我请玛利亚在电脑上选一些照片冲洗出来。玛利亚选来选去，选的都是一些一本正经的照片。我指着那些夫妻恩爱的照片，问她为什么不选这些。她害羞地捂起了脸："啊！这些太亲热了，让人看见多不好意思！"我安慰她说：

"没关系，洗出来自己看，不给别人看。"玛利亚这才同意了。

津巴布韦冲洗照片太贵，洗一张5寸的照片居然要1美元，简直是抢钱。我趁回国休假期间，一股脑洗了四五十张，回到津巴布韦交给她。她拿到照片，居然又扑通一声跪下来。我慌得赶紧把她拉起来，对她说："就是一些照片而已，以后切不可再下跪了，我承受不起啊。"

玛利亚竟激动得流泪了，她说："以前很多人给我拍过照片，但从来没有人洗出来送给我，你是第一个！"

我抱着她，学着她的样子说："一定不要为这些事情谢我。你和我，我们是一起的。"说完，我们相视而笑。

新手记者的副驾驶

在工作中，玛利亚更是我的良师。她虽然只读过小学，但历经了津巴布韦几次重大的社会变革，加上平时喜爱读报纸、看新闻，对津巴布韦的国情民生自有一番见识。

玛利亚是恩德贝莱人，这个民族在津巴布韦的人口中仅占14.9%，远不如占人口84.5%的绍纳族人多势大。但是，恩德贝莱人人口虽少，却骁勇善战，性情倔强，历来人才辈出，津巴布韦的国父恩科莫就是恩德贝莱人。1980年，在津巴布韦取得独立之后举行的第一次议会大选中，穆加贝领导的津民盟获得80个黑人议席中的57个，恩科莫领导的津巴布韦非洲人民联盟（ZAPU，以下简称津人盟）获得20个议席。津民盟与津人盟政见不同，津民盟为了压制津人盟，进行了长达5年的"风雨"清洗运动。有报道说，那次清洗运动造成两万恩德贝莱人死亡，很多普通的恩德贝莱人也遭到监禁、拷打，甚至被杀害。

玛利亚曾经亲身经历过那场浩劫，当时她去看望一位姨妈，恰好遇到一群军人闯进村子，见人就打。她被一顿乱棍打晕在地，打她的人以为她死了，随即离去，她才逃过一劫。那次，村里不少人死于非命，她亲眼看到熟悉的人被活埋。三十年过去了，当她和我讲起那段历史时，依然情绪激愤。

后来，实力大为受损的津人盟并入了津民盟，清洗运动就此停止。但此事一直是恩德贝莱人心中的隐痛，也是玛利亚的一块心病。在很长一段时间中，她和人交谈时一般都说绍纳语，从不轻易暴露自己恩德贝莱人的身份。

我们有时闲聊，也会谈到津巴布韦的时局。她年纪虽大，却渴望社会能够发生变化。她说："曾经，穆加贝把国家治理得很好，但现在情况变了，人们没有房子，一些人只能住在帐篷里。工厂倒闭，很多年轻人接受过良好的教育，却找不到工作，只能卖电话卡。我想他已经太老了，无法很好地管理这个国家，他应该退休，与妻儿一起安度晚年。"

在说到大量良田荒芜时，玛利亚犀利地说："这些黑人太短视，只看到眼前的利益，却看不到长远的发展。政府发给他们的种子，他们拿来当粮食吃掉。今天吃饱了，就不想明天。就算是种点庄稼，也不会好好施肥浇水，只要一不下雨，他们就束手无策。虽然我也是黑人，但我必须要说，这是我们黑人文化中的缺陷。"

玛利亚教导我更多的，则是生活中的点点滴滴。

我临去津巴布韦之前才刚刚学会开车，到津巴布韦以后，一直不太敢开车上路。站长陪我练了几次后，每次都被我的车技搞得又气又怕，随后，只要是我俩一起出门，他都坚持他来开车，我的车技一直也没什么长进。在我驻站三个月之后，站长回国休假了。我一开始打定主意不开车，反正记者站附近就有超市，走路就可以到。但是有一天，我发现附近所有的超市都买不到生姜了，炒肉不放姜，怎能忍受？我咬咬牙，决定开车去二十公里外的"小菜园"买姜。

我左倒右倒，终于把车从车库里倒出来，打正方向盘，准备上路。这时，玛利亚突然打开车门，坐进了副驾驶。我惊讶地问她："你怎么来了？我的车技不好，你还是下去吧。"她一边系安全带，一边淡定地说："没关系，我来帮你看路，你一定能开好的。"我心中涌上一股暖意，有玛利亚坐在身边，我顿时感觉有了底气。

我将手机交给玛利亚，请她帮我看着导航。我将车子慢慢开出了院子，开上了主路。由于我路况不熟，一段15分钟的路硬是被我开了40分钟，后面的车总是不耐烦地按喇叭，有的司机超车后还冲我竖起中指。玛利亚安慰我："不要理他们，慢点没关系，只要安全就行。"

后来我才知道，玛利亚当过许多新手记者的副驾驶。她虽然不会开车，但反应敏捷，每当出现险情，她都会及时提醒。更难得的是，她愿意相信这些年轻的记者，用她的生命支撑起他们的自信。

哈拉雷的治安因为糟糕的经济而每况愈下。今天，隔壁被抢了，明天，对门被偷了，再过几天，一个年轻女孩子在记者站附近被打劫了。只要身边一有案件发生，她都会提醒我要注意安全。她一直严守着记者站的秘密，从不告诉别人站里有几个人，是做什么工作的。别人只知道这里住着几个中国人，再不知其他的信息。我每次听说某某家因为女工和劫匪串通一气、监守自盗的消息，都庆幸我们的女工是玛利亚。每次晚上回到站里，看到她小屋的灯亮着，我就觉得非常安心。

我一家的救命恩人

我在记者站遇到的最大的一次险情，不是抢劫，而是火灾。那一次，玛利亚成了我们一家的救命恩人。

那是2016年的冬天。一天晚上，睡到半夜，我迷迷糊糊地听到玛利亚喊："先生！夫人！快起来！"我推开窗户，问她怎么了？她焦急地说："隔壁停车场起火了，快烧到记者站了！"说完，玛利亚就向着火的地点跑去。

我瞬间清醒过来，赶紧叫先生去帮玛利亚灭火。我隐约记得津巴布韦华人网刊有哈拉雷火警的电话号码，上网一搜，果然找到了火警电话，一拨竟然就拨通了。我告诉他们着火地点，请他们快来灭火。

记者站旁边是一个二手车市场，与记者站仅有一墙之隔。市场里总是停满了汽车，晚上需要人看守。市场条件简陋，没有遮风挡雨的棚子，看车的人一般露天而睡。入冬以后，晚上的气温时常低到零度，看车人总是会点起一堆篝火取暖。那晚，看车人喝醉了酒，没发现火越烧越旺，烧着了记者站院墙外的竹林。院墙内是玛利亚的一排平房。竹子被烧着以后，噼啪作响，火星四溅，玛利亚被吵醒了。她第一反应是从记者站抬水去灭火，但火势越来越大，她怕烧到我们的房子，赶紧喊醒我们示警。

等我们起来时，火势已经蔓延过了墙头，眼看就烧到了玛利亚的房间。好在消防队员及时赶到，高压水枪打出去，很快就浇灭了大火。

第二天清早，我查看大火留下的痕迹，发现伸进院墙的竹子一半已经焦黑，而竹子下方就是高压电线，一米之外就是我们住的两层小楼。如果玛利亚没有及时发现火情，再过一刻钟，后果就不堪设想！我们房间所有的窗户都有两层铁栏杆，楼上到楼下锁了两道铁门，一旦着火，逃生都是难事。

我紧紧抱着玛利亚，感谢她救了我们的命。她又说出了那句话："夫人，不要谢我，我们是一起的。"

她帮我实现捐资助学愿望

在津巴布韦的文化中，人们的家族观念非常浓厚，一个大家族里最能干的人要担负起照顾其他家庭成员的责任。不仅被照顾者觉得心安理得，连为大家付出最多的人也觉得理应如此。

玛利亚是家族中公认的能人，她长期在首都给外国人工作，一个月有400

美元工资，和家乡务农的亲戚相比绝对属于高薪阶层，所以也担负着照顾一大家子的责任。亲戚中谁家有人生病了，她会送去药费；谁家的姑娘结婚了，她会代表家族长辈去撑门面；谁家有人去世了，她必会回老家奔丧。在我印象中，玛利亚为数不多的几次请假，多数都是因为要处理家族里的各种事务。

玛利亚生在一个重男轻女的家庭，没读过多少书，这是她一生的憾事，所以她对晚辈的教育非常重视。她的兄弟姐妹的孙辈中，但凡有因为贫穷而上不起学的，她一定会出钱资助，并鼓励他们好好学习，将来才会有所成就。她的一位侄孙女在她的鼓励下，以优异的成绩读完了大学，又考取了河南工业大学的农业发展专业的公派研究生，前往中国继续深造，也算是孙辈中的佼佼者。

我深受玛利亚和身边其他慈善人士的感染，一心也想资助个当地的孩子读书。有一次，我在记者站门口见到玛利亚和一位中年妇女聊天，旁边站着一大一小两个女孩。大一点的女孩六七岁，虎头虎脑的像个小男生，大大的眼睛仿佛会说话，很让人喜爱。我试着和她交谈，她却只会抿着嘴笑，一句话也不说。玛利亚说："她可能不会说英语呢。"我突然有些疑惑，现在明明是上学时间，这个女孩为何不在学校呢？我向那位与玛利亚聊天的妇女询问，可惜她也不会说英文，我只好请玛利亚来翻译。

攀谈之下我得知，这位中年妇女是小女孩的姨妈。小女孩的父亲前不久因车祸去世了，她的母亲因无力照顾4个未成年的孩子，只好将最小的这个女儿交给在哈拉雷做小生意的妹妹照看。小女孩的姨妈每天起早贪黑地摆个小摊，勉强养活小女孩和她自己的孩子，哪里还有钱供她读书。小女孩虽然已经7岁了，却还一天学都没上过。

我打心底里喜欢这个质朴又充满活力的女孩子，又怜惜她的不幸遭遇。于是，我和玛利亚以及女孩子的姨妈商量，能不能由我资助她读书。她的姨妈表示赞成，但说自己做不了主，要把女孩子的妈妈叫来商量。

过了几天，玛利亚果然领来了女孩子和她的妈妈。我在玛利亚的翻译下，向她妈妈说明想资助她读书，至少供她把小学读完，如果她还想继续深造，我可以继续资助。我怕她妈妈不同意，还讲了一通女孩子读了书才能自己掌握人生的大道理。

　　说完后，我充满期待地看着她的妈妈，等着她回答，却只见她朝天空望去，说："感谢上帝。"玛利亚翻译给我听后，我竟一时不知该怎么接话。

　　玛利亚见我愣住了，忙向我解释："夫人，她这是同意了，在向你表示感谢，她说感谢上帝，意思是把你当作了上帝的使者。"她转过头去，又提醒女孩的妈妈："除了感谢上帝，也要感谢夫人啊。"玛利亚毕竟是跟着中国人工作多年，了解中国的文化，当起跨文化翻译来毫不含糊。

　　我赶紧摆手："不用谢我，能在这么艰难的情况下还同意孩子继续读书，你也是伟大的母亲。"

　　我们接着又谈了一些读书的细节。母亲同意将女孩子领回家，在村子旁边的小学读书；而我负责每个学期之前把学费寄给她的校长。

　　玛利亚曾私下里提醒过我，这个女孩家和她家隔着几十公里的路程，她只是和女孩的姨妈认识多年，对她母亲并不了解。她担心既然这女孩家这么贫苦，如果我直接把钱给她母亲，她母亲未必会把钱花在女儿的学习上，不如要来学校校长的电话，我们直接把钱寄给校长。我对玛利亚的细心周到深感佩服。

　　玛利亚见我给孩子买了书包、本子和文具，对我说："我们是一起的，你为她做了这么多，就让我为她买一身校服吧。"在开学之前，我们把这些礼物送给了小女孩，之后，她就随母亲回到了乡下。

　　为了证实女孩子已经上学，在开学几个月后，玛利亚趁回家的机会，特意多跑了几十公里，去了趟女孩子的学校。她和班级老师谈了话，得知女孩子学习很用功，各门功课都很好。当她把这个消息带回给我，我既为小女孩的现状深感欣慰，更为玛利亚的古道热肠充满感激。

我对玛利亚说，希望这孩子能够一直读下去，读到大学。但玛利亚对此有些忧虑，她说："这孩子没有身份证，只能读到初中毕业，连高中都读不了。"我诧异地问道："为什么没有身份证呢？"玛利亚说："农村很多孩子都没有身份证，他们的父母大都是文盲，世代耕种，从没离开过家乡，根本不知道要给他们办身份证。现在女孩子的父亲去世了，她的母亲大字不识，更不会给她办了。"我心下黯然，对于这些失学的孩子，我能做的太少，只愿她在受到教育之后，能够改变自己的命运吧。

你一定要来中国，让我再能见到你！

玛利亚虽然资助了许多的孩子，但和自己女儿的关系不是很好。女儿从小跟父亲长大，与玛利亚聚少离多，母女感情并不深厚。女儿成年后就去了南非，在一家福利院当护士，并在南非有了自己的小家庭，很少回津巴布韦看望母亲。我在记者站期间，只见过她两次面。玛利亚知道，她的晚年不能依靠女儿，而现任丈夫的子女也不喜欢玛利亚，她必须为自己的退休生活早作打算。

曾经，玛利亚误听商家宣传，在哈拉雷郊区买了一套集资房。但钱交出去了好几年，房子也没建好，最后开发商卷款而逃，玛利亚至今也没有追讨回那笔钱。后来，眼见哈拉雷的房价越来越高，她彻底放弃了在城里置房的计划，用自己一生的积蓄在老家盖起了几间小房子，打算退休后回老家居住。

对于玛利亚的退休生活，我一直都很担心。她大半生的时间都生活在记者站里，如果退休以后回到农村，能否习惯农村的生活？她晚年膝下无儿孙，如果她病了，可有人照顾？虽然记者站每年都帮她缴纳数额不菲的社保费，但以目前萧条的经济态势，等她退休之后，又能从政府那里拿到多少养老金？

　　但玛利亚是豁达之人，从不流露出自怨自艾的情绪。有一次，玛利亚无意中对我说起，她去保险公司给自己买了死亡保险，一旦自己去世，保险公司就会把她的后事一一安排妥当，不用别人操心。我听着心有悲戚，玛利亚对此却丝毫不以为意："我不想给家人添太多麻烦，如果保险公司能办理好一切，岂不方便？我还给我们家那些家庭有困难的亲戚也买了死亡保险，这样他们就能走得体面。"

　　从私心讲，我多么希望玛利亚能够在记者站里养老。哪怕她什么都不干，只要待在站里，记者站就是一个温暖的家。

　　玛利亚对每一位记者都付出真情，在记者离开的时候，她每次都会难过哭泣。我离任那天，玛利亚一直都没出现，我找了她半天，才从墙角处找到躲着的玛利亚。我抱着她，依依不舍地说了好多道别的话，她却只是流泪。我怕再待上一会儿，就再也不忍离开，只好匆匆上车离去。

　　回到国内之后，我时常梦见津巴布韦，梦见玛利亚。梦中，玛利亚还是那样温厚可亲，和我谈笑风生。我想起玛利亚冬天怕冷，给她买了件长款的羽绒服，托现任记者宛玲给她带去。听宛玲说，玛利亚特别开心，要上帝保佑我。

　　可惜，我们音信不畅，我只能通过记者站同事们的转述，得知她的近况。想到她时，我总是在心中默念："玛利亚，你一定要保重自己，多么希望以后你能来中国，让我再能见到你！"

二 女儿的英语老师普瑞希拉

　　初见普瑞希拉，是在女儿就读的安徽外经建设集团有限公司（简称安徽外经）建的东方国际幼儿园。这个幼儿园除了园长是中国人之外，所有老师和助教都是从当地聘请，且都有海外留学的背景。我将没学过一天英语的女儿送进幼儿园，三岁多的女儿哭了两天之后，竟然不再抗拒。没过几天，每次去幼儿园时，女儿都很开心，我不由暗暗称奇。

▲　普瑞希拉教女儿英文

我爱他们，并不是为了钱

一天下午，我去幼儿园接孩子。在幼儿园的草坪上，我看到一位年轻女老师蹲在女儿面前，手里拿着一朵黄色的落花，微笑着对女儿说："Yellow, yellow，the color is yellow. This is a yellow flower. What is the color？ Yellow！"女儿跟着老师模仿，声音小小的，有些胆怯。女老师耐心地鼓励着，一遍遍地教。过了好久，女儿终于响亮地说了出来："Yellow！""Wow！ You are so excellent！ Give me a big hug！"女老师夸张地称赞着，给了女儿一个大大的拥抱。女儿看到我，欢快地跑过来："妈妈，我会说 yellow 啦!"

我和这位女老师攀谈起来，得知她叫普瑞希拉，是女儿隔壁班的助教。普瑞希拉看到幼儿园新来一个中国小女孩，很不适应全新的英语环境，郁郁寡欢，就总是在课间的时候来逗她开心，和她玩耍，再利用下午户外游玩的时间教她半个小时的英文。"Momo（女儿的英文名）很棒，学得很快，我和她说简单的句子，她已经听得懂了。她现在每天在幼儿园都很快乐！"普瑞希拉热情地对我说。

普瑞希拉不是女儿班上的老师，并没有义务教她英语。我对她的帮助十分感激，但又拿不准学校的规矩，只好小心翼翼地问她："您这是额外的补课吧，我需要给您补课费吗？""No，No，No！"普瑞希拉连连摆手："这不是学校要求的，是我自愿给她补的。对每个刚来的中国小朋友，我都会教教他们简单的英文，让他们尽快适应学校生活，我从来没有收取过任何费用。我爱他们，并不是为了钱！"

家庭老师，女儿的好朋友

女儿四岁多的时候，为了让她有个全英文的环境，我将她转到了当地的国际学校读学前班。学前班和幼儿园不同，对英语的听说读写已经有了较高的要求。我怕女儿跟不上进度，请普瑞希拉在假期的时候来家里给女儿补课，她欣然应允。

补课的时间是每个周一到周五的上午 8 点到 12 点。按说一次上这么长时间的课，孩子很容易就会腻烦，但事实上，女儿每次都意犹未尽，每天课程结束的时候，都不愿意让普瑞希拉离开。

我后来仔细观察，发现普瑞希拉教导女儿很有一套。普瑞希拉认为女儿需要加强表达能力，就想了很多办法。比如，给女儿看一段带英文字幕的中文动画片，然后让她用英语复述故事。普瑞希拉说，孩子都是对熟悉的东西会比较自信，让她把母语翻译成英文，讲给老师听，这个过程能培养孩子的自信。普瑞希拉通过英文字幕，也知道女儿讲的是什么，可以及时纠错。当然，普瑞希拉给女儿看的更多的是一些英文的动画片和绘本，然后让她复述，以此培养她的表达能力。

普瑞希拉还善于针对女儿的喜好来施教。她发现女儿喜欢画画，就会和女儿一起编一个有趣的故事，让女儿将故事画出来。画完以后，再要求女儿根据图画讲故事。女儿词不达意的时候，她及时纠正；讲不出来的时候，她耐心引导。在女儿会写简单的单词以后，她又指导女儿用简单的句子在图画的下方写作。这种边画边写的方式让女儿特别有成就感。后来，女儿自己做了人生中第一本绘本，上面是她的涂鸦，下面写着简短的句子。普瑞希拉看到后，兴奋得把女儿拥在怀里，连声称赞。她对我说："很少有孩子会自己做一本书，Momo 这样做，说明她已经把所学变成了能力。这种创作的欲望太难得了，一定要保护好。"

女儿还很喜欢听故事，普瑞希拉每次上课都会把经典童话用简单的句子讲出来，讲得绘声绘色。久而久之，女儿也能把一个长长的故事复述出来。接着，普瑞希拉又带着女儿一起扮演故事里的不同角色，就像演童话剧一般，女儿很喜欢。从她们的房间里，经常传出快乐的笑声。

女儿在普瑞希拉的调教下不断进步。在新学校里，她不仅在阅读上崭露头角，还获得了全年级的英语进步奖。普瑞希拉每次看到女儿的进步，都会毫不吝啬地大大夸奖一番，"优秀！""聪明！""勤奋！""天才！"每一次表扬，普瑞希拉都不遗余力地用上最厉害的辞藻，有时我都听着脸红。我劝普瑞希拉，别总是夸孩子，孩子会骄傲的。普瑞希拉却不以为然："孩子是越鼓励越爱学习。而且，Momo 是属于自律的孩子，不会夸坏的，你放心吧！"

在普瑞希拉的鼓励下，女儿一度对编故事着了迷。在玩耍时，或是休闲时，她会突然想到一个故事，由她口述，让我记下来。有一次，她编了一个以自己为主人公的童话故事，故事中，她是一个普通的女孩子，但凭借着智慧和勇敢，打败了巫师，救出了被困的王子，最后和王子幸福地生活在一起。我记录下来，居然有六百多字，情节曲折，逻辑清晰，用词和语法都还不错。我将这个故事发给普瑞希拉，普瑞希拉很快发来信息："看了 Momo 编的故事，我激动得热泪盈眶，一切的努力都值得了！"

我想到中国当英语教师

普瑞希拉穿着朴素，每次见她都是一头短短的小卷发，不像其他女人那样热衷于假发。她说，她最大的爱好就是读书和教学。她小的时候，祖母就经常读故事书给她听，她受祖母影响，一直酷爱读书，家里摆着　面墙的书。在她的影响下，9 岁的儿子和 5 岁的女儿也很爱读书，儿子还获得了学校的阅读奖。她每次说起这些时，话语里充满了自豪。

每次在幼儿园见到普瑞希拉，她脸上都洋溢着笑容，充满热情。她对班上的每个孩子的情况都了如指掌，哪个活泼好动，哪个安静胆怯，她都会根据不同的孩子因材施教。在她眼里，孩子只有性格不同，但个个都是聪明的可塑之才，就看老师怎么引导了。她曾经和我笑谈，有时她回到家中，还是沉浸在教学当中，时常会和丈夫谈论怎么教育孩子，到最后，丈夫都受不了她对教育的狂热，和她约法三章，不能再在家里谈论学校的事情了。

她在津巴布韦读了教育学的专科之后，去加拿大进修了两年。应聘安徽外经创办的东方国际幼儿园教师时，她还未取得学士学位，当时只是当了一名助教。但她不甘于只做助教，就一边工作，一边读了本科学位，获得了教师资格。普瑞希拉不愿止步于此，她又去津巴布韦大学报考了教育学硕士的夜校，每周晚上三次课。她总是从幼儿园下班后，赶来我家教女儿，然后在街上匆匆吃个晚饭，再去津巴布韦大学上课。如此辛苦奔波，却从未听她抱怨过一句。

普瑞希拉在教学上全心投入，收费却很低。我最初问她一次课收多少钱，一向开朗的她却突然有些不好意思，让我来报价。我问她一上午 20 美元可以吗，她爽快地答应下来。后来我才知道，很多白人老师一小时的私教费就是 20 美元，而她 4 个小时才收取 20 美元。我提出给她加些钱，她却说："不用了，我教 Momo 是因为我爱她，希望她的英语能越来越好，钱是顺便赚的，但不是最主要的。"

为了表示对她的感谢，我也经常会额外给她一些奖金和礼物。她每次拿到钱，都会开心地说："我可以用这些钱给我的孩子们买些书。我女儿的那件校服毛衣已经很旧了，她一直想要一件新的，这笔钱可以满足她的愿望！"我知道，她其实经济并不宽裕，但她有她的自尊，从不因此而多要一分钱。

普瑞希拉时常对我说起，她想去中国当英语老师。她说，她在幼儿园教的孩子中有一小部分是中国孩子，她对教中国孩子已经有了些心得，所以想去中国试试。她现在在读夜校，还走不开，等拿到学位了，就可以筹划去中国教书的事情了。我问她自己的孩子怎么办？她毫不犹豫地说："带去呀，送到中国的学校读书。世界这么大，我希望可以在不同的地方工作，孩子也可以接受国际化的教育。"

"我们渴望变革"

假期结束以后，我又聘请普瑞希拉平时每周来家里上两次课。课间，我们总是天南地北地聊天。

普瑞希拉对我说，她游历过不少国家，感觉还是津巴布韦最好，土地富饶，气候温和，资源丰富，目前虽然经济不太好，但相信有这样的底子，总有一天会好起来的。我给她看我拍的津巴布韦的学校、花树和建筑的照片，她很是喜欢："这些照片拍的都是津巴布韦的美好。你不像有些记者，总是要展示非洲落后的一面。"

普瑞希拉曾经读过一些介绍中国政治、历史的英文书。一次，她主动和我探讨中国发展的问题："你们中国和津巴布韦一样被殖民过，独立以后也曾经很贫穷，后来你们有一位伟大的政治家，在中国实行开放的政策，中国就迅速发展起来。他是怎么做到的？"在听完我的介绍后，她若有所思地说："何时津巴布韦才能有我们自己的邓先生出现呢？现在津巴布韦实行本土化政策，要求外国投资者一定要把51%的股份交给当地人，这真是一条愚蠢的政策，中饱了当权者的私囊，吓跑了外国投资者，对津巴布韦人民一点好处都没有。"

闲聊时，我们也曾谈起过津巴布韦的政局，她直言不讳地说："穆加贝曾经是津巴布韦人的英雄，但这些年他完全被权力所控制，一直在伤害他的人民，人们的生活越来越差，人们都希望他能够下台。我不恨穆加贝，但我特别痛恨他的妻子格蕾丝，她极其贪恋权力，不仅想当副总统，还想把津巴布韦都变成她家的王国，她们一家人世世代代统治津巴布韦人。"

我曾问过她是否支持反对党民革运，她嗤之以鼻地说："那是些乌合之众，他们不在位的时候总是打着民主的旗号，但当他们和执政党联合执政以后，却只想着自己，并不为人民谋利益。我还是喜欢像穆菊茹和姆南加古瓦那样强硬的改革派，他们视野开阔，可以带给津巴布韦人更好的生活。"她一再对我说："我们渴望改变！津巴布韦必须要改变了！"

在我回国半年之后的 2017 年 11 月，津巴布韦发生政变，93 岁的穆加贝被军队赶下了总统宝座。普瑞希拉给我发来很多当地民众游行庆祝的视频和照片，让我写报道用。在她录制的现场视频中，各种肤色的人们披着津巴布韦的国旗，在大街上载歌载舞，一派热烈的节日气氛。

普瑞希拉在微信上对我说："今天是津巴布韦人民的独立日。我为所有津巴布韦人感到骄傲！我们等这一刻等得太久了！未来必将属于津巴布韦人！"她连连用着感叹句，我隔着屏幕都能感觉到她的兴奋。对于津巴布韦的未来，普瑞希拉充满了信心："现在政府已经看到了人民的力量，他们一定会吸取前任统治者的教训。我相信，以后津巴布韦一定能成为世界上最伟大的国家之一！"

普瑞希拉一再对我说："你需要什么素材，就尽管对我说，我都会勇敢地回答你。我希望你的文章是所有写津巴布韦的文章中最棒的！"我不好意思告诉她，我回国以后只是一个普通的国际新闻编辑，不再写津巴布韦的新闻了。但我会把她告诉我的一切写到书里，以报答这份情谊和信任。

我至今还记得，2017 年 3 月，在我告诉她我们要回国之后，她是多么难过。在最后一次上课时，她说："昨天晚上家里进了小偷，砸坏了窗户，偷走了家中的大彩电，我都没有多么难过，但一想到你和 Momo 要走，我就很失落。以后我再经过洗澡街，就会想起你们不住在这里了。"我知道，她一直像对待自己女儿一样教育我的女儿，付出了太多的真心。我多么希望有朝一日她能实现来中国教书的愿望。

三　我的出租车司机万德福

　　我是在去津巴布韦之前才学的开车，以至于到了津巴布韦，我的车技还属于菜鸟级别，加上我天生路痴，在津巴布韦开车时总是险情不断。我曾经在城里开车时不慎在单向车道上逆行，车子停在路边半天不知该如何是好，一直到有好心人为我指挥，我才战战兢兢地掉头离开；曾经在主干道右转时汽车突然打不着火，害得两边排起长长的车龙，我紧张得手心里全是冷汗；也曾在拥堵不堪的移民局门口怎么也找不到停车位，在徘徊了半个小时后终于找到一个，回来时却发现因为违规停车被锁了轮胎，交了20美元罚款才能离开。

　　于是，在抵达津巴布韦三个月后，我决定在必要的时候打车。虽然不时看到乘客因为打到黑车而被抢劫的报道，但如果找到一个可靠的司机，我认为风险还是基本可控的。

戴眼镜的出租车司机

　　记者站旁边是一个商圈，停车场上总是停了很多出租车，每辆出租车上都印着出租车公司的 Logo 和电话，看上去较为正规。我需要打车的时候，就会到那里找一辆。最初，我遇到的司机不是要价太高，就是面露悍相，好不容易有个收费合理看上去又面善的，没聊几句就开始问我有没有男朋友。虽然他们在我下车之前都会热情地递上名片，希望我下次打电话叫车，但我从心底盼望着不要再遇见他们。

直到有一天，我在打车时遇到了万德福。他三十多岁，瘦瘦高高的，相貌端正，鼻梁上的一副眼镜令他看起来斯文又聪明。津巴布韦人戴墨镜的比比皆是，戴眼镜的我却没见到过几个。我问他是不是读过大学，他说，读到高中毕业就没再读了。高中学历的出租车司机在津巴布韦出租车行业里也算是少见，我对他多了几分好感。

哈拉雷的出租车收费一般是1公里1美元，从记者站到移民局大概5公里，他收了我5美元。临走时，我和他约好来接我的时间。他果然如约将车停到移民局楼下等我。从那以后，我每次需要打车，几乎都会给他打电话。万德福也很守时，无论是凌晨四五点，还是晚上十一二点，他都会准时出现在约定的地方。

我也曾开玩笑地问他："我觉得津巴布韦人过的都是非洲时间，总比我的表慢一些，为什么你的时间和我的是一样的？"万德福哈哈大笑："所以他们挣不到钱呢。我要准时，我的客户才会信任我，才会给我生意做啊。我要多赚钱，以后开自己的出租车公司。"

为了多了解他一些，我特意询问过他的家庭情况。他说，他父母家在布拉瓦约，他在家排行第四，三个哥哥都在南非打工。布拉瓦约位于津巴布韦的南部，靠近南非，曾经是津巴布韦的首都和第一大城市，但随着津巴布韦独立，首都北迁到哈拉雷之后，布拉瓦约的经济日渐凋敝，不少当地人远走南非打工。我问他为什么不去南非，他说："都走了，谁来照顾父母呀？我每逢过节都要回去看看父母，平时有时候也会接父母来哈拉雷小住。"

万德福的小家离记者站不远，他有时候会在工作的时候接送妻子上下班。他的妻子年轻貌美，穿着时尚，每次见她，她头发的款式和颜色都不一样。遇到她在车上的时候，我就只能坐在后排，一路听他夫妻俩亲密交谈。万德福对妻子说话轻声细语，妻子无论说什么，他都连声附和。等他妻子下了车，我对万德福夸他妻子的头发好看，他哈哈大笑："那是她的假发，她每个月都要换一次假发，要 20 美元呢！太浪费钱了！"我笑他当着妻子的面那么温柔，背后却说她坏话，他笑而不答。

我打车时，万德福总是会接到一些电话，他说这些都是他的老客户，打电话叫他去接送。万德福告诉我，他每天只有下午回家睡几个小时，其余的时间都在工作，夜里实在困得不行了就在车里打个盹。我说："那我下午就不找你了，你好好休息吧。"万德福忙说："哦！不！Mrs. Liu，我的手机一直都开着，周六上午我要去教堂做礼拜，其他时候你都可以找我。我需要工作！"

最初几次，我特意和他约在记者站附近的商圈上下车。随着慢慢彼此熟悉，我对他的信任与日俱增，后来就让他直接来记者站门口接我了。我几乎每个月都会出国采访一次，总是赶最早的飞机走，坐最晚的飞机回来。每到这时，我总是会发信息请万德福来接送。无论我要求他多早来，他总会再提前十分钟抵达。最初，他的车一停在门口，院子里的狗就会一通狂吠，我自然知道他来了。可当他来得勤了，狗闻到他的气味，竟不再叫唤，他只好在门口打电话通知我。我从国外回到哈拉雷时常常已经是深夜，每次看到万德福在机场出口等候我，见到我时兴奋地喊 Mrs. Liu，我甚至会有一种亲人般的感觉。

有一次，我去莫桑比克出差，回来时从南非转机，飞机晚点了两个小时，我没有南非的手机卡，联系不上万德福，想着他等不到我肯定就走了。没想到凌晨一点多走出机场时，看到他还在候机厅等我。我急忙走上前，抱歉地问他："对不起，你一直都在这里等我吗？"万德福微微一笑："是啊，我查了飞机抵达的时间，知道你的飞机晚点了，我就一直在这里等。"我感动得不知该说些什么。坐在万德福的车上，穿行在没有路灯的街道上，和他闲聊莫桑比克多么湿热，哈拉雷是多么清爽，心中异常踏实，就像回家了一般。

万德福的小聪明

在认识万德福几个月后，他就不再开出租车公司的车，而是换成了一辆二手的飞度牌小轿车。他解释说，出租车公司要的份子钱太多，拿到手的少得可怜。于是，他从出租车公司辞职了，分期付款买了一辆二手车，以后自己干出租。津巴布韦满大街跑的几乎都是日本的二手车，这些车子大部分是从莫桑比克和坦桑尼亚的港口进入非洲大陆，再由二道贩子开到津巴布韦贩卖，飞度车是所有日本进口二手车中最便宜的，只要1000多美元就可以买一辆。

我暗暗佩服万德福的精明和闯劲："你离开了出租车公司，客源从哪里来呢？""主要靠以前的老客户啦！"他转过头来，笑着对我说："Mrs. Liu，你以后要多照顾生意啊！""没问题！"我一口答应下来，几个月的交往让我对他的诚信不断加分。我不仅每次打车必联系万德福，还经常把他推荐给我的朋友。

有一次，万德福向我借50美元，说生意不好，这个月汽车的按揭付不上了，他借钱应急，两周后就还我。我想着50美元不算多，就借给了他。过了两个星期，他果然按时还给了我。不过，他刚把50美元递给我，接着又说："Mrs. Liu，还想请你帮我个忙。我和朋友现在合伙开一个出租车公司，又买了一辆二手车，贷款更多了，你能再借我200美元吗？我一个月以后就还你。"他借得如此着急，以至于让我觉得上次借50美元就是为了这次借200美元做铺垫。不过，我一向不好意思拒绝别人，既然他开口了，我虽然有些疑虑，还是借给了他。

那之后，我继续叫他的车，他依然按时接送，但一个月过去了，他决口不提还钱的事情。两个月过去，我忍不住问他是否可以还钱，他又露出一贯的诚恳笑容："Mrs. Liu，我是很想还钱，但最近生意太差，我每个月还要还贷款，实在是还不上啊。等我有钱了，肯定还你。"我后来又问过几次，他都是如此回答，一点儿也没有急着还钱的意思。我有些后悔没有让他写个借条，以现在的情形，即使我告到法院，如果万德福就是不承认，我也赢不了官司。说实话，自从我到了津巴布韦，就有很多华人朋友好心提醒我，不要借钱给当地人，因为他们很少会还钱。我心中充满了懊恼。

但 200 美元毕竟不是一个小数，我平时节衣缩食，这些钱几乎是我一个月的生活费，说什么我也得把钱要回来。我思索了很久，终于想出一个主意。一天，我再次让万德福接送的时候，对他说："我知道你现在经济不宽裕，让你一下子还钱不太容易。那这样吧，每次我打你的车时，只付你一半的钱，剩下的一半就算你还我的钱。一直到你还上我所有的钱，我们再恢复正常的价钱。你看怎样？"我算过万德福的成本，津巴布韦一升汽油的价格是 1.4 美元左右，而出租车的价格一般是 1 公里 1 美元，也就是说，我即使把价格砍掉一半，他依然能赚不少，我猜他会同意这个方案。果然，他愣了一下，然后尴尬地笑了笑："好吧，Mrs. Liu，就按你说的来。"

我曾经问万德福，出租车价格定得这么高，为什么还赚不到钱呢？万德福苦笑着说："出租车定价虽然高，但打车的人很少啊。有钱的人自己都有车，津巴布韦车子那么便宜，一两千美元都可以买一辆二手车。穷人打不起车，偶尔打个车也是几个人一起拼车，一个人花两三美元。我每天早晨和傍晚会接送一些孩子上下学，他们一人一个月才给我几美元呢。"

万德福身上确实没什么钱，我每次给他超过 10 美元的钞票，他都会夸张地大叫着："太大了！找不开！"我只好尽量给他准备正好的零钱。好在彼此信任，找不开的时候可以赊账或是算到下次行程。在还钱期间，我拿个小本子，记下来每次打车的费用，时常给万德福查看。到了后期，万德福有时会有些不乐意，偶尔抱怨："Mrs. Liu，你快让我破产了！"我不为所动，终于坚持让他还完了所有的钱。

驻站后半期，我先生到津巴布韦陪我，有他开车，我用万德福的次数逐渐少了。有一次，我和先生去朋友家做客，因为朋友家里不好停车，我又联系了万德福送我们过去，并和他约好晚上8点半来朋友家接我们。

我们到了朋友家不久，先生突然说："糟糕，我把手机落在万德福的车上了。"

"会不会没带出来？"

"不会的，我在万德福的车上还用过。"

我安慰先生："没关系，如果手机落在了万德福的车上，就不会丢。我们都认识一年多了，他不会贪图小便宜的。"

我立刻给万德福发了短信，告诉他手机落在车上，请他收好，来的时候带过来。一向都是及时回短信的万德福这次却没理我。我想他可能在开车，没看到短信，不疑有他。

晚上9点，从不迟到的万德福一直没有出现，我给他打了好几个电话，都没人应答。我意识到事情不太妙。我和朋友吐槽，被朋友一顿批评："你还想让他把手机送回来？他肯定拿了就消失了。你不能给非洲人机会，给他们机会他们就会偷，我的店员几乎都偷过我的货。"

朋友的话虽然令我感到有些刺耳，但随着时间一分一秒过去，万德福拿了手机消失掉的推断越来越成立。我先生的苹果手机最多也只能卖四五百美元，按我以前的打车频率，他载我一年赚的钱远比这个多，但我现在打车少了，也许他会觉得白得个手机更划算吧。

我对万德福很失望，给他发了一条措辞严厉的信息："我知道你的车牌号，也拍过你的照片，如果你在半个小时之内不把手机送回来，我就去报警。"其实，万德福近一年来几乎每两个月就会换一辆飞度车，我记过几个车牌号之后，就懒得再记。这个短信与其说是威胁，不如说是在宣泄心中的气愤。

一直到晚上 10 点，我们都没有等到万德福的消息，只好请朋友送我们回家。晚上 11 点，我接到万德福的电话，他说他和妻子已经等在我们记者站门口，给我送手机来了。再见面时，他一本正经地解释说，晚上有事情耽误了，也没有看到我的短信。我完全没法相信他的解释，但既然把手机还回来了，我也不想再过多追究。不知道他最终归还手机，是出于良心不安，还是舍不得我这个客户，抑或是妻子的劝告，但不管怎样，他最终还是做出了明智的选择。

只有万德福对我讲了真话

在出现过两次不愉快的经历后，我并没有将万德福拉入黑名单。想找个品德上没有瑕疵的司机并不容易，人穷志短，我一次次在非洲体会到了这句话的辛酸。万德福虽然有点贪小便宜，但总体还算老实，我坐了他那么久的车，人身安全从未出过问题，这些比什么都重要。再换个司机，谁知道又会出现什么样的状况呢？

终于有一次，万德福帮了我的大忙。

2016 年 5 月 25 日是 "非洲日"。这一天，哈拉雷要举行百万人大游行，为 92 岁的穆加贝 2018 年的总统竞选造势。虽然这是执政党组织的活动，但津巴布韦的现金危机已经持续了半年，怨声载道，反对派摩拳擦掌，随时准备瞄准时机煽风点火。坊间普遍认为，这次百万人游行可能会出乱子。

我分析了当时的局势，自己开车采访游行肯定是不太安全的，而且没法停车，但如果有当地人陪同，情况会好很多。我给万德福发信息，请他带我去拍摄游行队伍，他很快出现在记者站门口。

我们刚离开记者站，就在小路上遇到了一群参加游行的人，他们穿着印有穆加贝头像或游行标志的 T 恤衫，一边呼喊着口号一边快步走过。我喊万

▲　游行的人们奔跑着冲进广场

德福："快，跟上他们！"我们跟着人群来到南非大使馆门口的小广场，那里已经聚集了很多人，他们高喊口号，情绪激动。我让万德福靠近他们，我摇下车窗，对着他们拍了一通。

那天，游行的队伍从一条条小路汇聚到萨马尔·马歇尔主路上，一群群参加游行的民众唱着歌，挥着旗子，声势浩大。万德福的车跟着游行队伍缓缓前行，我不断按着快门。参加游行的人越来越多，一些道路已经无法通车。我索性跳下车，和万德福约好，等我拍完照之后，他再来原地接我。

这时，路边已经有当地媒体在拍摄游行队伍了，他们人高马大，比我能拍到的角度大了不少。我看路边有个石头墩子，索性爬上去。这下子视野开阔了许多，能拍出游行的大队人马。这些人最后汇聚到穆加贝广场，不少交警和防暴警察维持着交通，对进入广场的民众进行安检。

我一边拍照，一边采访前来参加游行的民众。一位来自奎奎的农民说，他来参加游行活动，是因为他热爱穆加贝总统，是他给了津巴布韦人自由的生活。一位名叫"本"的老师说，他支持穆加贝继续竞选 2018 年的总统。对于津巴布韦目前低迷的经济形势，他认为这是长期受到西方制裁所致。他信誓旦旦地说："我相信，在穆加贝的领导下，一切都会好起来的。"而穆加贝在现场演讲时，也对自己的政治前途表现出相当的自信："对于我是否该离任，你尽管去问问津巴布韦人，听到这个问题，他们肯定会恼火。"

等我采访完毕，穆加贝广场聚集的民众没有 10 万人，也有好几万人。广场外，还有大量的大巴车不断将参加游行的人群运送过来，交通一片混乱。我庆幸万德福来接我，否则都不知该如何回去。

我问万德福："你怎么不参加游行？"

万德福懒懒地说："我的生意那么差，都愁死了，我才不会去支持穆加贝连任呢。"

"为什么经济那么差，还有那么多人来支持他？"

"他们是被迫的，要是不来，就会遇到麻烦。"

没过几天，我听开工厂的华人朋友说，他被执政党的人拜访，要求为穆加贝竞选募捐，话里话外透着威胁。后来，我又遇到我采访过的那位叫"本"的老师，他苦笑着对我说，当时说的都是违心的话，只因我在录音，他不敢说出心底话。而在游行当天，我在报纸上看到，执政党为了扩大声势，层层部署，最后用大巴车和卡车运来了十个省的民众参加游行。

也许，"5·25"这天，绝大部分的人都在作秀，只有万德福对我说了真话。

我卸任的时候没有告诉万德福，因为我的同事宛玲有时还会打他的车，我不想让他知道站里只剩了一个小姑娘。我在心中默默地与他告别，感谢他为我做的一切。万德福，这个拼命工作的、坦率又有点耍小聪明的司机，我一辈子都不会忘记。

四　与石头对话的绍纳石雕家

在哈拉雷的闲暇时光，我最爱去的就是各式各样的石雕园。绍纳石雕闻名于世，几乎所有的市场、景区，甚至路边，都有卖石雕的摊点。这其中，我最爱的当属 chapungu 石雕艺术公社，这里不仅是石雕的展区和卖场，更是几十位石雕家创作的场所。听石雕家们讲讲他们与石头的故事，看着他们在石头上叮叮当当地凿刻，会觉得时间仿佛静止了一般。他们总能把我带到另一个时空，那里没有忧愁与烦恼，只有五彩斑斓的石头和绍纳古老的雕刻艺术。

让人爱不释手的绍纳石雕

在 chapungu 石雕艺术公社中，不同石雕家的作品风格迥异，一眼就能区分开来。有的以粗犷原始夺人，有的以怪诞夸张为强，有的喜爱雕刻动物，有的则以塑造人物为主。这些石雕作品并不以精细见长，而以神韵取胜。每一个石雕作品都孕育着一个独一无二的灵魂。我曾经问过一位石雕家，大家在一个园子里雕刻，会不会有互相抄袭的情况？那位石雕家说，我们可以互相探讨、借鉴，但不能原样照搬，那样是会被鄙视的。更何况，灵魂如何能抄袭呢？

不过，石雕家们的作品虽然风格各异，但大都会采用多种颜色的石头。津巴布韦矿产资源和宝石资源丰富，石头中因含有不同的宝石和矿石成分，呈现出黄色、黑色、灰色、棕色、红褐色等不同的颜色，其中，绿色石（verdite stone）、紫色石（lapedolite stone）、乳白色石（butterjade stone）较为罕见和名贵。亚洲来的客人大都喜欢质地坚硬的石头，彩色的石雕往往能卖出高价。很多石雕家为了迎合客人的需求，也会倾向于用绿色、紫色、乳白色的石头进行雕刻。走在园子里，总会有石雕家看我是中国人，特意拿来用verdite雕刻的石雕，用蹩脚的中文向我推销："朋友，绿石头！最好的！"

我也爱那些硬石，有些温润如碧玉，有些晶莹似水晶，鲜艳的色彩提醒着我石材本身的价值。但我爱绍纳石雕，主要不在材质，而在于雕刻家独有的雕刻手法。质地坚硬的石头固然材料价值高，但在坚硬的石头上，石雕家往往难以淋漓尽致地创作加工，这无疑降低了它的艺术价值。而且，彩色的石头雕刻出的紫色的大象、绿色的长颈鹿总让人觉得有些奇怪。能将石头的价值和艺术价值结合在一起的石雕作品少之又少，如若不能两全，我宁愿选择后者。

倾听石头的声音

我在石雕艺术公社的后院发现了一片纯粹的黑白石雕作品，主题大都是描绘人间的情感：两个青年男女相互依偎拥抱着，头昂向同一个方向，带着无所畏惧的神情，在向全世界宣告他们的爱情；一位妈妈肩上骑着一个孩子，一只手牵着一个孩子，另一只手还提着盛饭的篮子，彰显着非洲妇女的母爱与勤劳；一个年轻人孤独地抱膝而坐，歪着头闭着眼，像在思索着什么……每一件作品都雕刻得神态逼真，细腻又温馨，我不由地驻足良久，看入了迷。

正沉醉间，一位高高的年轻人走到我面前，自我介绍说他叫利奥，是这些作品的主人。我仔细端详他，只见利奥长相温厚，眉宇间有些书卷气，一看就是受过良好的教育。他说起话来不紧不慢，不卑不亢，低沉的声音中带着磁性。

▲ 石雕家利奥和他的作品《古老的恋人》

▲ 利奥作品《勤劳的母亲》

▲ 利奥作品《母亲与孩子》

▲ 利奥作品《女儿的依恋》

我向他请教那些作品的含义，他耐心地陪我一一观看、讲解。利奥说，他喜欢雕刻人物，试图通过不同人物的关系展现非洲人的家庭生活、劳动状态，表现非洲传统的文化和价值观。他指着几件作品说："这是两个捡柴火的非洲妇女，在非洲农村，很多妇女要走上几公里的路去捡柴，她们将柴火搬回家以后，就会在一起生火做饭；这个弯着腰的妇女是在把玉米捣碎了做本地食物 sadza ；这个作品讲的是晚饭后，人们围在一起敲鼓、打马林巴琴。这些素材都源于生活。"

我看着他周围堆成小山一样的石头，问他："你是怎么创作的？需要先画图纸吗？"他笑了："我不是创作，也不需要图纸，我只是在按照石头指导的方式去粗取精。"

见我一脸不解的样子，他进一步解释道："每次雕刻前，我会花很长时间观察一块石头，和它说话，询问它想让我怎么做。我只要听从石头的声音，把石头上多余的地方去掉，一件石雕就做好了。"

我还是第一次听到有人竟然可以与石头对话，虽然我知道这是利奥打的一个比喻，但还是禁不住暗暗叫好。绍纳石雕之所以世界闻名，也许正是因为石雕家们将石头放在超乎寻常的高度，雕刻时尊重石头的本性吧。

我环顾四周，又问利奥："为何在那么多种石头中，你只爱黑色的？"

他轻轻抚摸着自己的作品："这种黑色的石头叫春石，质地细腻，较软，容易雕刻。你看我雕刻出的作品是黑色的，但其实，这是春石内部的颜色，它的表面是灰白色的，要打磨掉外面的一层，里面的黑色才会显露出来。我往往会运用不同的打磨手法，让石雕呈现出黑、白、灰三种颜色，灰色和白色的部分可以做头发和衣服，而黑色则为肤色，这样雕刻出来的人像比较自然。"

我深以为然，春石，最普通的黑白石头，不张扬，不炫目，但到了利奥手里，一经雕琢，就有了质朴的生命之美。

每次去石雕园，我都爱和利奥聊天，听他用富有磁性的嗓音讲他和石头的故事。我渐渐得知，利奥出生于雕刻世家，父亲约瑟夫是津巴布韦第一代知名的石雕家，母亲在石雕艺术上也造诣匪浅。

虽然绍纳石雕已经存在上千年，但它形成规模并在国际艺术界崭露头角，却是近半个世纪的事情。20 世纪 60 年代，绍纳石雕在罗德西亚殖民时期迅速发展，来自英国的艺术家弗兰克·麦克伊文和南非的农场主汤姆·布鲁姆菲尔德无意中发现了绍纳石雕的魅力，深深为之倾倒。于是，他们建立了石雕艺术公社，为当地人提供石料，引导并鼓励艺术家进行创作。同时，他们在西方不遗余力地对绍纳石雕进行宣传，在巴黎、伦敦等地举行了一系列的绍纳石雕展。这些原本不为人知的非洲艺术在他们的推动下走向西方，获得了大量的赞誉。在他们的影响下，诞生了一批现代意义上的第一代绍纳石雕家。

利奥的父亲约瑟夫就是第一代绍纳石雕家中的佼佼者，但可惜英年早逝。利奥从小跟随母亲学习雕刻技艺，17 岁时开始专门从事石雕工艺。利奥爱钻研，不断吸取第一代雕刻家的精华，并融入自己对生命的感悟，逐渐有了属于自己的写实风格，颇有青出于蓝而胜于蓝的架势。他的作品曾在西班牙、荷兰、德国、美国、加拿大等国家展览，他也曾多次前往欧美国家教授雕刻技艺。如今，他的作品主要销往欧洲、美国、亚洲等地。

利奥把我带到 chapungu 石雕艺术公社的一角，那里横七竖八地躺着许多大型石雕，有些石雕已经残缺，上面布满灰尘，不时有猴群在石雕上嬉戏玩耍。利奥告诉我，这些都是第一代石雕家的作品。艺术公社的展览室于两年前破产关闭，为了还债，所有展品被迫拍卖出售。大部分的第一代石雕都已经被人买走，剩下的这些因为有残缺，一时没有找到买家。

我仔细观看那些第一代石雕家的作品。和第二代石雕家的作品相比，这些作品更奔放粗犷，人与动物的造型较为抽象，方不似方，圆不尽圆，似是随手凿来，却又浑然天成；打磨虽不精细，但那股来自生命最初的原始力量很容易打动人心。给我感触最深的是两个人头的雕像，他们不规则的头颅紧紧靠在一起，两人的手掌抚摸着对方的脸颊，鼻孔微张，双目紧闭。虽然隔了半个世纪，我依然能强烈地感受到他们之间无比依恋和无可奈何的情绪。

早在 1000 多年前的大津巴布韦时期，绍纳人的祖先就开始用石雕表达自己的感情和部落的宗教信仰。石雕家们相信，每一块石头里都包含了一种灵魂，它影响着这块石头最后要变成的形状，他们的工作就是把石头中的灵魂释放出来。第一代石雕家不拘形式、只求感染力的风格倒是更贴近这种精神至上的雕刻方法。

按说，这些第一代的石雕年代较为久远，更有其珍贵的历史价值和艺术价值。只因近二十年津巴布韦经济萧条，又遭到欧美制裁，顾客日稀，而本国人更少有余钱来采买石雕。这些宝贝竟然就在这里被风吹日晒，成为猴子嬉戏的场所，让人不胜唏嘘。

雕刻是表达感情的方式

尼古拉斯也是 chapungu 石雕艺术公社一位常驻的第二代石雕家。我

▲ 第一代石雕家的作品《情人》

▲ 第一代石雕家的作品《鸟头人身像》

初次见他时，他穿着一身宽松的工作服，头戴一顶开了边的旧皮帽，叉着腿坐在一个树桩前，专心致志地打磨他的新作品。

尼古拉斯有些腼腆，不知道主动招揽顾客，只顾着低头干活。我主动和他打了招呼，指着一块半圆的石板上雕着六个人头的雕塑，问他有什么寓意，他这才打开了话匣子："这个呀，这是一个家庭聚会，爸爸、妈妈和孩子们在一起，他们一边吃着东西，一边聊天，享受着惬意的时光。"

见我听得津津有味，他又主动介绍起其他的作品："我的作品都有故事，你看这母女俩，妈妈说她要去度假，女儿祈求不要把她丢下，要走必须一起走。你再看这个女孩和小羊一起跳舞的雕塑，这是说动物是人们的朋友，呼吁人们要保护动物。"

尼古拉斯雕刻的人物姿态诙谐，表情愉悦，给我一种轻松快乐的感觉。我把这种感觉告诉他，他像是遇到了知音，兴奋地说："你说得对！我这人

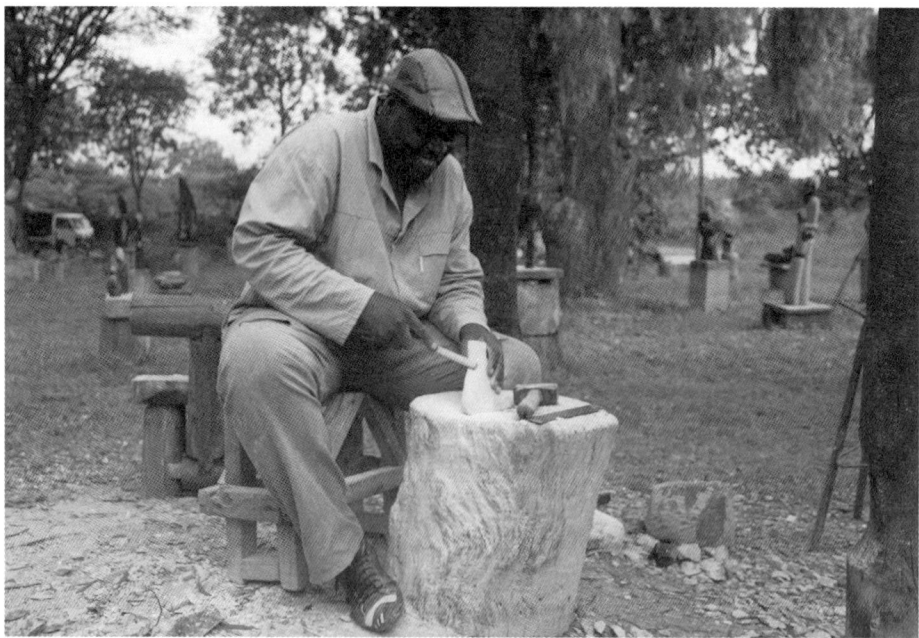

▲　尼古拉斯在打磨他的作品

嘴笨，雕刻是我表达感情的唯一方式。每当我看到人们开心地交谈、生活，我也会很开心，但我不知如何用语言表达，只能把这种开心融入我的石雕中，希望人们看到我的石雕时，也能从中感受到这种愉悦。"

我坐下来和尼古拉斯攀谈，问他为什么喜欢石雕。他一边雕刻，一边和我聊天："我十几岁的时候，看到一位艺术家在雕刻石头，一下子就迷上了雕刻，我心想，他能雕刻得那么好，为什么我就不行？后来，我拜了这位石雕家为师，向他学习雕刻。直到有一天，老师对我说，我雕刻得比他还好，我就出来闯荡了。"

说起如何雕刻，尼古拉斯的话更是滔滔不绝："有些石雕家有开采证，他们会去300公里以外的矿山直接开采石头。而我没钱办这个开采证，只能从开采者那里购买。我根据我的想法挑选我想要的石头，将底部切割平整，然后就开始工作。一开始，我会花很长时间琢磨这个石头，研究它的特点，渐渐地，头脑中的想法清晰起来，我就用带齿的锤子把它一点点凿成我想要的样子。当形状接近了以后，我再用锉刀一点点修整，用砂纸打磨上千遍，直到它非常光滑。最后，我会把石雕在火上炙烤，趁热涂一层保护蜡，这样石雕的颜色就不会再掉了。"

尼古拉斯告诉我，他特别喜欢在日落之前雕刻，因为这时往往是灵感最旺盛的时候。但有时，他也会找不到方向。每到这时，他会把手头的石头放下，先雕刻其他的石头，或者干脆到处转转。两三天之后，当灵感再次来临，他再重新开始工作。

他虽然痴迷于做石雕，但也感慨近些年石雕行情特别差，有时候一个月卖不出一件作品。急需用钱的时候，本应价值100美元的作品，遇到只肯出30美元的顾客，他也愿意出售。我不禁为他感到可惜，他摇摇头："是有些可惜，但是有什么办法呢？孩子要吃饭，要上学，什么都需要钱啊！生活本来就是艰辛的，我必须要扛起这个家。虽然贱卖了作品，但我至少不用去依靠别人啊！"

经济萧条期的坚守

尼古拉斯有 4 个孩子，为了给他们交学费，尼古拉斯还要在家种玉米、养鸡，贴补家用。我问他既然生活这么艰辛，有没有想过转行？这个腼腆的中年人毫不犹豫地说："我不会放弃石雕的，这些雕刻作品就是我的生命，我所有的热情都给了它们。"

我发现，尼古拉斯的作品中有一大半都是大型的石雕，一个就有几百公斤重。经济不景气的时候，顾客们往往青睐于小石雕，大型石雕作品往往无人问津。我问他："你明明知道大型石雕作品不好卖，为何还要雕呢？"

尼古拉斯乐呵呵地说："我雕刻并不总是为了出售啊！我只是想去创作，我想根据石头的天性来雕刻它们，虽然不一定能卖掉，但只要它们在那里，我就会很开心。有时，即使我舒舒服服地待在家里，也总觉得缺了点什么，但只要来到这里，看到它们，我就会又变得高兴起来。"

在津巴布韦的经济萧条期，靠卖石雕生活并不比做点小买卖更容易，但石雕家们依然在坚守。让石雕家稍感欣慰的是，欧盟已经宣布解除对津巴布韦的制裁，来自中国等亚洲国家的游客和订单也逐年增多。这些因素都似乎预示着绍纳石雕的市场将逐渐回暖。利奥还打算给自己的石雕开个网店，拓展销售渠道。

他说，"我对绍纳石雕有信心，当你对它了解得越多，就越不会认为它仅仅是石头。它是充满灵性的艺术品，你了解得越多，就越会爱上它。"

而我，早已对它深深迷恋，回国的行李中，一半都是绍纳石雕。

五　生活在平衡石上的津巴布韦蚁族

在津巴布韦首都哈拉雷国际机场附近，有一座举世闻名的平衡石公园。公园里坚硬的花岗岩经过几十万年的冲刷与风化，形成大大小小、层层叠叠的平衡石，看似摇摇欲坠却屹立不倒，被称为世界十大巨石奇迹，每年接待着成千上万慕名而来的游客。

而在接近平衡石公园的马路两侧，也分布着大大小小的平衡石。只因这些石头造型略显普通，没有被划进公园的范围之内，与著名景区失之交臂，却阴差阳错地成为津巴布韦蚁族生活的家园。

平衡石上建起的小镇

这个在平衡石上建起的小镇有个响亮的名字——爱普沃斯镇。最初，它只是一个不被政府认可的非法移民区。津巴布韦独立之后，很多人从津巴布韦各地涌入哈拉雷谋生，一些在温饱线上挣扎的人们无钱在市内购房置业，只好在平衡石散落的区域搭起简易的帐篷和铁皮房，凿井取水，伐木生火。津巴布韦政府曾多次驱赶移民，但三十年间，涌入的移民从一两万人增加到了十几万人，政府难以强行驱赶，只好将其设为镇进行管理。但对于这个由外来移民组成的贫民区，哈拉雷政府并不曾投入多少精力与财力，至今这个小镇仍没有水和电。

由于人多地少，这片聚居区可谓寸土寸金，村民们只能在巨石之间建造

▲ 村民在平衡石之间建造房屋

房屋。有些房子建在平衡石之前，将巨石作为天然屏障；有些房子建在平衡石下方的凹槽处，拿巨石当屋顶，看上去随时有被巨石压垮的危险。而顽皮的孩子则从屋顶爬上旁边的巨石，冲过往的人们欢呼招手。

终于有一天，我带着许多可乐和零食再次踏上了通向平衡石公园的路，只是这一次，我的目的地不再是公园，而是爱普沃斯镇，这个建在石头上的小镇。

当我走进这个小镇时，我发现它的中心区域比我想象的要繁华：不仅有热闹的集贸市场、小学和中学，还有一个围绕着"上帝的岩石"修建起来的公园。"上帝的岩石"是这个镇上最大的一块花岗岩，如同一座小山一样，因传说岩石顶端印有上帝的脚印而得名。我请一位当地人带我去寻找那个脚印。他带我爬上山顶，指着两个长椭圆形的浅坑对我说："这就是上帝的脚印。"我不信教，因此看不出他们如何判定这就是上帝留下来的印记。但当地人对

▲　小镇的孩子把山体当作滑滑梯

此深信不疑，两个年轻人正跪在旁边做祷告，而在山下不远的地方，还有一个小小的教堂。

对于小镇的孩子来说，这座小山最吸引他们的，是它如同滑梯一般光滑的岩壁。孩子们坐在一个个压扁的大饮料瓶上，不断从小山顶端滑下来，再爬上去。他们坐着滑、躺着滑、倒着滑，花样百出。有的地方岩壁不够光滑，小孩子不小心会摔个跟头，但依然嘻嘻哈哈、乐此不疲。

苏珊的小屋

在山脚下，我遇到了前来挑水的苏珊。苏珊今年28岁，5年前和丈夫从哈拉雷郊区的梦巴黎镇移居此处。我递给她一瓶可乐，和她聊了几句，提出想去她家看看，她很爽快地答应了。

苏珊带我穿过镇里的集市，踏过一片玉米地，来到一片低矮的土房子区域。这里的房子大多用没有烧制过的砖头修建，外面涂上了各种颜色的涂料。苏珊指着一间小小的土黄色的房子说："这就是我的家。"

　　在家门前的树底下，她 4 岁的女儿正和邻居的儿子坐在土地上玩耍。苏珊说，她和丈夫都很忙，她做服装生意，丈夫卖蔬菜、水果，两人每天早出晚归，只能将女儿托付给邻居照料。我把带来的零食送了一些给两个孩子，孩子们两眼放光，迫不及待地撕破包装，吃得非常开心。这些零食对城里的孩子来说都习以为常，对于他们却是难得的美味。

　　苏珊打开门，我随她走进房间。这个房子有五六平方米，摆了一张一米五的大床之后，就几乎没有转身的空间了。一个简易的衣柜、一个老式电视柜、一台不足十英寸的黑白电视、一把小椅子、一个巴掌大的煤油炉、一桶

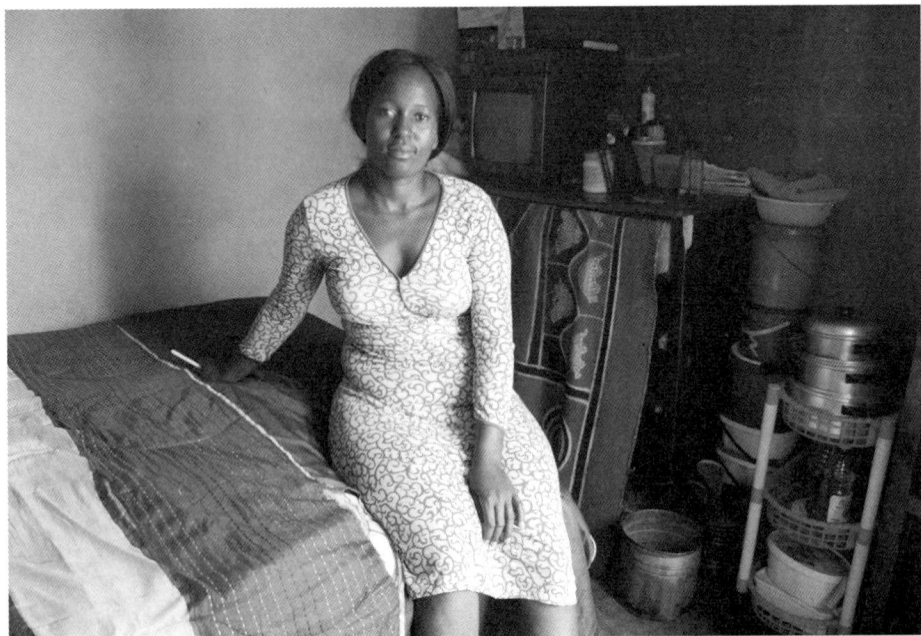

▲　苏珊的家非常狭小

玉米面和一些简单的炊具几乎就是全部的家当。为了应付局促的空间，苏珊把瓶瓶罐罐摞起来摆在墙角。房间里没有电，非常昏暗，借着窗口透进的光线，可以看出这个小家被女主人收拾得一尘不染。

苏珊热情地张罗我坐下，用瓷缸子给我倒了杯水。她介绍说，她们一家三口就住在这里，屋子虽然小点，但同时具备卧室和厨房的功能。她从墙角拿出一个小小的煤油炉："你别看我只有这一个炉子，却可以在上面煮 sadza（玉米面做的主食）、炖菜和肉，做一切当地人爱吃的食物。"

苏珊说，她出生在津巴布韦的南部山区，因为在家乡日子过得很苦，十年前她只身来到哈拉雷打工。梦巴黎镇有哈拉雷最大的批发市场，小商小贩云集，她最初在梦巴黎帮人卖服装，认识了同样在那里做生意的丈夫。后来她怀上了孩子，梦巴黎一个月 100 美金的房租让他们感到未来的生活会更加拮据，于是举家搬来爱普沃斯镇居住。"这里的房租只要 30 美金，省下的钱我可以为孩子做很多事情。"苏珊说。

不过，爱普沃思镇虽然租金便宜，但到底位置偏远，每天早上 4 点多，苏珊就要坐小巴去梦巴黎镇附近的穆派德赞哈姆服装市场进货，再运到梦巴黎或者爱普沃斯，卖给那里的居民。

苏珊从衣柜顶上拿下了一堆衣服，展示给我看："这条牛仔裙漂亮吧？我进货只要 1 美元，卖 2 美元。"我看裙子的材质还不错，疑惑地问道："怎么这么便宜？"苏珊答道："因为是二手的啊，这里的人哪里买得起新衣服呀。就这 2 美元的裙子还总和我赊账呢。"

苏珊叹了口气，又道："总卖这些便宜衣服挣不到钱，我想把女儿送到幼儿园，但小镇上的幼儿园学费很高，一个月的学费是 50 美元，便宜的也要 15 美元，对我们来说有些吃不消。我打算以后去莫桑比克和南非进一些高档一点儿的衣服，卖个好价钱，供孩子上个好点的幼儿园。"

我握着她的手说："你这么努力，以后日子一定会越来越好！"

佐薇的梦想

告别了苏珊，我继续向小镇深处走去。越往南走，大块的平衡石越多，许多房屋就建在平衡石之间。我随意走近一户人间，这个家庭有两间土砖修葺的矮房，四周低矮的平衡石围成了天然的院子。一位微胖的中年女性正弯着腰，在硕大的水盆里洗衣服。两个三四岁的小姑娘坐在一旁的石头上玩耍。我和洗衣服的妇女打了个招呼，又递给两个小姑娘一些零食，那位妇女冲我友善地笑了笑。

她一边洗衣服，一边和我聊起天。我得知她叫佐薇，一年前和丈夫、孩子搬到爱普沃斯镇。她的丈夫是汽车修理工，在哈拉雷城里工作，而她则是

▲ 佐薇在洗全家人的衣服

全职家庭主妇，照顾四个孩子。

佐薇言语温柔，英语发音标准，显然是受过良好的教育。她轻声说："没办法，老家生意不好做，我们一家人只好来这里投奔先来此处安家的公婆，在这里买下了两间房子暂住。"

村子里没有通电，佐薇要去公路上买柴火来生火做饭，50美分可以买一大捆。村里没有通自来水，她每天要去几百米以外的公婆家挑井水。一大家子吃穿用度需要不少水，光是洗一家人衣服就要用七八桶水，但佐薇言语中没有流露出一点抱怨。

聊起孩子，佐薇的脸上露出自豪的笑容："我有四个女儿，大女儿在哈拉雷读大专，二女儿在镇上读初中，她们的成绩都不错。这两个小女儿也到了该上幼儿园的年纪了，我希望她们能像姐姐一样，用功读书。愿上帝保佑我的丈夫多赚点钱，让四个女儿都能读书成才。"

说话间，佐薇已将全家人的衣服洗得干干净净。她把丈夫的白衬衫和女儿的白色校服悬挂在晾衣绳上，其余的则摊开晒在屋前的大石头上，正午的阳光将石头晒得滚烫，全家人的衣服一会儿就干了。

看着佐薇忙碌的身影和两个小女儿天真烂漫的笑容，我猜她们的生活定然是温馨多于艰苦。津巴布韦重男轻女现象严重，而要把四个女儿都培养成才，我不由佩服这对父母的眼光和勇气。

只有一间教室的学校

我继续向前走，发现了一所社区小学。如果不是教室外面的泥巴墙上画的一些红色的花朵和 ABC 的字样，我无论如何想不到这么破旧的平房竟然是一所学校。津巴布韦政府极重视教育，我曾去过偏远山村的公立小学，设施并不比大城市的公立小学差多少。而这所小学只有一间教室，一间教师办公

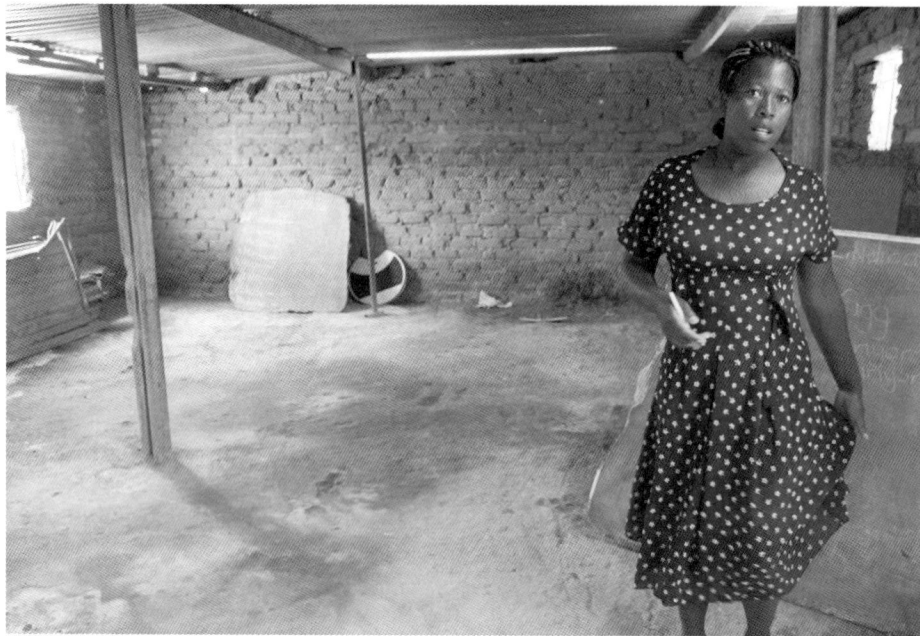

▲　在空空如也的教室上课时，孩子们只能席地而坐

室。教室里除了裸露的砖墙、铁皮房顶、泥巴地、两块一大一小的黑板外，一无所有。这一切都显示着这是一所不正规的民办小学。

爱普沃斯镇上有公立的小学和中学，一学期的学费为 30 多美元，虽然不算贵，但还是有家庭无法承受。而这所民办小学一学期的学费只有 6 美元，因此吸引了附近贫寒家庭的孩子来读书。

我到达的时候，正好是课间活动时间，大大小小的一群孩子正在教室附近玩耍。我在教室里见到了琳达校长。我问她："这么多孩子怎么在一间教室里上课呢？"

琳达校长说，教室只有这么一间，一个年级的孩子在教室里上课时，其余年级的孩子只能在院子里上课。但现在正是雨季，下雨时不同年级的孩子只能挤在一间教室里上课，难免会互相干扰。

琳达校长向我介绍：这所社区学校有 170 个孩子，涵盖了一年级到七年级不同年龄的学生。他们主要来自平衡石村和爱普沃斯镇的贫寒家庭，每天只有以玉米面和简单的蔬菜为食，有时连一学期 6 美元的学费也交不起，穿着更是破破烂烂。一次，一位来自加拿大的游客去平衡石公园游览时误入村子，发现了这所小学，为学生们捐助了校服，才使他们看上去精神了不少。

贫穷的生活难以阻挡孩子们对知识的渴望。琳达校长说，已经有 3 名孩子考上了公立的中学，继续深造。对这些孩子来说，刻苦学习不成问题，成问题的是他们的学费。父母很难负担得起中学的学费，政府不会管他们，只能寄希望于慈善人士的捐助。

一位穿天蓝色校服裙子的女孩子对我说，她的家从很远的地方搬过来，爸爸妈妈在附近做点小生意，她已经在这所小学读了四年书。在问到她有什么愿望时，一直害羞的她突然抬起头，认真地对我说："我希望小学毕业以后，能继续读中学、大学，长大了看看外面的世界。"

后来我听说，来自中国的慈善人士为学校捐助了桌椅，改善了孩子们席地而坐的上课条件。

但凡移民，大多怀有梦想。对于城市边缘的蚁族，狭小简陋的空间只是暂时的栖息之地。爱普沃斯镇居民们的辛勤劳作和对未来的憧憬都让我相信，眼前的艰苦都是暂时的。建在平衡石上的小镇，其实也是建在希望上的小镇。

六　用生命叫卖的街头小贩

　　开车经过津巴布韦首都哈拉雷交通最繁忙的十字路口时，我总能看到一群活跃在马路上的小贩。他们将国旗披在背上，伞帽顶在头顶，向往来的车辆兜售面包、可乐、水果、汽车配件、报纸、地图、电话卡，甚至圣诞树、充气游泳池、穿衣镜、艺术画……贩卖的东西几乎涵盖了人们的衣食住行。

　　随着津巴布韦农业的凋敝，大量农村人口迁徙到城市，但城市里的失业率也居高不下。这些外乡人找不到工作，租不起店铺，只好在街头摆个小摊，卖点日常用品。而有些人往往连一个街边小摊也抢不到，只能将流动摊位摆到了车水马龙的十字路口。在他们工作的地方，汽车时常呼啸而过，危险时刻伴随左右。在我看来，他们就是在拿生命叫卖。

可以赊账的报摊

　　哈拉雷没有固定的报摊，卖报人都是在街头叫卖。执政党的《先驱报》和反对党的《每日新闻报》是小贩们最爱卖的报纸。二街路口，最常见的卖报人是一老一少。我每次路过街口，都能看到他们娴熟地将一张张报纸塞进一个个短暂停留的汽车里。

　　后来我主动停下车找他们攀谈，才知道年纪大的卖报人叫拉乌莫，今年45岁。但他满脸风霜，看起来已是60岁的模样。他说，他已经在此处卖了20年的报纸，每天可以卖出100份左右。

▲ 科斯塔穿梭在车流中卖报纸

我问拉乌莫卖报纸的秘诀是什么，他说："这些报纸都是 1 美元一份，对于大多数哈拉雷居民来说并不便宜。但我有办法留住顾客。当我遇到顾客说没有钱时，我就让他把报纸先拿走，回头再付钱。"

我诧异地问他："那些顾客走了，还能再回来送钱吗？"

"当然，99% 的人都能把钱送回来。"他自信地说。

拉乌莫身边还带着一个二十岁出头的小徒弟科斯塔。科斯塔高中毕业后求职四处碰壁，于是也跟他卖起了报纸。科斯塔身手非常矫健，每当车辆停下，他就飞快地跑到车辆前，寻找有意向的顾客。为了引起司机注意，他身穿黄绿色的反光衣。但反光衣毕竟不能护体，当两人高的大卡车从他旁边擦肩而过的时候，着实让人替他捏把汗。

每天清晨，拉乌莫和科斯塔都会把当天报纸的宣传页贴在身边的电线杆和红绿灯的杆子上，这样司机老远就可以看到当天的头条新闻是什么。每个车流量大的十字路口往往都会有卖报纸的小贩，因此路口的电线杆往往都被报纸打扮得花花绿绿。

拉乌莫和科斯塔告诉我，他们卖一份报纸能有10%的利润，如果卖上一百份就有10美元的收入。卖一张电话卡有8%的利润，全部加起来一个月能有五六百美元的收入。这份工作勉强能维持家用，但非常辛苦，一年365天，除了每周日上午去教堂，他们天天都会来街头上班。

流落街头的艺术家

在十字路口，往往还能看见有人举着精美的油画、秸秆画、装饰画叫卖。这些艺术品本应在画廊里或者工艺品店里展览出售，现在却出现在街头，让人看着有些不是滋味。

坦乌是一位津巴布韦的艺术家。他擅长用种子、树皮和草秆贴成具有非

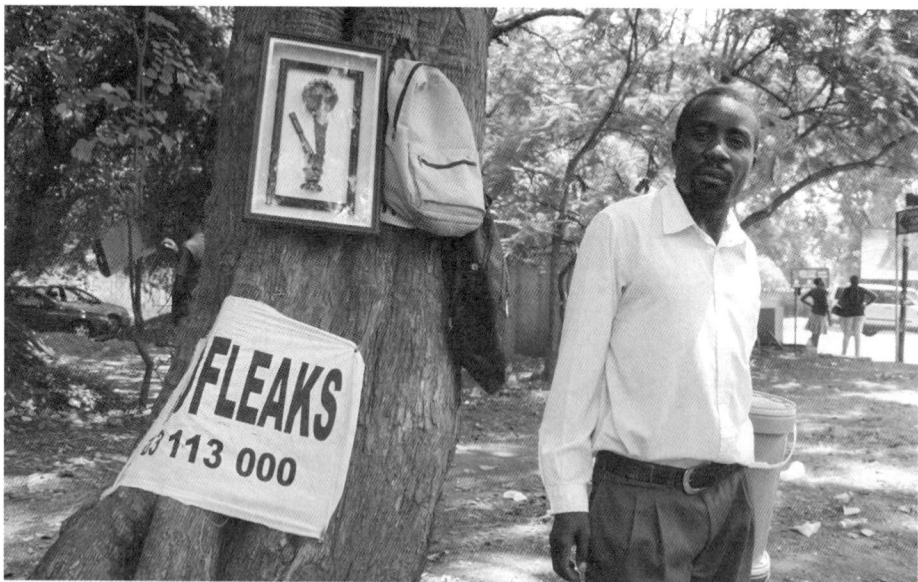

▲ 坦乌在大树上卖作品

洲风情的作品，这些作品质朴大气，挂在家里是不错的装饰品。他曾经有自己的艺术品店铺，但这些年生意难做，他没钱续租铺子，只能将作品挂在路旁的大树上，趁来往车辆等红绿灯的几十秒钟向人们推销他的作品。由于生活贫困，他三十岁出头已显苍老。

坦乌说，他的作品有时可以卖到 20 美元一件，但买的人并不多。生意好的时候一天可以卖出两三件，也有不少时候一天都卖不出一件。所以他的月收入很不固定，有时 500 美元，有时 300 美元。

坦乌住在哈拉雷郊区，由于卖画难以维持家用，他平时还在家里种些玉米，养一些鸡羊。有时会把家里养的牲畜拉到城郊去卖，贴补家用。他告诉我，他有两个孩子，大儿子上了小学，但这个学期已经没有钱交学费了。他只能跟校长说好话，先欠着学费，等有钱了再补上。

游泳池举着卖

在保罗戴尔路和察柴尔路的交汇口，一年四季有人扛着游泳圈、充气游泳池在兜售。30 岁的绍莱已经在这里卖了 7 年的游泳充气玩具，所有的玩具都是从中国出口南非、再从南非出口到津巴布韦的。别看哈拉雷经济凋敝，但英国人留下的游泳传统没有变过。城里带院子的宅子都建有游泳池，而没有游泳池的人家也会想方设法买个充气游泳池给孩子玩。

绍莱说，和游泳相关的充气玩具非常好卖，每天都可以卖掉几个游泳圈、两三个大的充气游泳池和充气船。一个月保守估计能挣到七八百美元。最初，他只是一个人扛着游泳圈在街头卖，后来有些家乡的朋友来投奔他，生意越做越大，他们还在附近的民房里找了个库房储存这些货物。

绍莱说，虽然是街头买卖，他也是有经营许可证的，为此，他每年要给哈拉雷市政部门交 150 美元。他指了指身边的同伴说："他们都没有执照，有

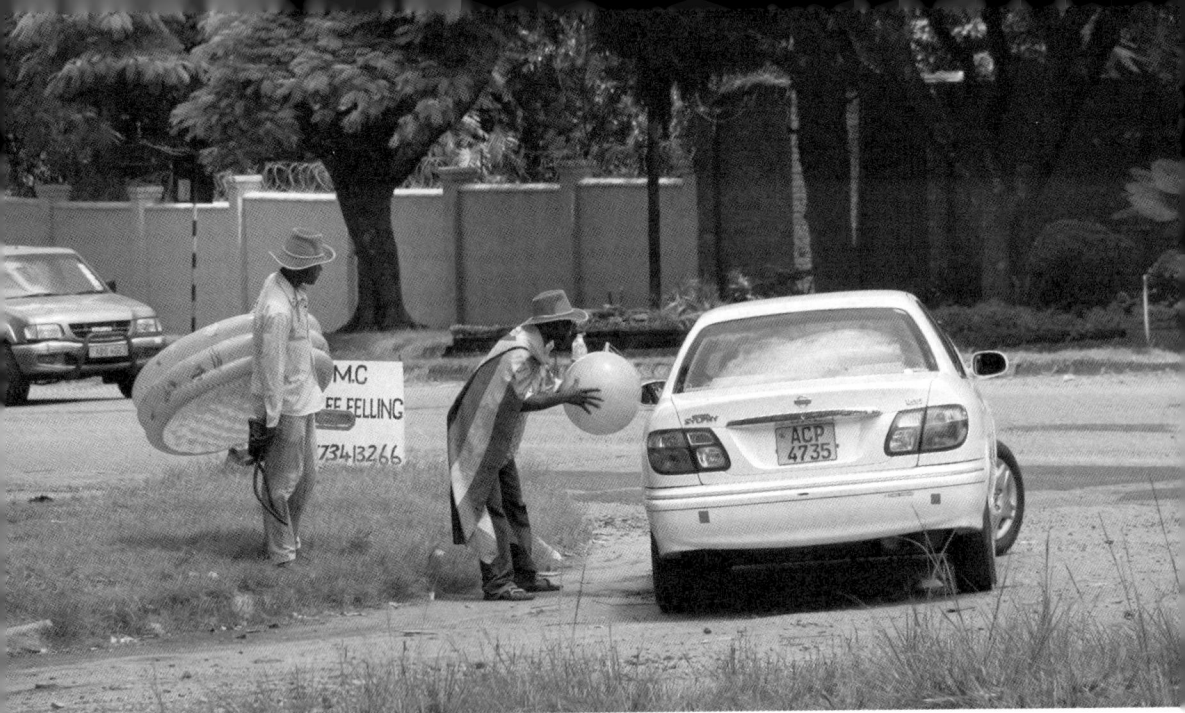

▲　绍莱和同伴向往来的司机推销游泳玩具

时城管来检查，会没收他们所有的商品，将他们带到警察局，不过交 5 美元的罚款，连人带货就全放了。"顿了顿，绍莱又补充说："但如果没收的是电话卡，他们就没那么幸运了。城管会顺手把电话卡放进自己的腰包，要是要不回来的。"

烤玉米满街飘香

津巴布韦盛产玉米，每到玉米丰收的季节，马路边上隔不了几百米就会出现一个烤玉米摊，一股股烤玉米的香味弥漫在空气中。我每次开车路过烤玉米摊，总忍不住停下车来买一个。

津巴布韦的玉米洁白如玉，个头顶两个国内的黄玉米，籽粒极其坚硬。刚去津巴布韦时，我只听说过白玉米硬，但不知道究竟有多硬。有一次实在买不到黄玉米，就买了两个白玉米。我像蒸黄玉米一样，把它们放在蒸锅里

▲   街头随处可见的烤玉米摊

隔水蒸，还特意多蒸了二十分钟，但怎么都咬不动。我又把它们放到水里煮了半个小时，还是啃不动。后来我才知道，这种白色玉米不是直接拿来吃的，而是用来磨 sadza 面的原料。不过，白玉米除了磨 sadza 面，烤白玉米也是津巴布韦人钟爱的休闲食品。因为坚硬有韧性，烤过后的白玉米越嚼越香。

烤玉米程序非常简单，几根木头架起来，点上火，把玉米剥了皮置于木头之上，一面烤熟了再翻一面，只要五六分钟就能烤好。卖玉米的人还会根据客人的口味撒上盐、辣椒面，甚至是番茄酱。

烤玉米的利润应该是街边生意中最高的，在批发市场上花 1 美元可以买到 8 个生玉米，而烤好的玉米则卖到 1 美元 2 个。卖给我们这些外国人时，小贩更是会把烤玉米卖到 1 美元 1 个。因为利润颇高、技术含量又颇低，所以街边遍布玉米摊。而从玉米摊的密集程度来看，想靠烤玉米发财却很难。

在经济萧条时，哈拉雷很多高档商铺不是关门就是冷冷清清，倒是这街头的生意总是红红火火。久而久之，竟成了哈拉雷街头的一道必不可少的风景。

七　中国爱心妈妈和非洲孤儿的故事

在津巴布韦生活的三年半中，我最大的收获之一是认识了一群充满爱心的华人妈妈。她们有的是三十多年前去津巴布韦的老华侨，有的是二十年前去津巴布韦创业的第一代新华侨，也有近几年才去的新一代年轻华侨。她们有的是津巴布韦商场上叱咤风云的女强人，有的是在家相夫教子的家庭主妇。她们有的爽朗，有的温婉，有的大气，有的细腻，虽然每个人的性格和身份不同，但她们都有一个共同之处，那就是对慈善事业都有着极大的热情与奉献精神。她们把对自己孩子的爱延伸到那些孤苦无依的津巴布韦孤儿身上，为他们筹集学费，提供生活物资、娱乐设施，她们组织孤儿们过儿童节，为生病的孤儿治病，她们建立自己的孤儿院，希望将孱弱的小苗培养成栋梁之材。

因为工作的关系，我持续对她们的活动进行追踪报道，三年间写了十几篇稿件。渐渐地，我被她们的热情与爱心所感动，不再仅仅把参加爱心妈妈的活动当作工作，而是作为我生活中重要的一部分。而她们也不见外地把我当作自己人，其中几位还成了我的至交好友。

"既然帮了，就要长期帮下去"

在津巴布韦城市的大街上，几乎每个大路口都有很多流浪儿童向来往的行人乞讨。他们大多是失去了依靠的孤儿，在常年的乞讨生活中已经变得油腔滑调。比他们幸运一些的孤儿被社会福利局收留，然后被分到各个孤儿院。

据津巴布韦慈善基金会负责人介绍，津巴布韦有大约 180 万孤儿，占比超过了总人口的十分之一。这些可怜的孤儿有的被父母遗弃，有的父母早亡，有的父母被关进了监狱，还有一些是在母亲肚子里就被感染的艾滋病孤儿。孤儿院的资金大多来自社会捐助，但在大多数人都自身难保的情况下，孤儿院的日子更是难过，孤儿们大多缺衣少食，难以接受持续的教育。

　　从 20 世纪 90 年代起，逐渐在津巴布韦站稳脚跟的华人就开始向这片热土回馈爱心。一开始，华人们多是自发的个体捐助。随着参与到爱心事业中的华人越来越多，大家决定成立一个公益组织，更好地帮助津巴布韦的孤儿们。

　　2014 年 4 月 10 日，"非爱不可"爱心妈妈组织（以下简称"爱心妈妈"）正式成立。这个名字一语双关，一为必须要爱，二为非洲之爱。成立之初，成员有二十几位女性，后来不断有人加入，目前全部成员九十余人，隶属于津巴布韦华商会。当然，爱心妈妈们背后还站着一群爱心爸爸，他们也一直在默默奉献着。

　　我最初接触这些妈妈们是在 2015 年的情人节。那天，我去哈拉雷庆典中心观看演出，老远就看到一群身着黄色 T 恤的华人女性在庆典中心门口举行义卖，很抢眼。她们一边推销着自己组织捐赠的爱心 T 恤、饮用水和玫瑰花，一边向人们解释：义卖收入将资助当地的孤儿院。她们的孩子们则拿着玫瑰花到更远处叫卖。当时，正逢国内的艺术团前来津巴布韦演出，不少华人前去观看，大家被爱心妈妈们和孩子们的热情感染，纷纷慷慨解囊。一下午的活动就筹集了近 4000 美元善款。

　　我追问这一大笔善款的去向。"爱心妈妈"的创始人彭艳热情地邀我一同前往距津巴布韦首都哈拉雷 200 公里的卡若依镇的孤儿院采访。两周后，我和十几位爱心妈妈带着几车的生活物资和学习用品抵达这所孤儿院。我们的车子刚一到，孩子们就冲出来迎接和拥抱他们的中国妈妈，开心得如同过节一般。妈妈们搂着孩子，久久不愿松手。

那是我第一次拜访孤儿院，被这温馨的一幕深深打动了。但当我仔细参观这所孤儿院时，心又沉重起来。这所孤儿院是由当地教会捐资修建的，有60多名孤儿在此生活，男孩子和女孩子分别住在两个集体宿舍，每个狭小的房间里摆了三排上下铺，非常拥挤。厨房里的食物只有土豆和红薯。院子不小，但里面没有任何的娱乐设施，后院有一块荒废的菜地。

　　彭艳对我说，有一次，她和爱心妈妈们来卡若依孤儿院看望孩子们，孤儿院财务经理林迪告诉她们，这里的50多名孤儿已经有三年交不起学费，他们就读的学校已经免费让他们上了三年学。学校声明，如果下个学期开学前他们再不交学费，只能让他们退学。

　　彭艳和爱心妈妈们商量后，决定为这50多名孤儿筹集学费。妈妈们在津

▲　"爱心妈妈"的部分成员合影

▲　爱心妈妈们在卡若依孤儿院

巴布韦华人网上发了帖子，吸引了更多的华人伸出援手，为孤儿们凑齐了一个学期的学费 1000 多美元。"这次义卖筹集的善款又可以为孤儿们提供下个学期的学费了。"彭艳欣慰地对我说。

我此前也参加过一些慈善活动，大部分是一次性的援助，当时活动搞得轰轰烈烈，后续怎样鲜有人关心。而爱心妈妈组织更看重的是援助的持续性。爱心妈妈成员张晖的一番话令我印象深刻，她说："我们不帮则已，既然帮了，就要长期帮下去，让这些孩子们都能上得起学。"

卡若依孤儿院财务经理林迪对爱心妈妈们一次次的帮助由衷感激。她说："我从来没有见过像她们这样善良、有爱心的人，从来没有过。她们给孩子们付学费，给孩子们带来新的床垫，给他们买食物。要知道，我们没有收入，没有办法给孩子们付学费。如果没有中国爱心妈妈的帮助，我们很难支撑下去。"

她们是最可爱的人

"爱心妈妈"组织的创始人彭艳出现在大家面前，总是带着灿烂的笑容，马尾辫绑得高高的，脸上还有些单纯的学生气质。她忙前忙后地筹划着慈善活动，活力十足，一点都不像40多岁的年纪。但她说，多年前刚到津巴布韦的时候，她一点都不像现在这般快乐。

1997年，彭艳辞去国内的工作，随先生来到津巴布韦。那个时候的津巴布韦还没有被欧盟和美国制裁，经济欣欣向荣，处处一派欧洲风光。但她怎么也喜欢不上这个国家，整日宅在家里，做一个全职的家庭主妇，没有朋友，没有工作。她从心底抗拒融入这个国家，在那里待了七八年，日子过得都很苦闷。

直到有一天，彭艳无意中走进孤儿院，看到那些孩子纯真幸福的笑脸时，她的心像是打开了一扇窗，洒进了阳光。她说，在曾经的想象中，孤儿应该是孤苦无助、可怜兮兮的，但津巴布韦的孤儿们看起来没有一点儿可怜的样子，他们都穿得整整齐齐，被打扮得干干净净，脸上洋溢着幸福的笑容。此后，彭艳就成了孤儿院的常客。每次去孤儿院，她都会为孤儿们准备食品、图书、生活用品，和孤儿们聊聊天，内心充实而快乐。

彭艳曾对我感慨道："孤儿们比我开心，比我纯真，而且特别容易满足，你给他们一根铅笔，他们都会很开心，哪怕你什么都不给他们，就是抱他们一下，他们也会在你怀里咯咯地笑，实际上是我从他们身上得到了温暖。"

一开始，彭艳总是自己一个人去孤儿院，为孤儿们做一些力所能及的事情。她觉得自己做的事情太微不足道，不想让更多的人知道。但去的次数越多，她就越感到力不从心。津巴布韦的孤儿太多，而一个人的力量太小。她开始寻找更多志同道合的人，想一起帮助更多的孤儿。这一寻找，她发现了一大批一直在默默奉献爱心的华人女性，大家聚在一起，一拍即合，很快就成立了"爱心妈妈"。

津巴布韦华商会常务副会长兼秘书长李曼娟也是"爱心妈妈"的一位核心人物。她在津巴布韦成功奋斗的经历完全可以写成一本励志书。从1999年闯荡津巴布韦到如今，她白手起家，创办了自己的公司，成为津巴布韦几大粮食巨头和食品饮料公司的固定原料供货商。她与华人志愿者们共同创办了津巴布韦华人网，每天不间断地更新津巴布韦的各大新闻，专业和勤勉程度令我这样的专职记者时常感到汗颜。

在爱心妈妈组织成立之前，她和华商会慈善公益部的同事组织过多次义务打扫街道、定期扶贫等公益慈善活动。在"爱心妈妈"组织成立后，她又义不容辞地担负起最难的工作，利用自己广博的人脉，与中国使馆、当地政府部门、当地慈善机构进行接洽沟通，全盘组织活动，协调各个环节。越是举办大型慈善活动，越能展现出她的领导才能。

李曼娟说，她最初做慈善，是把它当作华商会的工作来做，初衷是回馈社会，改善华人在津巴布韦的形象；但做得多了，内心会有一种满足感，这种满足感是别的事情不能替代的。她为我举了一个例子："有一次，我们在为孤儿院选址的路上，发现哈特克利夫地区的很多待安置居民缺少过冬物资。我们号召了华人社区，很快筹集了大量的棉衣、棉被。当我们带着这些物资抵达时，当地议员为我们组织了盛大的欢迎仪式，每当我们送出一件礼物时，人群中都爆发出热烈的掌声和欢呼声，我们每个人都深受感动。所以这种馈赠是相互的，而不是单方面的。"

吕洪大姐是"爱心妈妈"中最年长的。已经做了奶奶的她依然不愿闲着，不仅热心地为"爱心妈妈"出谋划策、捐钱捐物，而且每次看望孤儿、举办慈善活动，几乎都少不了她忙前忙后的身影。她和张晖还承担了给"爱心妈妈"慈善活动拍照存档的任务，许多爱心妈妈和孤儿们真情流露的瞬间，都被她

▲ "爱心妈妈"为孤儿义卖

们一一记录下来。

　　张晖在国内时曾是一名老师，她特别看重孩子的教育问题，每次去孤儿院，她不仅积极地捐物捐钱，还会仔细询问孩子们的受教育情况。她总说："要想改变这些孤儿的命运，教育的力量是最大的。"但现在这种情况，孤儿院的孩子温饱尚成问题，何谈良好的教育？"爱心妈妈"可以为孤儿们付学费，却难以保证他们的学习质量。她时常为此忧虑。

　　蒋珊是一位时尚辣妈，虽然已经有一双儿女，身材一直保持得如同少女一般。都说上海人精明，她却愿意花费大量的精力和金钱在慈善事业上，每次看望孤儿，总是带着还未上小学的女儿，让她帮着给孤儿们分发食品。她说："我们的孩子从小生活得太幸福了，容易变得比较自我，我希望她能了解，这世上还有很多吃不饱、穿不暖的孩子，培养她的爱心和同情心。"

　　李雅丽是一位虔诚的基督徒，待人温文尔雅，对待孤儿更是细语温柔。

卡若依孤儿院的孤儿弗雷德里克因下巴长瘤子引起颌骨错位，爱心妈妈们将他接到哈拉雷做了两次手术。在那些日子里，李雅丽和彭艳、蒋珊、严晶等爱心妈妈为他联系医院和手术，为病榻上的孤儿送去亲手做的美食，轮流陪他聊天。怕他病中寂寞，还给他带去了图书和唱片。在她们的精心照料下，弗雷德里克终于康复。

韩春华颇具书卷气质，做事极为细致认真，每次义卖她都负责收钱记账，从来没有出过任何差错。一次，我参加爱心妈妈陪孤儿院的孩子过周末的活动，看到韩春华和一些妈妈教孩子们做手工。她低着头，一遍又一遍地教孩子们如何制作精美的手链，那耐心慈爱的神态，令我至今难忘。

香静怡虽然来津巴布韦的时间不长，但已经是"爱心妈妈"和慈善公益部的主力成员了。所有孤儿院的联系、调研、大型活动的具体细则、活动前的宣传和活动后的总结报道，她都要负责，并写得一手好文章。在我印象中，她加入"爱心妈妈"没多久就怀孕了，整个孕期都没有停止工作，生完孩子后依然为孤儿们的事情忙个不停。每当这时，她的丈夫就抱着小婴儿默默守护在旁边。

梁思琪也是一位热心的爱心妈妈，有次义卖，她把自己心爱的葫芦丝捐出来筹集善款。每次去孤儿院给孤儿送礼物，她都精心筹备。2015年圣诞节前夕，爱心妈妈们给卡若依孤儿院的60多位孩子准备了丰厚的圣诞礼物，其中有给每个孩子的鞋、糖果食物等生活物资，给工作人员的香皂沐浴液等大礼包。梁思琪向公司请了假，花了一天的时间给每样礼物都包上了精美的包装纸和丝带。

香格里拉中餐厅的胡建萍、香港餐厅的陈沁、长城餐厅的王玫也都是热心的爱心妈妈。她们不仅热衷捐款捐物，参加义卖，每次有捐助活动时，她们都主动将餐厅作为大家的捐赠点，担负起收集捐助物资的工作。平日里，她们也时常将餐厅提供给爱心妈妈们，作为聚会议事的场所。

我最后一次参加的"爱心妈妈"组织的大型活动是2016年的六一孤儿派对。从2015年开始，每年六一节前夕，华商会慈善公益部、"爱心妈妈"都会联合举办大型孤儿派对。那一年，她们又联合了华人摄影协会举办活动，从哈拉雷周边十所最贫困的孤儿院选出300多名孤儿，到中国城龙城参加派对。孩子们不仅可以在龙城游乐园参加各种游戏活动，领到丰厚的学习大礼包，还可以得到摄影协会为他们每个人拍摄的一张写真照片。

　　那天早晨，天气很冷，但"爱心妈妈"志愿者和商会招募的其他华人志愿者们天刚亮就等候在龙城广场了。孤儿院的孩子们一到，就由志愿者领到华人摄影师面前，一一拍照。爱心妈妈张晖也是摄影协会的一员，她和其他华人摄影师们不断调动着孩子们的情绪，逗他们开心，为他们拍下精美的写真。

　　在简短的捐赠仪式之后，志愿者们陪着孩子们去龙城游乐园参加各种游戏项目。这一天，由安徽外经建造的龙城大型游乐园免费为孤儿们开放，米老鼠和小丑为孩子们领路，艺术家在孩子们脸上画上属于节日的彩绘。孤儿们成了受大家宠爱的小王子和小公主，在海盗船、旋转木马、小火车、充气城堡组成的童话世界中尽情玩耍。由于很多孤儿是第一次玩这些项目，志愿者们寸步不离地照顾着他们，确保他们的安全。

　　午饭时分，志愿者们又带着孩子们回到会场，帮他们洗净小手，为他们分发午饭。华商会邀请的津巴布韦著名歌手亚伯拉罕为他们献唱，带着他们一起唱歌跳舞。孩子的天性在一个个精心准备的环节中不断释放出来，怯生生的眼神不见了，取而代之的是活泼与快乐。当摄影协会的成员们将孩子们的照片火速打印出来，送到每个孩子手上时，孩子们更加开心。对于大部分孤儿来说，这是他们一生中拥有的第一张属于自己的照片。

　　那次活动举办得非常成功，收到了大量来自大使馆、经商处、华商会、中资企业商会、企业和个人捐助的书本、文具、毛毯、食物和现金等，总价值约有7000美元。对于十所孤儿院来说，这些捐助足以改善孤儿们的一部分生活状况了。一些路过的当地人看到这个活动，对爱心妈妈说："我以前以为你们中国人来非洲就是为了赚钱，原来你们也在实实在在地做慈善啊！"

只为你一个拥抱，我会拼全力救你

"每次你这样抱着我，都让我感觉，我们好像失散了很久。所谓前世的缘分，大概就是这个意思吧！"这是爱心妈妈严晶在日记里写下的一段话。那时，她和丽兹已经认识了一年多，她视她如亲生女儿，而她也依恋地喊她"Anna（严晶的英文名）妈妈"。

2015年4月11日，彭艳在"爱心妈妈"的微信群里发出了一封卡若依孤儿院院长的求助信：一位名叫丽兹的14岁的孤女患了严重的眼疾，眼睛红肿疼痛，看不清东西，吃止疼片都不再管用。孤儿院长期资金匮乏，没有足够的钱给她治病，在当地的公立医院看了几次也不见好转，丽兹的眼睛有失明的危险。这个消息让妈妈们心疼不已，她们很快把丽兹接到哈拉雷，联系了哈拉雷最好的私立诊所的眼科医生，带她去诊治。

当时，严晶才加入"爱心妈妈"不到两个月。她说："在诊所里第一次见到丽兹，抱她入怀的瞬间，没有任何的陌生感，甚至感到熟悉与亲切。"大概是在孤儿院生活得太久，丽兹对母爱格外渴望，所有对她真心关爱的人都被她当作亲人，彭艳、李曼娟、张晖、李雅丽、蒋珊、韩春华等爱心妈妈在照顾她时都有相似的感觉。

为了给丽兹选择最佳的治疗方案，妈妈们自学了眼科英语，反复和多位顶尖的眼科医生沟通。"各种眼科的英文专业术语，我和'爱心妈妈'的姐妹们都要竖起耳朵听，好多词我还要查字典。'白内障''角膜'等英文单词我就是在那时学会的。"严晶笑着说。

值得庆幸的是，丽兹的眼睛并非之前哈拉雷公立医院诊断的白内障，而

▲ 丽兹和她的中国妈妈严晶

是因为角膜长期感染，出现白斑，影响了视力。私立医院的印度医生给她开了滴眼液，先进行保守的消炎治疗。如果无效，再做手术。

2015年4月29日，严晶在日记里写道："今天丽兹来复诊，很开心。十多天来，她的眼睛好了很多，已经不再红肿和疼痛。这个被她的上帝眷顾的小女孩笑容非常干净，又一次深深打动了我。我要感谢一下印度医生，依然没有收药费，而且对她特别关心，这世上有爱心的人是不分种族和国籍的。还要感谢一位热心仗义的华人老大姐，她从我的朋友圈看到小丽兹的事，给她买了新鞋和新衣。我今天还给丽兹带了一些国内的朋友带来的中国零食。说实话，养在蜜罐里的女儿都不爱吃，丽兹却特别开心！另因她下次复诊的时间正好赶上中津建交35周年辽宁芭蕾舞团的演出，我邀请了丽兹，想让她多看看这世上的美好！"

在芭蕾舞的演出现场，我见到了丽兹，她由爱心妈妈们和孤儿院的老师陪着，显得非常兴奋。在观看演出时，丽兹的眼睛里一直闪烁着愉悦和好奇的光芒。她说，那是她长这么大看到的唯一的一场演出。

5月30日，卡若依孤儿院传来好消息，丽兹的右眼已经完全康复，左眼也可以看到2米远了。这个消息让爱心妈妈们激动不已，她们继续每两周带丽兹去哈拉雷的医院复查一次。可是，在7月的一次复查中，医生发现丽兹左眼的炎症又加重了。她们仔细询问丽兹和孤儿院，才知道孤儿院长期严重缺水，丽兹没有干净的水清洗眼睛，所以反复感染。

爱心妈妈们了解情况之后，又联系了当地的慈善机构，为他们捐助了水箱，将邻居家的井水引入孤儿院储存。这下，丽兹终于可以得到卫生的护理，孤儿院那块荒废的菜地也可以重新利用起来。爱心妈妈们又向哈拉雷的中国农业示范中心的专家求助，农业专家们立即带着蔬菜种子和化肥来到孤儿院，帮他们铺设灌溉系统，指导蔬菜种植。这下，孤儿们终于不用整天吃土豆和红薯了。

在爱心妈妈们的悉心照顾下，丽兹的眼睛在逐渐好转。但在10月23日，又出现了新的难题：医生给丽兹开的一种叫"阿昔洛韦"的滴眼液在哈拉雷缺货，妈妈们跑遍了哈拉雷的医院和药店都买不到。一旦停药，丽兹的左眼有再度感染的危险。紧急关头，严晶立即求助国内的朋友代为寻找，终于在北京的药店买到了"阿昔洛韦"，又辗转通过从国内来津巴布韦的朋友带过来，在第一时间送到了丽兹手中。

11月22日，爱心妈妈们再次去看望丽兹和其他孤儿。丽兹提前得知了消息，连教堂都没去，在孤儿院望眼欲穿地等候。当她一看到严晶，就立即兴奋地飞奔过去，一下子扑到她的怀里，两个人幸福地依偎在一起。见此情景，孤儿院的老师笑着说："丽兹找到妈妈啦！"

菜地里，农业专家带去的西红柿、黄瓜、韭菜、茄子的种子已经相继开花结果。听孤儿院的老师说茄子不好吃，爱心爸爸们就到厨房做现场示范，教她们如何做茄子。那一天，我也在场，看到大家其乐融融，像一家人一样，深受感染。

2016 年 1 月 21 日，丽兹又到哈拉雷复诊，检查结果是右眼 1.0，左眼 0.05，两只眼睛外观正常，不再疼痛。医生说，她眼睛的感染已经完全好了，不用再用药。半年后再复查即可。爱心妈妈们紧紧拥抱小丽兹，她们太为她高兴了。

严晶卸任回国的时候，特别希望能把丽兹带走，收养为女儿。但津巴布韦的孤儿领养制度颇为严格，中国人很难符合领养要求，更何况她的身份是外交官夫人，领养的愿望更难实现。她为此深感遗憾和愧疚，甚至认为"自己曾经走进她的世界，给了她希望，又让她失望"。

2016 年 10 月 15 日，已经身在国内的严晶这样写道："你的眼睛已然安好，你的笑容依旧灿烂，你又长高了，更漂亮了，你说想念 Anna 妈妈，你说吃到了中国捐赠的大米，都不想吃 Sadza 了……你的一切还是那么牵动我的心，然而我希望你能忘记我，我除了在遥远的北半球默默为你祝福之外，再也为你做不了什么！——致我的津巴布韦'女儿'丽兹。"

虽然已是万里之遥，但严晶依然时时牵挂着她的津巴布韦女儿。2017 年，丽兹的姐姐找到了丽兹，将她接出了孤儿院，有了姐姐的照顾，丽兹变得更加开朗。严晶为她找到了亲人而欣慰。再后来，彭艳等爱心妈妈去探望丽兹，发现丽兹的生活状况并不太好，她的姐姐被丈夫抛弃，独自抚养年幼的孩子，全家人没有生活来源，丽兹更没有办法继续读书。严晶听说以后，心又揪了起来。她托哈拉雷的当地朋友为丽兹的姐姐推荐了一份清洁工作，希望姐姐自立之后，能够照顾好丽兹。

严晶与丽兹之间的缘分，也许这辈子都割舍不了。

建立起自己的孤儿院

2014 年以后，爱心妈妈们在各个孤儿院间奔走，看到了太多需要帮助的孩子。她们深深感到，临时捐助的物资只能解一时之难，要想彻底改变一些孤儿的命运，还是需要建立一个自己的孤儿院，从物质到精神，给予他们全面的照顾与培养。

2016 年 4 月，"爱心妈妈"在中国驻津巴布韦使馆的帮助下，获得了"中非民间友好行动基金"20 万元的资助。有了这笔钱，建孤儿院的计划终于可以启动。

从 4 月到 6 月，几十位爱心妈妈利用每个周末走访了十几家孤儿院，她们想找到一个最贫穷、最需要帮助的地方，修建她们的孤儿院。有一天，她们经人介绍，驱车访问哈特克里夫地区的一个民办小学。糟糕的路况让她们几次在比人还高的荒草中迷路。当几经周转抵达这个民办小学的时候，妈妈们惊呆了。

与其说这是学校，不如说是一个由塑料薄膜和编织袋搭建起的大棚，附近村民的孩子和一些孤儿挤在狭小的棚子里学习。妈妈们看到这幅景象，无不心酸。她们当即决定，就在那里建造一个孤儿院和一所学校，让孤儿们有一个温暖舒适的生活环境，让附近村民的孩子也都能有一个良好的学习环境。

爱心妈妈的善举也带动了很多中国企业。中津水泥厂捐献了价值 5000 美元的水泥，中国工业国际建设集团以最快的速度修建起孤儿院。爱心妈妈们则继续奔忙，和津方的慈善机构签署谅解备忘录，注册孤儿院，办理一切繁杂的手续。

两个月后，一座漂亮的轻钢结构的孤儿院在破旧的民房之中落成，显得

▲ 孤儿院的孩子原来读书的教室　　　　　　▲ "爱心妈妈"修建的孤儿院

格外醒目。这所孤儿院占地近 150 平方米，包括五室一厅两卫，房间里摆上家具、床铺，就像一个温暖的家。12 名由当地福利院选出的孤儿成了这个温暖大家庭的第一批成员。他们大多四五岁，各有各的不幸身世，从这一天起，这些不幸的孩子终于过上了正常孩子的生活。

2016 年 8 月 12 日，"爱心妈妈孤儿院"落成那天，举行了隆重的启动仪式。哈拉雷省省长米丽娅姆·奇库夸、哈特克利夫区议员汤格塞，中国驻津巴布韦大使黄屏、政务参赞崔春等官员都到场祝贺。

彭艳发表了即兴演讲，她说："爱心妈妈们因为常年住在津巴布韦，与这里的人们一起生活与工作，深深爱上了这片土地，爱上了这里的人民，也爱上了这里的孩子。是爱成就了今天的奇迹，是爱让梦想得以成真。希望通过爱心妈妈传播的这份爱，让更多失去父母的孩子拥有一个温暖的家。"彭艳显得非常激动，讲话中数次哽咽。

李曼娟的演讲则更为理性，她代表"爱心妈妈"和华商会，为孤儿院规划了长久的愿景："孤儿院的落成并不意味着使命的结束，而是哈特克利夫地区孤儿慈善事业的开始。华商会将以此为基地，启动培训项目、教育项目和帮扶项目，争取让爱心妈妈孤儿院在不远的未来实现自足与自立，让这里的孩子接受更好的教育，成为未来社会的栋梁之材。"

"爱心妈妈"还与当地的慈善机构共同出资，在孤儿院旁边修建一所新的学校，等学校落成之后，孩子们就可以在宽敞明亮的教室里学习了。爱心妈

妈们定期为孤儿们送去食物和生活物资，一起上学的孩子也可以在学校吃一顿由"爱心妈妈"提供的营养餐。

非洲的慈善事业在路上

一路走来，"爱心妈妈"的光环越来越多，在当地的知名度也越来越高，人人提到这个组织，都会发自内心地赞叹几句。只有身在其中的妈妈们才知道，她们身上的担子其实在不断加重，等待她们的是"翻过一座山，又见一座山"的挑战。

一方面，"爱心妈妈"的资金来源不稳定，仅靠妈妈们和津巴布韦华人社区的不定期捐助，能为孤儿做的事情总是很有限。另一方面，妈妈们大都有自己的工作，只有利用业余时间来帮助孤儿，但孤儿院建成之后，还要教授孩子们生存的技能，培养他们成才，让孤儿院走上自给自足的良性循环，这些任务都已经提上了日程。妈妈们总觉得时间不够用，但也没有余钱聘请专门的人来从事这项事业。

目前，非洲的慈善事业还是以本地白人、黑人和欧美人为主，他们大多可以从美国、英国、澳大利亚等发达国家的企业和教会筹措资金，在当地聘用专职人员管理，已经有一套较为完善的运作模式。而中国人因为进驻这片大陆时间最晚，他们的慈善事业也处于起步阶段，专业的慈善组织更是凤毛麟角。"爱心妈妈"在一群华人妈妈的爱心中自发而生，全凭着津巴布韦华人的一腔热血在支撑。但现在津巴布韦的经济持续低迷，一些爱心妈妈也遭遇了经济的困顿，她们在这种情况下，依然坚持那份初心，实属不易。

如果你恰巧看到了这篇文章，如果你有志于非洲的慈善事业，请你不妨与这些爱心妈妈联系，她们定不会辜负你的爱心。

八 津巴布韦草根的"梦想秀"

在中国，各种达人秀、梦想秀等综艺节目早已运作得非常成熟。但在商业综艺并不十分发达的津巴布韦，能举办全国范围的选秀比赛却是件稀罕事。而这件事竟然是中国人一手策划和实施的。虽然条件艰苦，但从海选到决赛的选拔过程非常严谨，在津巴布韦取得的轰动效应不亚于任何一档在国内广受关注的选秀节目，而它带给这些非洲年轻人的影响也许更加深远。

草根艺术家的狂欢节

我至今还记得第二届津巴布韦梦想秀的决赛之夜。那个晚上，在哈拉雷的七艺剧场，台上的热歌劲舞和台下的热烈欢呼震得我快喘不过气来。经过 4 个月的紧张角逐，层层选拔出的前十六强选手轮番在舞台上表演唱歌、舞蹈、非洲鼓、口技等才艺。虽然他们和专业演员相比，表演还略显青涩，但他们青春洋溢，富有激情，充满热情和天赋的表演将场上的气氛一次次点燃。

从 2015 年 7 月 2 日开始，第二届梦想秀在津巴布韦全国拉开序幕。超过 2500 位津巴布韦年轻人参加了位于哈拉雷、布拉瓦约、奎鲁、奎奎、穆塔雷等 9 个城市的海选。经过筛选，100 个组的选手参加了 8 月 16 日在哈拉雷和布拉瓦约举行的片区半决赛，决出前 20 强。8 月 22 日，梦想秀在哈拉雷的龙城举行了全国半决赛，决出全国 16 强。

10 月 31 日晚的决赛是选手们最重要的决赛表演。经过三轮的角逐，最终，口技演员丹泽·马绍马尼卡以其融合口技、乐器和说唱的精湛技艺赢得了评委和大众评审团的认可，获得了第二届梦想秀的冠军，捧走5000美元的奖金。

丹泽·马绍马尼卡似乎一下子还没适应一夜成名的惊喜，发表获奖感言时还带着些许腼腆："我有点儿不太敢相信这个结果，以前口技艺术在津巴布韦的地位很低，冠军总是颁给唱歌、跳舞的人，但今天我得到了第一名。我想这是一个新的开始，以后应该能找到更多志同道合的朋友和我一起玩口技。"

无伴奏合唱团"灵魂寻找者"和独唱歌手恩亚沙分别获得二、三等奖，获得3000美元和1000美元的奖金。除了前三甲，其他前十强选手都获得了500美元的奖金。

津巴布韦梦想秀于2014年创立，举办第一年就取得了轰动的效果。梦想秀的承办方紫薇花文化传媒公司总裁、津华联会常务副会长赵科对我说："津巴布韦是个艺术之国，音乐、美术、石雕都是很好的东西，但是缺少打造艺术的平台。我们想用中国人的视野和理念帮他们打造这个平台，通过梦想秀这个舞台让他们快速成为闪亮的明星，并形成一个示范效应，鼓舞一代年轻人追逐他们的梦想。"

"梦想秀"给他们带来新机遇

在每一届的津巴布韦梦想秀的层层选拔中，都有不少赋有艺术天赋和才华的青年人脱颖而出，2015年的那一届也是如此。

梦想秀第一名口技表演者丹泽刚刚高中毕业不久，是一个高挑消瘦的大男孩，戴着金丝眼镜。他告诉我，他在五年前读书的时候接触了口技，试着模仿了一下，发现自己很有天赋，就爱上了这门艺术。但是，口技在津巴布韦尚属前卫的艺术，很难找到老师指导，他就在网上下载欧美有关口技表演的视频，一有空就自己琢磨。他的朋友觉得他的口技越来越棒，给他起了个艺名，叫"probeat"，也就是 professional Beatbox（口技专家）的缩写。

丹泽说："在整个比赛期间，我每天都要练习，还请来很多朋友帮我挑毛病。为了舞台效果更好，我在表演中增添了很多戏剧表演的成分，每设计好一个情景，我都会演给朋友看，朋友要是被逗得捧腹大笑，我就会保留这个环节，要是不喜欢，我就继续修改。另外，我还在表演中融入了乐器演奏和津巴布韦的民族音乐，希望人们更容易接受这门艺术。"

5000 美元奖金对于普通家庭出身的他来说更是一个实实在在的鼓励："我以前没学过声乐，口技表演都是自学的，我想拿一部分奖金出来，系统学习一下声乐。我还想和我的朋友定期组织演出，将口技艺术在津巴布韦推广开来。"

梅南兄妹是无伴奏歌唱组合"灵魂寻找者"中的领唱，他们来自哈拉雷最贫困的马布伍库区。梅南说："很多人会瞧不起从这个区域出来的人，但这丝毫不会阻碍我的歌唱梦想。去年，我就参加了梦想秀，取得了第四名的好成绩；今年，我们兄妹再次参加梦想秀，虽然只得了第二名，但我也很满意了，我要用这笔奖金读音乐学校。"

19 岁的鼓手波波来自布拉瓦约，从小父母双亡，与奶奶相依为命。父母的早逝与家境的贫寒让他内向自闭，只有打鼓是令他最快乐的事情。他说，在他 9 岁的时候，叔叔教会他打鼓，以后他一有机会就自己练习。在我问他对梦想秀的感受时，波波表现出超乎年龄的成熟与坚定："我喜欢梦想秀，因为它可以改变我的生活，使我梦想成真。在这里，我每天都努力训练，提高我的技艺，我想，总有一天我会成为一名专业的鼓手，可以挣钱照顾我的家人。"

参加本届梦想秀的选手虽然来自不同的省份，但都有一个共同的特点，那就是出身草根阶层。紫薇花文化传媒公司总裁赵科告诉我："我没想到这些孩子这么贫穷，很多孩子是从农村徒步走出来，到城里参加海选，但他们对艺术无比执着，再艰苦的条件也没让他们放弃练习。这些让我们很震惊，也鼓励我们坚持走下去，因为未来还有更多穷苦但有梦想的孩子等着我们。"

中国各界帮助他们成就梦想

在全国半决赛之后，紫薇花文化传媒公司为梦想秀选手成立了津巴布韦青年梦想艺术团，选拔出 30 名选手，经过集训后，于 9 月 8 日至 20 日到中国参加文化交流活动。他们参加了成都举办的第五届世界非物质文化遗产节（简称非遗节），在北京和天津的大中小学参加了非洲艺术进校园的活动，并受到国家大剧院的邀请，进行了世界艺术博览的专场演出。

对于这些出身草根的年轻人来说，去中国演出的机会让他们兴奋不已。他们绝大多数是第一次坐飞机，第一次出国，第一次登上中国国家大剧院这样世界级的舞台。梅南说："能够去中国，和其他专业的艺术家同台演出是一个非常棒的经历，我从来没有登上过那样的舞台。这对于我来说是一个巨大的机会。"

梦想秀的选手们在中国演出时非常卖力。当时，第五届世界非物质文化遗产节选出了 13 个国家的艺术团队参加开幕式表演，津巴布韦青年梦想艺术团就是其中一个。赵科说："为了把一个一分钟的无伴奏合唱演绎得尽量完美，十几个孩子反复排练了 4 个小时。其他国家的孩子都出去玩了，只有他们一遍又一遍地讨论和修改。最后他们的节目获得了五次热烈的掌声。开幕式导演称赞他们，虽然不是专业演员，却比专业演员还要棒。"

梦想秀的选手们在中国收获的除了舞台的经验，还有人生的成长。鼓手波波在成都参加非遗节演出时心脏病发作，把大家都吓了一跳。赵科问他："为什么之前不告诉大家你的病情？"波波低下头："我不敢说。"在他的病情控制住之后，非遗节的中国志愿者们主动带着波波去公园游玩，和他聊天，给他介绍中国的风土人情。波波渐渐地开朗起来，和伙伴们也开始嬉笑打闹，少年老成的他渐渐恢复了他这个年纪应有的天真。

第二届津巴布韦梦想秀也得到了中国政府、华人企业和企业家以及津巴布韦艺术家的大力支持。

四川一名微晶科技有限公司（简称"一名微晶"）为梦想秀提供了将近4万美元的赞助，成为本次活动的冠名赞助商。一名微晶科技有限公司董事、津巴布韦津安铬铁合金有限公司总经理周学恭说，当梦想秀的负责人赵科找到他的时候，他觉得这个活动可以帮助津巴布韦年轻人实现梦想、取得进步，并且和"一名微晶"回馈社会的理念相吻合，就答应了下来。周学恭不仅全程参与了在津巴布韦的比赛，还派副总经理任洋跟随津巴布韦青年梦想艺术团回到中国，全程陪同并提供帮助。

中国政府对津巴布韦梦想秀也给予了大力支持。津巴布韦青年梦想艺术团到中国演出，正是中国驻津巴布韦大使馆一手促成的。中国驻津巴布韦大使馆文化处负责人吴传华说，津巴布韦梦想艺术团在中国的一系列活动得到了中国文化部、成都世界非物质文化遗产节组委会等方方面面的支持，少了一个环节都不行。

津巴布韦梦想秀历经了两任中国驻津巴布韦大使，前任中国驻津巴布韦大使林琳给予了梦想秀很多指导，而后一任中国驻津巴布韦大使黄屏在履新之前就在北京慰问过这些梦想秀的选手。在梦想秀总决赛时，黄屏大使更是亲临现场为选手们鼓劲加油。他说："每个人都有一个梦想，每个国家也有自己的梦想，中国和津巴布韦都有着国家复兴与繁荣的共同梦想。如果我们互相支持，不断努力，我们最终都会实现我们的梦想。"

一场梦想秀虽然短暂，但它带给了这些津巴布韦年轻人一个充满希望的开始。小小草根终有一天会成为一片郁郁葱葱的草原。

九　在街头烤串的中国摄影师

在土耳其使馆旁白人云集的小市场，总会看到一个做烤串的中国人的身影。他叫耿龙，高高的个子，三十多岁，戴一副大大的黑框眼镜，颌下微须，一副书生气质。他话不多，大部分时间都在低头照看他小小的烤摊，给肉串翻转、撒料、扇风，面对食客，总是微笑多于客套。他的妻子孔帆则热情地张罗着，不冷落任何一位客人。

他卖烧烤成为华人圈的名人

耿龙的烤串选的都是上等的牛排肉，用他独家秘制的调料腌制一晚，再用炭火慢慢熏烤。烤好的肉串外焦里嫩，香而不腻，回味悠长，让人吃了一次就再也忘不了。耿龙的烤串很快有了名气，慕名而来的客人常常排起长长的队伍，大家为了吃上他烤的肉串，有时不得不提前一两天预定，如果直接奔过来，往往要等上半小时以上。

小市场原本是白人和印巴人的天下，他们每到周三和周六就会来此摆摊，卖一些自家做的美食或种的果蔬。最近几年，由于津巴布韦整体经济不好，来光顾的客人日渐稀少。但自从耿龙的烤串加入之后，前来品尝的中国人络绎不绝，带动了整个市场的人气。耿龙的旁边是一家卖烤鸡的印度人，那个印度老板看耿龙的生意太好，还来主动拉关系，希望耿龙能介绍些客源给他。

后来，耿龙又变着花样地开发新的小吃品种：肉夹馍、速冻馄饨、速冻饺子、煎饺、炸鱼干……随着小吃种类越来越多，客人构成也越来越丰富。耿龙说："津巴布韦黑人喜欢吃我的烤串和炸鱼干。而白人总是来询问有没有中国饺子，我一开始卖给他们速冻饺子，总要教他们怎么煮，可还是有人会转回来告诉我煮烂了。现在我把饺子煮熟、煎好，再卖给他们，就不会出这种问题了。"

耿龙也许没有想到，他因为卖烧烤而成了哈拉雷华人圈的名人。只要在哈拉雷生活超过 1 个月的华人，几乎都会被朋友推荐到他的烧烤摊，在中国的味道中稀释思乡的惆怅。而初识耿龙的人恐怕很难相信，耿龙在国内时的身份，其实是一名职业摄影师。

低调的大师

我在哈拉雷加入过一个华人摄影协会，这个协会主要是由一些在哈拉雷长期生活的华人和中国企业的外派人员自发成立的。大家来自五湖四海，职业千差万别，只因都喜欢摄影，经常凑在一起组织拍摄活动、分享摄影心得。摄影协会的微信群里每天都热热闹闹，我时常翻看留言，从未见耿龙晒过一张照片，发过一次评论，因此，很长时间都不知道摄影协会有这么一号人物。

直到 2016 年春节期间，摄影协会在龙城广场举行摄影展，几张颇具意境的照片令我眼前一亮。其中一张拍的是哈拉雷郊区的东坡莎娃山，画面中间矗立着一块巨大的岩石，石头背后是落日的余晖，而天空上方则是浩瀚的银河。这是一张两次拍摄、后期叠加的照片，不同时间的景色同时出现在同一张照片上，并不让人觉得突兀，反倒有一种跨越时空的奇幻与大气。另一张打动我的是一幅黑白照片，森林茂密处，一只小小的羚羊在向镜头警惕地张望。大部分摄影爱好者拍动物，拍的是动物本身，而这张照片却拍的是一种

意境：森林的四周被压暗，有些危机四伏的感觉，丛林中的羚羊被打上了光，显得格外突出，而羚羊的一双眼睛则是焦点中的焦点，让观者忍不住久久凝视。

我每次拍摄动物时，总嫌丛林干扰画面，要等到动物从林子里出来后再拍，没想到隐藏在丛林中的动物也能拍得这么生动。

▲ 草原的眼睛

我特意看了下照片的落款：耿龙。从此，我记住了这个名字。

过了没多久，摄影协会请耿龙为会员们做 photoshop 的培训，从培训的专业程度来看，我发现他并不仅仅是一般的摄影爱好者。又过了几天，朋友在群里发了一个专业摄影论坛《足迹》为耿龙做的专辑。专辑里的静物摄影有着浪漫的温暖与淡淡的忧伤，犹如从莫奈印象派油画里走出来的一样；而人文纪实类作品则能捕捉到充满情绪与张力的瞬间，颇有一些现代新闻摄影之父布列松的味道。这时，我才真正领教了耿龙的厉害。

《足迹》这篇专辑让我有些懊恼：这么好的华人摄影师的非洲故事，怎么让我给错过了呢？于是，我亡羊补牢，将耿龙请到咖啡厅，为他做了一次专访。坦白来说，耿龙并不是一个好的采访对象，在我询问他的经历时，他回答的内容经常还没有我的问题长。两个小时的专访，大部分时间竟然都是我在说，而他讲述的故事还不够我写出半页纸。

我不甘就此放弃，又试着在微信上和他聊天，把他的作品一张张发过去，请他解释创作意图。或许这种采访的方式令他更为放松，他终于打开了话匣子。

他说，他至今还记得四五岁时，父亲带回家一台照相机。他见父亲钻进被子里装胶卷，几次也想钻进去看，但都被父亲给轰了出来。他着急地在床上围着被子转圈，等到父亲装好胶卷，从被子里出来时，他迫不及待地就想试试。但父亲并没有把照相机交给他，只是举着照相机，让他透过一小块玻璃看了一小会儿。父亲说："等去公园的时候，再让你拍。"

"那后来呢？你父亲兑现诺言了吗？"我问他。

"后来，父亲每到拍完 36 张后，就对我说：'应该还可以挤一张出来，这张你拍吧。'父亲帮我拿着照相机，我也不记得透过取景器看到了啥，只记得快门按下去的感觉和'咔嚓'的声音。再后来，好像每次第 37 张都是属于我的，而我似乎也从没看见过自己的照片。不过，可能就是从那时起，我开始喜欢上了拍照。"

大三那年，耿龙有了自己的第一台数码相机，从此开启了摄影之路。大学毕业之后，他希望从事和摄影相关的工作，应聘了广州几家文化公司，其中一家传媒公司的老板认为他的片子有味道，录用了他。从此，耿龙成了一名职业摄影师，在为企业拍一些宣传片之外，还可以在广州的大街小巷漫游，拍一些人文作品。他当时觉得，这就是自己想要的生活。

2010 年，在津巴布韦做贸易的岳父叫耿龙和妻子一起过来帮忙，他便同妻子来到了万里之外的非洲。虽然每天要忙着生意，但他还是保持着以前做专业摄影师的习惯，随身带着相机，"看到有意思的东西，就拍两张"。

耿龙说："在非洲做摄影师是件很幸福的事情，可拍的东西太多了：人文、风景、动物、建筑物，永远不用愁题材。不过，头几年忙工作，我没有办法投入太多的精力在摄影上。最近一两年，因为国家经济不好，店里的生意没那么忙了，倒是成全了自己的爱好。"

镜头里的非洲生活

耿龙喜欢拍人像，这让我有些好奇："你不善于和人交流，是怎么拍人的呢？"耿龙淡然一笑："虽然沟通是我的弱项，但我善于抓拍，很多人文照片都是我躲在车窗后面拍下的，我喜欢在不打扰拍摄对象的情况下拍摄。"

耿龙自小喜欢画画，观察力比常人更敏锐。一次，他在车里躲雨，看到很多人在雨中排队候车，他们不仅没有打伞，一些人连鞋子都没有穿。他拍下那个雨中候车的场景，恰似一幅写意的水墨画。还有一次，他遇到警察拦路检查，三个年轻人为了躲避警察，突然跳到一辆正在行驶的面包车上。耿

▲　雨中的人们

龙迅速掏出手机，抢拍下那惊险的一幕。

此外，市中心匆匆过马路的人群、道路边无所事事的年轻人、公交车上第一夫人带着鸽子蛋大小的钻石耳环的宣传画、卖菜和卖水果的小贩、贫民区杂乱而拥挤的市场、摆放得如同工艺品一样的建材商品……对于人们司空见惯甚至视而不见的场景，耿龙总是能发现其中隐藏着的故事与味道，用照相机一一记录下来。

耿龙更多的人文作品来自在哈拉雷的生活。由于和拍摄对象比较熟悉，对方对他熟视无睹，他便可以自在地拍摄。有一次，他的岳父要在商店的墙上焊几组挂衣服的铁架子，请了一位电焊工来。"他穿着破旧的工作服，焊东西的时候连护目镜都没有，但他拿捏得很准，每次焊条快要发光的时候，他就

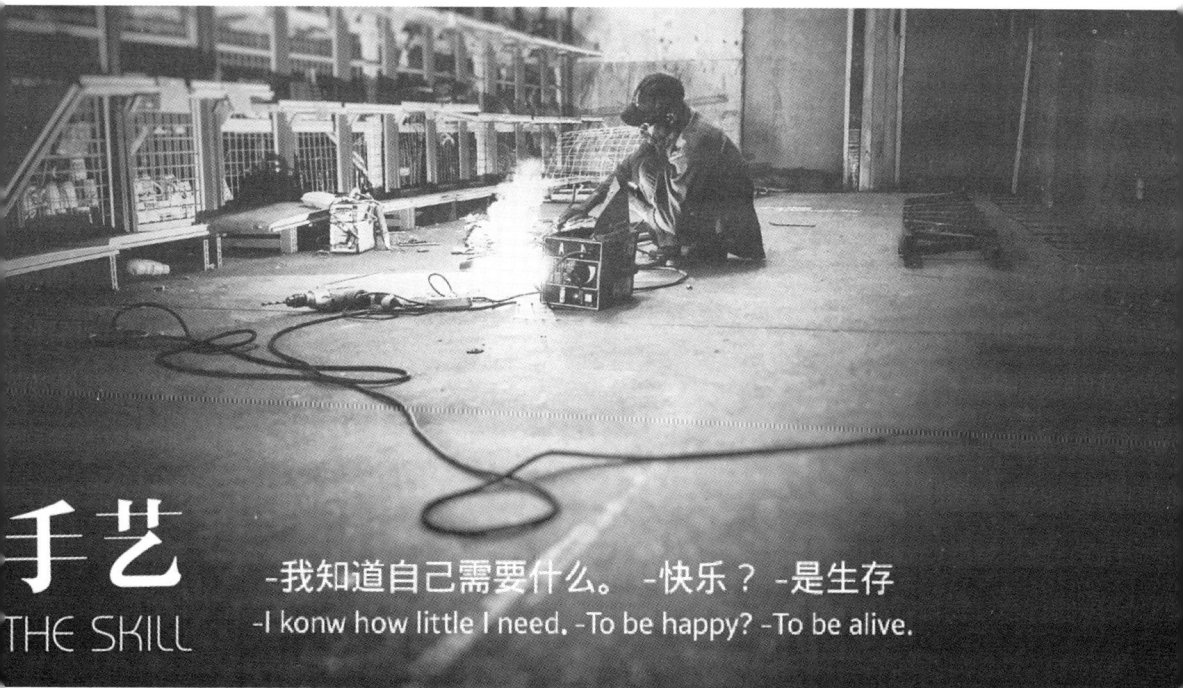

手艺
THE SKILL

-我知道自己需要什么。　-快乐？　-是生存
-I konw how little I need. -To be happy? -To be alive.

▲　手艺

▲ 清晨的哈拉雷

▲ 耿龙拍的建筑照片就如同一张张宣传海报，构图、光线、角度都堪称完美

闭上眼睛，当焊条离开铁的时候，他再睁开眼睛。"耿龙回忆着当时的情形。

在电焊工闭目工作时，耿龙悄悄用手机拍了一张照片，经过处理，竟像一部黑白电影短片的截图。耿龙在名为"手艺"的照片下方的留白处写下一段话，表达他拍照时的感受："我知道自己需要什么"。"快乐？""是生存"。

说实话，我看过很多国内摄影师拍的非洲作品。他们到非洲只是短暂的停留，总是爱找一些深深打着非洲烙印的东西拍摄，比如动物、草原、露出洁白牙齿和灿烂笑容的孩子，又比如头顶包袱、背着孩子在田间劳作的妇女，但这些照片因为太千篇一律，很难打动我。而耿龙拍的是非洲的生活，是一个个鲜活的人和他们的故事，这些照片很容易就会走到人的心里。

为我的建筑史专辑配摄影插图

当然，和所有摄影师一样，耿龙也爱拍一些大场面。他会为了拍东坡莎娃山的星空，和一帮摄影爱好者在寒风中冻上四五个小时，回来以后嗓子都哑了。他也会为了拍好哈拉雷的全景，和摄影协会的伙伴们清晨四点爬上了城区 NETONE 的楼顶，等待光线一点点亮起。

我在做哈拉雷建筑史的专辑时，特别请他为建筑拍照配图。他对光线和环境的要求非常挑剔，拍照只能在周末清晨五点半到六点半之间进行。他说："只有这个时间的光线是最柔和的，而且行人少，干扰少，适合拍建筑。"

▲ Meikles building，建于1893年，是哈拉雷最早的建筑之一

▲ 社保大厦后面的小白楼，建于1901年，混合了维多利亚和荷兰殖民地的风格，是这个城市中保护最好的维多利亚女王时代的建筑

▲ 津巴布韦火车站，1925 年奠基

▲ 渣打银行，建于 1911 年

在耿龙对摄影质量的坚持下，我只好放弃了请他在短时间内交作品的要求。

耿龙一拍就是三个月，从有一百多年历史的博物馆、商场、银行到天主教堂、基督教堂，从英式、荷兰式的古典建筑，到现代简约风格的高楼大厦，哈拉雷有悠久历史和独具特色的建筑几乎都让他拍了个遍。

当他把那些精心拍摄和制作的照片交给我时，我总觉得把这些照片放在我的文章中实属可惜，应该让哈拉雷市政府打印出来当作城市名片，定能吸引来不少国际游客。

摄影、美食，皆为所爱

和耿龙熟悉以后，发现他虽然话不多，但为人很随和。无论哪位朋友请他帮着拍照、修片，他从不推辞，而且会尽心尽力地做好。他说，在国内的时候，曾经想开一个自己的摄影工作室。来津巴布韦之后，他也曾想着赚点钱就回国，实现自己的摄影梦想。但渐渐地，他和妻子孔帆都爱上了津巴布韦，爱上了这里宜人的气候和休闲的节奏，随着女儿一天天长大，他们更希望她能在一个快乐、宽松的环境中成长，回国的念头也就越来越淡了。

但是，留在津巴布韦，办摄影工作室的计划就很难实现，耿龙说："津巴布韦的摄影消费群体是白人和有钱的黑人。目前已经有一些当地知名的摄影师了，我要想打入这个圈子，估计需要不少时间。"

2017年，津巴布韦的经济持续萧条，美元又受到严格的管制，耿龙家的生意受到很大的影响，耿龙为此时常忧虑，但也想不出太好的对策。

有一次，我们几家人一起去娘噶玩，不巧遇到阴雨连绵，大家被困在民宿当中，又阴又冷。耿龙一直默默地守在壁炉前，为大家烧烤在家里腌制好的肉串。民宿提供的烤架不大，每次只能烤10串。而每次10串刚一烤好，就被我们一抢而光。那些烤串实在太香，和他的摄影作品一样让人回味悠长。耿龙烤了一个下午，我们每个人都吃得嘴角流油，一边赞叹耿龙的手艺，一边撺掇他："你去开个烧烤店吧！生意肯定好！"

耿龙和妻子孔帆仔细商量了一下，认为开店的成本太高，风险较大，不如先在小市场开个烧烤摊试试水。没想到，这个烧烤摊刚一开张就异常火爆，小两口准备的100串烤肉两个小时就售罄了。哈拉雷味道正宗的中餐馆不少，但还没有烧烤店，耿龙的烧烤摊正好填补了这个空缺。而且，耿龙烧烤主打"记忆中的味道"，用料足，味道好，口碑一旦建立，生意越来越好。这就有了本篇文章开头的一幕。

渐渐地，他们把烤串的数量提高到了300串，又不断开发小吃品种。有一次，孔帆给了我两盒耿龙做的速冻鲜虾馄饨，让我试吃。馄饨的包装非常精美，盒子上面还印有图片、广告词和Logo，很像是大厂家制作的。我问孔帆："这是在哪里设计的包装？""这都是耿龙自己做的，他没事就喜欢研究这个。"孔帆话语中带着自豪。

耿龙的烧烤摊火了以后，他更是忙得停不下来，不是在肉厂买肉，就是在家里穿串，要不就是在经营他的烧烤摊。有华人搞活动，主办方也总爱请他去做私厨。

我曾经半开玩笑地问他："摄影师做厨师，你觉得委屈吗？"

耿龙还是那样淡淡一笑说："我从没把自己当作厨师，就像我从没把自己当作摄影师一样。摄影只是我的一个喜好，而美食也是我的一个喜好。我爱做吃的，是因为我自己就喜欢吃，所以也喜欢做给大家吃。当然，如果能把美食和摄影结合在一起就好了。"

"美食和摄影如何结合在一起？"我已经习惯了耿龙说话只说一半，接着追问。

"我希望能开一家属于自己的餐馆，我要在餐厅里摆上自己拍的照片，如果有人喜欢，可以买去。如果有人想照着拍一套，我也接受预定。"耿龙说这话的时候很认真，看起来已经思考很久了。

2017 年是津巴布韦经济最困难的时候，很多华人因为不断亏本忍痛撤资，而耿龙一家一直在哈拉雷坚守，总觉得再坚持一下就会有希望。如今，津巴布韦更换了总统，新政府采取了不少吸引外资的政策，经济正在慢慢复苏。耿龙的坚持终于等来了转机，愿他的摄影餐厅早日在哈拉雷开张。

后　记

　　这本书出版之时，我已奔赴驻外生涯的第二站——巴基斯坦。因此，此书能够顺利出版，特别要感谢社会科学文献出版社的高明秀、吕剑两位老师。从前期策划到最后成书，她们为这本书付出了大量的心血。

　　借此机会，我要感谢中央广播电视总台国广给予我在非洲驻站的机会，这段经历将是我一生的财富。感谢北京大学非洲研究中心秘书长刘海方、社会科学院西亚非洲研究所沈晓雷、中央广播电视总台国广前副台长夏吉宣、中央广播电视总台国广驻非洲总站站长江爱民、独自行走非洲的女摄影师梁子、中央广播电视总台央视驻津巴布韦记者何绪，他们在我驻站和写书的过程中，给予了我很多专业上的指导和鼓励。感谢我在津巴布韦的华人朋友耿龙、张晖、俞豫为书中彩页提供精美照片，感谢我的同事朱婉玲，华人朋友李曼娟、彭艳等人帮我搜集历史资料。感谢中央广播电视总台国广前驻津巴布韦记者朱曼君为这本书起了一个好名字……本书的完成融入了太多人的心血。

　　真诚地感谢关心此书出版的亲爱的同事、国内外的朋友们，他们给予了我很多热切的鼓励。每当我写作疲惫之时，想起他们的话语和期待，又会充满力量。

当然，我还必须要感谢我的家人。三年多来，我在非洲各地采访，父母在家中为我担惊受怕，但又不断鼓励我勇敢前行，在我回国后不断督促我完成此书。我的先生王帆放弃自己的工作，在非洲陪我随任，并写了本书中关于高尔夫的一个章节，他的专业水平和幽默的文字令全书增色不少。还要感谢我的女儿，小小年纪就随我在异国他乡漂泊，她在非洲的成长过程也成为我了解非洲的一个窗口。

　　本书是我在国内工作之余写成，历时一年。每次沉浸在写作中，我都仿佛又回到了魂牵梦萦的非洲，缓解了些许思念之情。也许我接下来还会去很多地方驻站，但在我心中，非洲的地位永远不可替代。Once Africa, Always Africa！

　　此书完稿之际，正值我派驻巴基斯坦紧张培训和办理各种出国繁杂手续之时，时间紧迫，尚有许多内容有待充实和完善。本书从内容到文字难免存在不足之处，敬请广大读者予以批评指正。

刘畅

2018 年 9 月于伊斯兰堡

图书在版编目（CIP）数据

撒哈拉之南：女记者的非洲视界 / 刘畅著 . -- 北
京：社会科学文献出版社，2018.10
ISBN 978-7-5201-3275-6

Ⅰ . ①撒⋯　Ⅱ . ①刘⋯　Ⅲ . ①纪实文学 – 作品集 – 中
国 – 当代　Ⅳ . ① I25

中国版本图书馆 CIP 数据核字（2018）第 185817 号

撒哈拉之南
——女记者的非洲视界

著　　者 / 刘　畅

出 版 人 / 谢寿光
项目统筹 / 高明秀
责任编辑 / 吕　剑

出　　版 / 社会科学文献出版社 · 当代世界出版分社（010）59367004
　　　　　　地址：北京市北三环中路甲 29 号院华龙大厦　邮编：100029
　　　　　　网址：www.ssap.com.cn
发　　行 / 市场营销中心（010）59367081　59367018
印　　装 / 三河市东方印刷有限公司

规　　格 / 开　本：787mm×1092mm　1/16
　　　　　　印　张：21.5　字　数：296 千字
版　　次 / 2018 年 10 月第 1 版　2018 年 10 月第 1 次印刷
书　　号 / ISBN 978-7-5201-3275-6
定　　价 / 59.00 元

本书如有印装质量问题，请与读者服务中心（010-59367028）联系